幻炎

Gen en

島田真祐
Shimada Shinsuke

弦書房

装画　東　弘治
題字　吉鶴小草
装丁　毛利一枝

幻炎◉目次

寛永八年春・伏見

一

老松の根方に腰を下ろしていた男が立ち上がった。

袷も袴も見るからに粗末。粗衣というより弊衣《へいい》にちかい。頭《かしら》に月代《さかやき》とてない浪人髷《まげ》。それでもしっかりした足取りで道の中程を一行に近付き、三間の距離で立ち止まる。うっすらと髭の刷いた顔を上げ、先頭を進まれる殿に声を掛けた。

「肥後守様御家中、加藤右馬允《うまのじょう》殿じゃな」

見覚えのない男だった。先方にもこちらの面識は乏しいらしい。圧し殺した様な声音に、ただならぬ気配があった。

思わず殿の前に出ようとする次郎作を手で制して、殿の足も止まる。

「いかにも左様、それで其方《そなた》は」

殿の口調は、連歌の席で脇でも付けるように穏かだった。というのも今日は宗匠の別墅《べっしょ》に招かれて親しい連衆《れんじゅう》だけで百韻を巻いての帰路。川を下る船中でもその後評をめぐって賑わったものだ。

「名乗っても、そちらに覚えはござるまい。ただ、積年の意趣を晴らすために立ち現れた痴《し》れ者と思われよ」

暮れなずむ晩春の残映の下で、男の両眼が厳冬の氷柱《つらら》のように光り、左手が大刀の鐔元にかかる。それを見て、次郎作も、さらに後方に控えていた隼人と右近も走り出ようとする。殿が再び制された。

「意趣じゃと。さすれば其方、誰ぞの御子息か」

殿の口調も、刀に手も掛けぬ鷹揚さも変わらない。ただ心持ち顎を引き、仄闇《ほのやみ》の湧き始めた路上に立つまだ三十歳にはとどかぬふうの男の人体《にんてい》を見定めるかに、わずかに目を細めた。

「万が一某《それがし》が其方の父御の仇としても、誰の仇とわからないでは、討たれようがない。さらに、こちらはこの人数。返り討ちも覚悟の単身での待伏せ、合点がゆかぬ。まず名と意趣のありようを告げられよ」

さすがに老巧の士、殿の言葉にはっと気付いて、三人は素早く周囲に目を配った。

大藩肥後加藤家の筆頭家老を、しかも藩邸近くで襲うのに痩せ浪人一匹とは、いかにも面妖。多勢の伏兵の用意あって当然としなければならぬ。次郎作よりは多少年長とはいえ、庄林隼人も森本右近も三十を過ぎたばかり。迂闊《うかつ》さを突かれて各々の面《かお》に血の気が注《さ》し、眼差が尖った。しかし、一方は川、他方は葦原の広がる土手道の前後、松並木や古祠《こし》の陰にそれらしき人影も気配もない。

「理由が判らねば、抜けぬか。ならば申そう」

三人の動きをちらと見て、男は言った。

「親父も主《ぬし》らに殺されたが、意趣は私事ではない。であれば、これ以上の口舌《くぜつ》は無用」

男の右手が柄に伸び、腰が沈む。

「主《ぬし》ら、動くでない」

堪らず鯉口を切って跳び出そうとする三人を三度、殿が制された。それまでの句席で句を唱するような声音ではない。

「私事でないとならば、ますます合点がゆかぬ。某も、御家の家政を預かる年寄の一人、合点がゆかぬままでは、討たるるも斬り合うもできぬ。抜かるる前に委細を申されよ」

仕置きの席で下知される折の錆を含んだその声は、浪人者の動きをも一瞬止める。

「言うな。不忠者」

柄に手を懸けたまま、男は短い言葉を吐いた。

「不忠じゃと。この身の何《いず》れへの不忠じゃ」

「知れたこと。亡き大殿、浄池院様への不忠。都風に吹かれ呆けて、大殿の御遺訓を忘れたか」

「大殿の御遺訓とな。御逝去なされて、はや二十年。確かに騒動続きではあったが、加藤の御家を肥後に根付かせる御遺志はどうにか守られておると思うがの」

殿の口調に自若の気配が戻ったが、その応答にわずかな苦みがにじむのに、次郎作は気付いた。

「まだ戯《たわ》けを申すか。そんな世間並みの瑣事は、今際《いまわ》の折の大殿の御遺訓ではない」

男の声がいちだん低く、その分だけ鋭さを増す。自身が禁じた口舌の舞台に乗せられたことへの苛立ちが臭った。

「ほう、では、大殿の御傍近くにお仕えした某も知らぬ大事を、家中の者でもなく、御逝去の折にはまだ童《わらわ》だったはずのお主は存じておると言われるか。で、某を不忠者呼ばわりさせるその御遺訓中の大事とは何でござる。お聞かせ願いたい」

殿の言い様を揶揄《やゆ》と取ったか、男は憤怒を吐き捨てるように言い放った。

「御城じゃ」

問い返される殿の声音と五体に、これまでになかった緊張が走った。

「御城じゃと」

「美作《みまさか》殿の一党の者か」

一息分おいて、殿の口から意外な人の名が漏れた。苦みが深まっていた。

瞬間、男が動いた。腰も捻らず太刀を抜き、三間を駆け寄る。

とっさに殿の前に身を投げ出そうとした次郎作を弾き飛ばした者がいる。男の疾風のような斬撃を差料の柄《つか》を押し上げて受けている庄林が見えた。

「こやつは俺が。主らは御城代を」

男の白刃を柄で押さえ込みながら、隼人が喚く。

「心得た。だが、そやつ手強いぞ。油断するな」

次郎作が応えるより先に、殿に並んだ右近の声がした。いまは人影も見えぬとはいえ、これだけの不逞な攻撃、加勢がいない方が不思議。飛び道具の用意がないとも限らない。共に抜刀、殿の左右に付いて、二人はあたりに気を配った。

隼人の柄が敵の刃を押し放ち、男が跳び離れる。

隼人は素早く抜刀し、中段に付ける。戦場での働きこそ聞かぬが、すでに家中に剛勇無双、剣技抜群と評される庄林隼人の逞しい五体が、黒煙を思わせる闘気でさらにふくれ上がって見える。相手が一人なら、隼人に加勢は要らぬ。

刀を八相に構えた男が滑るように走り寄り、隼人も一歩踏み出す。

二筋の白刃がガッと咬み合い、一髪の後に再度の刃音。男の高位からの斬撃をまず隼人が弾き返し、続いて離れ際の隼人の返し刃を男の刃が受け止めた音である。

再び離れて、二人の取った間合いは、互いに一撃必殺の二間。

「そこ退けい。主らが相手ではない」

消えかかる残照を映した白刃と同じ光を宿す両眼をすぼめ気味にして、男が低く吼《ほ》えた。

「庄林、その男、殺すでない」

殿も声を掛けられる。

「もはやそうもいき申さぬ」

隼人が凄みのある低い声音で唸り返し、剣尖を徐々に上げ、相手と同じく八相に付けた。故大殿浄池院様に従って度々の戦功をあげた父隼人佐《はやとのすけ》に学んで身につけた実戦刀法。両の肘が飛翔する鷲の翼のように大きく左右に張っている。もはや制止はきかない。

その庄林を相手に位負けせぬこの浪人者の闘気と技倆も侮《あなど》り難い。同じ必殺の構えを取って対峙する二人の周囲に、他を寄せ付けぬ殺意の結界が鋼《はがね》の気を増しながら締まっていく。

男は底に鋲を縫付けた武者草鞋を着け、隼人は履物を脱ぎ捨てた足袋跣《はだし》。その二人の踏み足が同時にじりっと道面《みちづら》の土を圧さえたと見えたその時、馬蹄の響きがとどいた。

淡い残光を切り割ってすぐに姿を顕したのは単騎。鞍上には、遠目にもそれとしれる老体の武士。浪人者の加勢でも、加藤屋敷からの出迎えの士でもない。ただ、真っ直ぐに対峙の場を目指して疾駆してくる。

騎馬はそのまま、男と隼人の白刃の間合いに割り入った。

「平山伊介、早まるでない。刀を引けい」

騎乗の老武士はまず待伏せの襲撃者に命じた。

老い掠《かす》れてはいるが、威のある錆声《さびごえ》だった。かっては戦場で軍兵を叱咤したものに違いない。

身軽な動作で下馬し、手綱を伊介と呼ばれた男に投げる。右手に抜き身を持ったまま、しかし気を呑まれたふうに、伊介は左手で手綱を受けた。

次いで、老武士は、馬上での埃避けのためか目下頬《めのしたほお》ふうに鼻口にあてていた鉄紺色の手拭いを外し、殿に正対する。

「右馬允様、お久しゅうござる」

「これは、来島左兵衛殿」

次郎作の耳に両人の声が重なった。

「一別以来、十年にもなろうか。御家中大変の頃であったが」

殿の口調には、再会の驚きより不審の色が濃い。

「肥後を離れまして十五年になり申す」

次郎作には、見知らぬ老武士の対応の方が平然としているように見える。馬を駆ってきた息切れもない。

「して、貴公が何故ここに。某に斬り掛かったこの者と存じ寄りか」

殿は、不逞な襲撃者の方へ視線を投げた。その男は白刃は鞘に納めたものの、まだ氷柱《つらら》のような底光りを目に宿して同じく闘気冷めやらぬ気配の庄林隼人と睨み合っている。

「はい、いささか」と、老人は答え、

「間に合うてよろしゅうございました」

安堵を隠さぬ声音を漏らした。

「何者じゃ。この者」

「平山伊介。むかし故大殿の槍持ちを勤めておりました同名のこの者の父親、お覚えござりませぬか」

「平山とな」

殿は、路傍の松の枝間越しに、十年程前まで御天守の英姿が望まれた伏見城跡の方へ面を向けて旧い記憶をまさぐる風情だったが、

「覚えておらぬな。貴公も存じておられるように、某は、内牧、八代と御城代暮らしがながい。それに、貴公が与力なされた飯田覚兵衛殿、そこにおる隼人殿、右近殿それぞれの親父殿ら歴々に較べてずんと若年であった故、残念ながら大殿に従っての戦場《いくさば》通いの場数も少ないからの」

息三つばかりの間をおいて、応じられた。ことさら詫びるふうはない。

「それで、その元御槍持ちがいかがいたしたのでござるか」

「死にました。大阪両度の御陣が終わり、御当代の肥後守様御帰国の直前、御城内にて自死いたしました」

老武士は殿の面上に真っ直ぐな眼差しを当てて言った。

「御城内とは、我らが熊本の御城のことか」

「左様でござる」

「その者が先刻、父親が殺されたと言い、御城の事とも口走ったは、その事か」

「そう申しましたか」

「しかし、その折、某は御当代様に従って帰国の途中、熊本に帰着してもおらぬ。親父殿の死に関わりようもあるまい。それほどの事実を見違うての仇呼ばわり、迷惑至極。その上、いきなり斬り掛かるとは不埒千万。誰ぞに頼まれての故意か。それとも乱心いたしたか、そ奴」

何時なりとも冷静を失わぬはずの殿の口調が、怒りを混じえた詰問の色を帯びている。

「いかにも乱心いたしてござる」

平仄《ひょうそく》の合い過ぎる来島左兵衛の返答が、殿の怒りに油を注いだかに見えた。

「何故に今日の乱心ぞ。また、その惑乱の矛先がこの正方に向けられたのは何故じゃ」

「その事でござる。その事への御注意、御詫び、あるいは始末のための、某の早駆けでござった」

来島老人は、薄墨色の沈み始めた路上と葦原を見回すようにして、少し声を落とした。

「本人はまだ惑乱収まりませぬ故、某から申し述べますが、この御人数では何かと憚《はばか》りもございましょう。他の方々はこの場にて伊介の傍らに付け置かれ、あちらの祠《ほこら》のあたりまでお出向き願えませぬか。御無礼は重々承知。御役の上での隔たりはありましてもかつては同じ御家中の誼《よしみ》、なにとぞお許し願いたい」

数条の夕風が葦原を渡る間に殿は胸中の生の怒りを圧さえ込まれたようだ。

「相わかった。しかし、この西山だけは同行させますぞ。あれなる森本はもと家中ながらいまは他家に身を寄せる者、庄林は熊本の御本家の直臣。この西山次郎作のみ我が家来でござれば、来るなと命じても、押して付いて来申すでな」

「御両所の御父上はよく存じ上げており申した。成程、平山と太刀を交えられたは隼人佐様の御子息。間違うても伊介に勝ち目はござらなんだな」

頷くように呟くと、来島左兵衛は、いまは路上に胡坐をかいている伊介に歩み寄り、何事かを申し付けた。伊介は、鞘ごと腰から外した大刀を膝に横たえている。馬の手綱の先は松の低枝にでも結い付けたらしい。

「あの乱心者に何を申し付けられた」
十四、五間先の古祠に向かいながら、殿が尋ねられる。
「これ以上の御手向かいも、切腹も無用とだけ。惑乱も少し静まりましたらしく、おとなしく頷いておりました」

「某も付け置いた二人に同様な事を頼んで来申した。手向かっても殺さず、腹切ろうとしたら止めよと。いずれ本人から申し開きも聞かねばならぬ故」

共に祠に一礼し、程よく据えられた石に腰を下ろして向かい合う。

「さて、改めて訊ねる。今日を選んでの乱心は何故か」

殿の表情も口調も、厳しさを取り戻していた。

「選んだわけではござらぬ。一昨夜、平山の老母が死にました。もともと病弱、その上に日々の方便《たつき》にも事欠く浪人暮らし故、薬治養生ままならず、骨と皮に痩せ細って、息絶え申した。伊介の父御とはむかし共に故大殿にお仕えした身、某も京に参る折にはつとめて平山の陋居《ろうきょ》をたずね、見舞いの品など届けており申したが、たまたまその悲惨の場に出会いましてござる。ほかに人もおりませぬ故、その夜某も通夜に付き合いましたが、伊介の悲しみ様は見るも辛いものでござった。某は翌朝早く帰りましたが、昨日が過ぎて今朝になり、一昨夜目にした伊介のいささか常軌を逸した落胆、悲嘆ぶりが妙に気掛かりで、本日午過ぎ平山宅をのぞきましたものの、留守。他に心当たりとてなく近所の荒れ寺をたずねましたところ、仏だけは今朝早く墓地の一隅を借りて埋葬したとの事。再び平山の陋屋に戻り一刻ばかり待ちましたが、帰ってくる気配もなし。もしやと存じてこちらへ馬を駆りました次第」

「何故、もしやと思われた」

「道具らしき物とてない小屋内に、亡父の唯一の形見として、一つだけ伊介が大事にしておる品がござった。聞くところによれば、先代の伊介が故大殿浄池院様より下されたという脇差一振り。刀身は、貴方様もよく御存知の同田貫正国。ふだんは身につけず、母の病床の枕辺に、不遇貧苦に沈んだ母子の護符の如く掛けられており申した。終に死の床となった母御の夜具はそのままに、しかし、その脇差が消えておりました」

聞くのを憚って離れて立つ次郎作の耳にも、二人の対話はとどく。来島老人の語り口は、熊本に残る次郎作の母の面影をつい偲ばせるものだった。

「母御の死去はまことに気の毒。同情は惜しまぬが、その悲痛は、程度の差こそあれ誰しもが味わうもの。浪人とはいえ、三十にも近い武士がそれだけで惑乱するものでもあるまい。要は、故大殿所縁《ゆかり》の形見の脇差が見えぬこと。が、それが、何故に乱心、また、直にここへ、つまり某への襲撃に繋がるのか」

殿の訊問は核心に向かった。

「伊介は、御家を、いや、大殿清正様御逝去後の加藤家の御家政と御家中の人士を深く恨んでおりました。しかしこれまでは自制して激発を抑え、某も機会あるごとにその非理を諭《さと》してまいりました。それが、打ち続く不遇と病苦の末に朽ち果てた老母の死に直面して自制の殻が噴き破れ、惑乱したものと考えられます。普段は用いぬ形見の脇差を持ち出したが、その証拠。武士にとり利刃の用い様は、自裁か敵への攻撃と定まり申す。伊介が腹切るなら先ず母御の新墓の前ながら、そこに座った形跡も気配もありませなんだ。さすれば」

「待たれよ」

殿が言葉を挟まれた。

「彼の当家への恨みの根は、先代伊介がむかし熊本城内にて自死したことに由来するとしか思えぬが、左様か」

「そのように思われます」

「時期については先刻耳にしたが、その事情顚末は聞いておらぬ。何があったのじゃ。彼は殺されたと喚《わめ》き、貴公は自死と言う。先代伊介の身に何があったのでござるか」

「貴方様と御同様、某も大阪落城の報により帰国いたす軍勢の中におりました故、詳しくは存じませぬ。後に仄聞《そくぶん》したところでは、先代伊介は火付け道具持参で硝煙倉に入り込み、番士に見咎められ、抗戦して闘死。或いは捕らえられて跡形なきまでに斬り刻まれ、また一説には、捕らえられる前に自死したとも。これも、ずっと後に生来無口の当代伊介からようやく聞き出しました事には、亡骸も返らず、罪状も告げられぬまま、残された母子は国外への早々の退去を命じられたとか」

菫色《すみれ》の仄闇の中で、殿の眉がわずかに跳ねるのが見えた。

「何と、御城の硝煙倉に火をとか。大それた事を。しかも、御主君と東上軍の留守中に。真実《まこと》なら、父子相揃うての大乱心、主家への度し難い反逆ではないか。それを棚に上げての、某への仇呼ばわり。そう、あ奴、この儂《わし》を不忠者とまで罵りおったぞ。この場にて、討ち果たしてくれようぞ」

怒号に等しい言葉が、殿の口をついた。が、石上に下ろした腰も、低い声音も上げられることはない。

次郎作は、十五間ばかり先の三人の様子を濃くなった夕闇に透かし見る。路上に座り込んだ伊介と左右に佇立《ちょりつ》する人影の様態に変わりはなかった。

頭を垂れて殿の厳しい口跡を受けていた来島老人は、ややあって面を上げた。

「御配慮、恐れ入り申す。当然の厳しい御言葉の中に、真実ならばと油断なく差し挟まれ、その上余人に動揺を及ぼされぬ御心配り、さすがに加藤右馬允正方様。本日、惑乱嵩《こう》じた伊介が仕掛けました御相手が貴方様なるは、まことに幸い」

「妙な世辞は無用。まだ聞くべき事が残っておるからに過ぎぬわい。そちらには幸いかもしれぬが、こちらにとっては理不尽なる禍に変わりはない。で、何じゃと、仕掛ける相手と申したの。あ奴は、最初に儂《わし》の名を呼び掛けたぞ」

「調べをつけておったのでございましょう。この数年来、伏見の加藤屋敷に出入りなさる御家の御重役の名と御顔、さらにその行状等を調べ尽くし、己の目と脳の底に刻み込んでいたのでござろう。惑乱の極みに激発するような男でござれば。さて、先程の某の話の続きでござるが、伊介が腹を切っておらぬとすれば、ここに参るは必定。何となれば、田町の外れにござる伊介の住居から最も近い加藤家所縁の場所と申せば、ここ以外にはございません。この辺りで二、三日待っておれば、御家の御重職の何方《どなた》かに出会うはず。それも叶わねば、お屋敷に斬り込んだやもしれませぬな」

途方もない話を抑揚もつけず、左兵衛老は淡々と述べる。

「益々もって許せぬ。儂でなく余人、しかも庄林ほどの手練《てだれ》が連れになければ、その仁の命、すでにないのじゃぞ」

再び殿の厳しい叱声。しかし、今度も姿勢は揺るがず、声音が跳ね上がることもない。ただ膝に置かれた両の拳がわずかに握り締められたかに、次郎作には見えた。

「その通りでござる。返す言葉もございません。そうならなかっただけが、僥倖」

来島老人は、ひたすら低頭した。

「訊ね置きたい事が、もう一つ。主が駆け付ける寸前じゃったが、儂が美作殿の名を口にした途端に、あ奴は斬り懸かった。あの一党との係わりは」

「ござりますまい」

怒りを圧し殺した殿の詰問に、今度はきっぱりと老人は応じた。

「伊介が母と共に肥後を退去いたしましたのは、八つに満たぬ幼童の頃。それに、その頃にはまだ、御両派の御対立は表立っておらなんだと記憶しており申す」

「表立ってはおらぬが、火は付いておった。伊介はともかく、御城内で死んだ父親の方はいかが」

「それも、ございますまい。御対立が始まっていたとしても、それは御重職の方々の間での事。御槍持ちから平侍に移った先代伊介の如き身分の者が係われることではござりますまい」

「主はどうじゃ。飯田覚兵衛殿の与力組頭を勤めた主が御当家を離れたは、それから二、三年後。両派の不和確執が燃え盛っておる頃じゃが」

殿の両眼が、宵闇の中に光っている。

「飯田様の御立場、御姿勢をお考え下されば、それもお判りのはず。御当代肥後守様御擁立以来、一貫して右馬允様と同様の道を歩んで来られたと考えており申すが」

それだけの答えで納得された様子ではなかったが、殿は話柄《わへい》を外された。

「ところで、お主は現在《いま》、どちらの御家中におられる。その形《なり》、即座の馬の用意、浪々の隠居とは見えぬが」

「申し遅れました。肥後を出まして以来、旧知を頼って幾度か主を替え、三年以前から出雲松江の堀尾山城守様御家中の末席に老い先短き白髪首を並べております」

「松江とな」

そう呟くなり、殿はいっとき口を閉じられた。

宵風の渡る葦原の騒ぎが、殿の胸中に寄せ返す川波のように、ふと次郎作には感じられる。改めて目を遣ると、殿は軽く目を閉じておられた。

「すっかり暮れてきたの」

再び口を開かれた殿の声音は、ずいぶんと穏やかさを取り戻していた。

「問い質さねばならぬ事共はまだまだ多いが、こう暗うなれば、互いの面《つら》も見えぬ。遅い帰館を気遣うて、屋敷から留守居の侍共も迎えに来よう。さて、いかがしたものかの。平山伊介の処置」

腰を据えていた石から滑り降り、来島左兵衛は殿の足元の地面に膝をついた。

「平山伊介の一命、なにとぞお助けくださいませ。幼き頃に身に受けた非業のみを糧に生きて参った若者が、老母の死去によって発した乱心。しかも、惑乱の根にある父親の死の真相は闇に葬られたまま。先刻からの忝《かたじけな》い御配慮も、そこから生じたものでございましょう。貴方様の御賢察と御慈悲にお縋《すが》りいたす外ございませぬ」

老人は地面に揃えた両手の甲に額が付くほどに深々と頭を下げた。

「虫のよい申し様じゃな」

殿の口調に隠しようのない不快が臭った。

「万々承知いたしており申す」

低頭のまま、老いた声が地面から湧く。

「ただ許せ、見逃せと申すか」

苦みに試すような色合いが混じった。

「いえ」

答えて、白髪首が持ち上がった。

「某の命に代えまする。お許しあればこの場にて腹切るもよし、御手討ちなさるもよし。その覚悟にてこの古祠の前にお誘い申してござる」

仄闇の溜まる地面に座して、痩せた蟇《ひき》を思わせる老人の肩のあたりから金気《かなけ》くさい気が立った。

次郎作が駆け寄る前に、殿の声がした。

「主の策には乗らぬぞ。主に覚悟があろうとなかろうと、儂が許さぬこと承知の上での申し様。もとは同じ家中とはいえ、いまは他家の家来を、いかなる事情があれ成敗したとなれば、両家に要らざる紛争が生ずるは必定。御公儀のあらぬ御嫌疑を受けぬとも限らぬ。それほどの策見抜けぬ儂と思うてか。それより、何故にそれほどあの者を庇《かば》う」

「一昨夜果てました伊介の母、某の妹にございますれば」

殿の目を見上げて、老人はぼそりと応えた。

再び沈黙の帳《とばり》が下りた。宵闇が左兵衛の全身を包み、殿の顎の辺りまで積み昇っている。

土手道の前方に二つ三つの灯が見え、近寄るのに次郎作が気付いた時、殿が腰を上げられた。

「あの者の一命と身柄、一旦主に預ける。主の言、鵜呑みにしたわけではない。言うた事の真偽、人を使ってでも調べ尽くし、嘘であれば、何処に潜んでおろうと見つけ出し、両人共に処罰する。左様心得よ」

「はっ、御恩、肝に銘じましてござる」

左兵衛の白髪がさらに闇に沈むのに一瞥をくれて、殿は路上に足を踏み出された。

「葦風寒き宵の松ヶ江。次郎作、いや、宗因殿、付句を用意されよ」

いまは影も見分け難くなった三人の方へ歩を進めながら発せられた殿の御声は、ことさらに高く聞こえた。

二

蔓《かずら》の花の香がした。

しかし、頭上と左右を見まわしても定家卿の名を冠した蔓らしきものは見当たらず、前方の川面まで張り出した檜の横枝から山藤の花房が幾筋か垂れているばかり。落日近い堀川沿いの路上に、ぽつりぽつりと行き交う人の影が長い。

思えば、半月ほど前の伏見での夕暮れ。あの頃まではまだ遅咲きの桜もいくらか残り、闌《た》けゆく春の景色も望めたはずだが、その記憶はまるでない。葦若葉の騒ぎ、白刃の撃ち合う音、殿と老武士の間の切迫した言葉の遣り取りの三つだけが、次郎作の耳底にいまも張り付いている。

伏見屋敷からの迎えの灯に気付いて腰を上げられた殿が、態《わざ》と声高らかに詠み掛けられた句に、

「都にて旧里《ふるさと》恋ふる身となりて」と、とっさに付けた。二、三歩先を行かれる殿の背から、苦笑らしき気配が湧いた。

「句の出来はもう一つじゃが、我が趣向の芯はさすがに摑んでおられるの、宗因先生。来島左兵衛殿の奉公先は出雲の松江とか。我らが八代徳淵に築きし新城も、同じく松江城。怒りも不審もいささかも消えぬままに、とりあえず見逃すは、その所縁《ゆかり》のみ。その辺が解るのも、其方ぐらいであろうの」

殿の張りのある御声は、二人の後から来る当の来島老人の耳にも届いたはずだが、応える声も動きもなかった。

路上に胡坐を組んで動かぬ乱心者と見張りに立っていた庄林、森本の所に達すると、すぐに伏見屋敷詰の侍たちの提灯が近寄ってきた、それを待っていたかに、殿は来島老人の方に向き直り、一同に十分聞こえる声音で言葉を掛けられた。

「いや、奇遇でござった。話まだまだ尽きず名残惜しゅうござるが、時分も悪しき故、本日はこれにて。ところで、後日、使いの者を遣る先は貴家の御藩邸でよろしゅうござるな」

「いかにも」と、老人は落ち着いて応じた。

さらに、「ひとまずの御別れとひとかたならぬ御懇情の御礼に、某の拙《つたな》い付けもお許し願いたい。先程の松ヶ江の御句、この老耳《おいみみ》にも届きましてござれば」とことわり、

「高砂《たかさご》に結びし夢もあるものを」

物錆びた口調で唱じたものである。

提灯の明かりにぼうと浮かぶ老顔を、一同ほうといった面持ちで見守るばかり。屋敷から来た肥後侍たちは皆若く、老人を見知っている者はいなかった。深々と辞儀をすると、乗ってきた馬を平山伊介に曳かせて前に立て、彼は去った。

舞台に乗せても似合いそうなその老翁の後ろ姿が、次郎作の眼裏《まなうら》によみがえる。

「何者か、あ奴」

堀尾家の京屋敷への道を辿りながら、思わず殿の声音で胸中に呟いていた。

「あ奴、儂の憶えておる来島左兵衛ではない。甲羅を経て化けたか、あるいは、我らが家中におる間他人の皮を被っていたのか。どうであれ、今日の仕掛け様、尋常ではない」

あの日の夜、皆での夕餉の後、伏見屋敷の小書院に次郎作一人を呼ばれ、殿は言われた。

「平山伊介とやらの素性、乱心一件も臭い。父親の御城事件と死に様については、旧き事ゆえ儂が熊本にて調べるとして、当面はあの二人の動静を見張り、その魂胆を探る必要がある。御家の家政にかかわるやもしれぬ何やら焦臭《きなくさ》い秘事ゆえ、余人には任せられぬ。幸い其方は京におる。しかも常の屋敷詰ではなく、連歌所《れんかどころ》の学寮にも起居できる身。まずは儂の名代として堀尾様の京屋敷に出向き、その後も折を見て訪ねて四方山の話を交わし、生《は》えているはずの尻尾の端を摑むことじゃ。あれほどの不敵を仕掛けた老狐、拒むことはあるまい。それを承知の上での今日の挨拶だったろうからの」

夕餉の折に少し嗜《たしな》まれた御酒の余韻などつゆ残さぬ眼差しが次郎作の面に据えられていた。連歌の席でも見せられぬ、大藩肥後五十四万石の家政を預かる執政の目であった。

「とにかく、現在はこの事、儂と其方しか与《あずか》り知らぬ事にしておかねばならぬ。不用意に漏れれば、去んぬる元和の頃大変な犠牲を払ってようやく収まった家中の騒動が、息吹き返す火種となるやもしれぬ。何より、御公儀の御覚えもどうやら回復したと思われる昨今、針の先ほどの御疑いも受けてはならぬ。左兵衛との遣り取りは知らぬ庄林、森本にも、この事厳しく頼んでおいた」

それから三日の後、殿は多勢の従士を伴って大坂道を下り、大坂から海路帰国された。病篤い老父が熊本に待つ庄林隼人もそれに従った。さらに四、五日して平戸の松浦家に寄寓しているという森本右近も京を離れた。

残ったは我ひとりの感が強い。

殿の御信頼に応えねばという胸の熱くなるような思いと同時に、不安も濃い。あの惑乱して白刃を振りまわす若い浪人と、才智胆力計りしれぬ殿と互角に渡り合った得体のしれぬ老人とを相手に、己ひとりで何が出来るのか。殿と来島左兵衛の遣り取りは、この耳にも確かに聞こえた。しかし、郷国肥後の過ぎ来し方に由来するらしいその内容たるや、半分も腑に落ちてはいない。

思えば、十七歳で肥後八代を出て以来十年、その大方を京坂の地で過ごしてきた。時折父母に会いに帰国もし、殿の江戸出府の御伴に加わったこともあるが、それも片手の指で数えきれるほど。当然、肥後の国情や家中人士の入り組んだ間柄などには、とんと疎《うと》い。この度の変事にたまたま居合わせた庄林、森本の両人にしても、互いに初対面に近かった。

しかもこの十年来、藩の外交や財務など加藤屋敷詰めに課せられた公務専一に過ごしてきたのではない。むしろそれらは表向き、誠心こめて努めてきたのは、連歌の修行であった。しかし、それこそ他ならぬ殿に命じられての事、次郎作にとって紛れもない公務といえた。

元服ほやほやの十五歳で八代御城代の殿に出仕、三年後には初めて上洛し、里村南家の学寮に入門した。以来、伏見肥後殿橋の加藤屋敷と御所の西側新在家にある学寮の間を足繁く往来し、斯界《しかい》の第一人者法橋《ほっきょう》昌琢師の膝元で、他家から修行にきている学寮生や先輩の門人にまじって、ひたすら連《つら》ね歌の修行練習に明け暮れてきた。

連歌は座の文芸、技も心情も実作の現場こそ最良の稽古場となる。次郎作も入門早々からさまざまな席の連衆に加えられ、優雅にしかし容赦なく鍛えられた。武芸でいえば、生半可な腕のまま他流試合の庭に突き出されるようなものだった。師の合点がいただけぬ席が何ヵ月も続いたこともある。血こそ流さぬものの何度臍《ほぞ》を嚙み、己の未熟を嘆いて眠れぬ夜を明かしたことか。しかし、その厳しい稽古のお陰で、進境は目覚ましかった。年を追って会席での座順も上がり、当然句数も増え、師からいただく合点も隙《ひま》なく、連衆の顔ぶれも達者ぞろいの席への出座が多くなった。

昌琢師の御活動と御盛名もますます盛り高まっていった。五年前の寛永三年には畏れ多くも上皇様より古今伝授を受けられ、三年前の春には江戸にて柳営連歌の宗匠ともなられた。

そして今年、忘れもしない春三月、殿の江戸御参府に従った次郎作は、その殿と両吟千句を興行したのだった。加えて、殿は、柳営連歌始めの奉仕のために丁度折よく江戸御在府中の昌琢師にその千句を送り、批点を請われ、師も快くそれに応えられたのである。何という御縁、思いがけぬほどの幸運。あれから二ヵ月余り、その折の名状しがたい緊張と興奮とが、見果てぬ夢さながらに五体の奥に息づき、脈打っている。

「春に花枝をつらねし盟《ちぎり》かな」の殿の発句に「いく世なれぬる庭のうぐひす」の自作の脇を付けて

始まった第一百韻の全句、いや、興行五日に及んだ『花千句』のすべてを一字一句違えず宙に描き出すことなど容易い。殿は「花枝をつらねし盟」と詠まれた。殿のお奨めと命《めい》によって己が修行中の連ね歌、その縁によって結ばれた殿と不肖己との契りとが読み込まれた発句。何と有難い恩愛の深さであろう。

一日に幾度となく思い起こすその度に、歓喜の身震いが走る。そのとうてい報いきれぬ恩愛に、それまでの豊一を改め、初めて宗因の号を用いることでわずかに御応えした西山次郎作であった。

堀川沿いの道を西に折れる。正面に二条城の御天守も望める大路と川沿いに、新旧の武家屋敷が並んでいる。元和九年に伏見城が廃された後、留守屋敷をこの地に移した大名諸家も少なくない。十年になんなんとする京暮らしのお陰で、このあたりの地理に不安はない。訪ねるのは初めてだが、目指す堀尾邸の位置も、楓の老樹が門脇に立つ屋敷の佇まいも頭に入っている。その、先端にだけ茜色を残した巨樹の梢が見えた。

とたんに、気が引き締まる。

何よりの大事は、右馬允正方様への御報恩に尽きる。その大切な殿に突然ふりかかった先宵の椿事と御懸念。風雅修行に明け暮れてきた己の世間不案内を託《かこ》っている場合ではない。相手は乱心浪人者と得体の知れぬしたたかな老狐。二人の動静に目を配り、御懸念の根を絶つ探索こそ、連歌執心以外に初めて己に課せられた公務であり、とりあえずの報恩の途と念じながら、石橋を渡り、堀尾邸の門前に立った。

昨日人を遣って今日の訪問を通知しておいたせいか、門番に刺《し》を通じるとすぐに、来島左兵衛が現れた。だが、背後に伊介の姿はない。

「これは早速のお越し、痛み入り申す」

辞は低く丁重な物腰ながら、門内に案内する様子もない。むしろ、不審をあらわにした次郎作を、いま渡ってきた石橋の上まで押し戻すように誘い出して、左兵衛は言った。

「平山伊介は、すぐ近くにござる某《それがし》の私宅に居り申す。当家の侍でない者をこの屋敷内に置いておく訳には参りませぬでな。只今そちらへ御案内つかまつる」

平然とした口調に、あの宵の面妖な言動がよみがえる。

「貴殿は、あの者の命と身柄を預かると我が殿に約束された。たしか片時も目を離さずとも言われたと存ずるが、あれからたかだか半月、惑乱いまだ醒めやらずと思われ申すが」

不快で口中が苦くなる。

「それは歩きながら。伊介の事は心配ござらぬ。あの夜以来、憑きものが落ちるが如くおとなしゅうなり申した。もちろん外出など一切なく、ひたすら謹慎の態にて過ごしており申す。いや、惑乱の上とはいえ、あのような言語道断の御無礼を働いた身でござれば、それも当然」

言いながら、歩き始めた。致し方なく次郎作も横に並ぶ。

あの宵の前々日田町外れの平山の陋居で老女が病死し、翌日近くの小寺に埋葬された事は、加藤屋敷と同じ伏見内のこととて、すでに確かめてあった。今日は先ず、来島、平山の両人が所定の場所に所定の如く生きておるのを確認しなければならない。

「右馬允様は重宝な御家来をお持ちと見えますの。昨日いただいた御消息では、御本人様は帰国なされたそうじゃが、御主は残っておられる。定めし伏見の御屋敷詰めでござろうか。それもお長い」

　急ぐふうもなく歩を運びながら、世間話でもする風情である。この語り口が曲者《くせもの》である事、殿との遣り取りを聞いた次郎作は承知している。老狐の話芸に乗せられてはならぬ、そう思いながらも、青臭い世間知らずがつい応えてしまう。

「何故、そう思われる」

「なに、あの折のお二人の付け合いが耳に入りましたからの。都ぶりの風雅、なかなか板についてござった」

　いけしゃあしゃあと、そんな事を言う。

「そう言われる貴殿も付句をなされた。古様なお詠みぶりでござったが。どちらでの御修行でござるか」

「修行など滅相もない。ただの聞きかじり、下手の横好きでござるよ。御先代の大殿の頃は、肥後の御歴々に連歌に遊ぶ士も少なくござらなんだ。が、歴々の中に入れぬ某などは傍らにおって、その田舎風雅の骨法をいささか盗ませていただいただけ。御主方のものされる如き正統正調とは大違い。どちらかと申せば、当今流行《はやり》の俳諧と同様なものでござろうよ」

　歩きながらの気軽な口調ながら、お前の事は何でもわかっておるぞといった揶揄と恫喝の小骨も利かせて、油断がならない。次郎作は、昌琢師の門人や学寮生、さまざまな歌会で同席した主だった連衆の名と顔を、急いで思い浮かべてみる。ことに近年、師が柳営連歌の宗匠になられて以来、各地の大名家から派遣されて学寮に入門する者が増えていた。しかし、中に、来島左兵衛が奉公している出雲松江の堀尾家に繋がりのありそうな人物は、思い当たらない。

「西山殿と申されたな」

物忘れの気配など寸分もない声音であった。

「御存知の通り京は広く、人も多ござる。いや、天下はもっと広大で、うごめく人も数知れず。ところが、一人が直《じか》にかかわる世間というものは、意外に狭いもの。某の如く、幾度か主人を替え諸国を経巡って馬齢を重ねますと、その事、身にしみましてな」

年寄りの正直な述懐でない事は、次郎作にもわかっている。

「いえ、連歌の事でござるよ。御主とのかかわりの端緒は、あの折の何とも無粋、不都合なる非常時。が、唯今は曲がりなりにもこうして風雅の話を交わしておる。異なものでござるの、御縁というものは。某のは紛《まが》い物でござるが、それでも多少の心得があってようござった」

煙に巻いた上に、釘まで刺しているのだった。

つい先刻辿った堀川沿いを少し下り、武家地と町屋が混在し始めるあたりから二つ三つ小路の角を折れたところに、来島左兵衛の私宅はあった。

疎林の中に枝折戸、丈の低い家居、厳《いか》つい感じはさらになく、武家の隠宅か町家の妾宅を思わせる、意外に瀟洒な佇まいである。ただ疎水を引き入れた庭に草が伸びている。借家にちがいない。

「むさくるしい所なれど、ここならゆるりと話も出来ますでな」

小さな玄関を入りながら、左兵衛は隠居めいた口調でそう言った。

坪庭に面した小座敷に、平山伊介が神妙な面持ちで座っていた。惣髪を結い上げた頭《かしら》つきは変わらないが、身形《みなり》はこざっぱりし、暗いなりの眼の色も尋常で、惑乱の気配はない。傍らに差料はなく、脇差だけを腰にしていた。

「先日の見苦しき振る舞い、恥入っており申す」

次郎作が勧められた座に着くと、伊介はやや深く辞儀をして、それだけをぼそりと言った。

「某からも改めて御詫びいたす。肥後に御帰国の右馬允様にも、この事よしなにお伝え下され」

伊介に並んで、左兵衛も言葉を添える。白髪頭の下げ様の方が、さらに低く、深かった。

ややあって顔を上げ、口を開いたのも年寄りの方だった。

「さて、西山殿のとりあえずの御用向きもお済でござろう。後は、時分も時分なれば夕餉でも御一緒しながら、四方山の御話でもうかがいたきものじゃが。その用意でお待ちしており申した」

呆気に取られるほどの身と声音の変わり様。こちらは渋面と厳《いかめ》しい口調を取り戻すのに、やや間が要った。

「いや、それは御無用。また、殿から仰せつかった用向きも済んでおり申さぬ」

「ほう、この上の御用向きとは」

「先ずは、御両所の出自と間柄、肥後離国の事情と以後の足取りなどでござる。あの折に殿がお聞きなされたのは、そちらからの御身勝手な申し分、他に確かめようもなき事」

「まだ、お疑いか」

「当然でござろう。謂われなく斬り懸けられ、あわやという折に、申し合わせたかの如く貴殿が駆けつけられた。待ち伏せに遭遇したのが何故に殿であったのかも、今もって合点がいき申さぬ」

自分の表情と口調が必要以上に角張るのが、次郎作にもわかる。が、少しでも緩めばこのしたたかな老狐につけ込まれるのを承知している以上、この厳しさは保たねばならない。何より殿の御懸念を晴らすために。

「初めに、平山殿にお訊ねしたい」

精いっぱいの威容を装って、次郎作は伊介に正対した。

「お何歳《いくつ》になられる。また、肥後を退去した折の御歳は」

伊介の返辞はない。ことさらに畏れ入ったふうでも、逆に不貞腐れた様子でもなかった。ただ、正座の膝に両手を置いた神妙な姿勢で、訊問者の顔を正面から見返している。眼に暗い熱のような光があるが、揺れてはいなかった。

「其方《そなた》の歳を訊ねており申す。お答え願いたい」

次郎作は重ねて訊ねた。

それでも、伊介は黙っている。いずれも短いものながら、これまで幾度か伊介の口から出た人語を我が耳にしている。つい先刻も確かに聞いた。耳口が不自由なはずはない。

外の残照はすっかり消え、坪庭を背にした伊介の半身は仄闇に包まれ始めていた。

重苦しい沈黙が煮詰まり、たがいの呼吸が数えられるようになった頃合いに、別の声が答えた。

「二十五になり申す。肥後を出たは、七つか八つの頃」

「某は平山殿に訊ねており申す。貴殿にではござらぬ」

眼差は伊介に据えたまま、次郎作は左兵衛の差し出口を咎《とが》めた。声音が硬張っているのが、自分でもわかる。が、老人はいっこうにこたえた様子もない。

「以前に申した如く、平山は生来口無精、その上、あの折の気鬱のしこりが未だ解けきっており申さぬ。無理に口を開かせようとなさると、収まりかけておる惑乱が再発するやもしれませぬ故、某が代わってお答え申したまで」

そうなってもよろしいかとの含みを滲ませた落ち着きが、憎らしい。嘗《な》めるなよ、こ奴。さすがに胸中の毛が逆立つのを覚えた次郎作が、左兵衛に向き直ろうとした時、廊下側の戸障子が開き、灯の点った燭台が差し入れられた。

運んできたのは女で、部屋には這入らず、廊下に膝をついたまま入口の畳に燭台を置くと、唐紙障子を立て、音もなく去った。一瞬だが、橙色の明かりを片身に受けたまだ若い女の横顔が見えた。

「時分ゆえ某が命じておいたものでござる。さて、そのような訳で、平山への御訊ね、本日のところは、某が代わってお答えいたす。それでよろしければ、存分にお訊ねあれ」

燭台の出現もこの老狐の手管《てくだ》の一つか、次郎作の角立った気分が、いささか萎《な》える。とはいえ、折角の機会、無駄にはできぬ。再び左兵衛の白髪首に向き直った。

「しからば、平山殿には必ず改めて伺うとして」必ずの語に力を入れるのだけは忘れない。

「来島殿が我らが加藤家におられたは、いつからいつ迄でござるか。前後の事も加えてお訊ねいたす」

「某については、右馬允様をはじめ御家の御歴々がよく御存知の事。改めて申すまでもござるまいが」

「いや、いかに御聡明な殿とて、家中の士一人一人の事を詳しく覚えておられるわけではござらぬ。それに、貴殿については、某自身が承知しておきたき故」

正直、この得体の知れぬ老武士には興味があった。持って回った物言いといい、馬の御し様やとっさの付句といい、殿も漏らされたように、来島左兵衛には一筋縄ではいかぬ胡散《うさん》臭さがあった。そして、その発散を隠そうとさえせぬ奇妙さも。

「関ヶ原の大戦の翌年だったから慶長六年の冬でござったか、再築真っ最中の伏見城にて清正様に拾っていただき申した。以来十五年、飯田覚兵衛殿の与力に配されて、先代及び当代の肥後守様に御仕えし、致仕したのは、大坂両度の御陣が終わったこれも翌年、つまり元和二年の夏でござった。今年、古希を迎えました故、歳でいえば四十から五十五まで。戦国乱世期の尻尾をくわえて余命を得た武者上がりとしては、恰好の盛りを御家の片隅にて過ごさせていただき申した。そういえば、畏れ多くも故大殿浄池院様とは、同年輩と存ずる。伏見城にての初御目見えの折に、我が生年をお訊ねになった大殿がにこと微笑まれたのを覚えており申す。出仕が遅れた故、無塩《なまみ》の戦場《いくさば》にて、比類なき戦功者《いくさごうしゃ》であられた故大殿の御采配、御叱声に直に接する機会を得なかった事のみ、この左兵衛一生の不覚でござったわ」

口調、声音に澱みはなかった。どころか、こちらが言葉を差し挟まなければ、古様な味のある昔語りがとめどなく続く気配さえあった。

「御当家に参らるる以前は、どちらに」

「前の上州館林、榊原家におり申した」

話の腰を折られたかに、いくらかぶすりとした声音で、老武士は答えた。

「浄池院様の御息女古屋姫様の御嫁ぎ先の榊原康政様でござるか」

「左様」

「これはまた御縁の深い。して、何故に、御譜代の中でも武名鳴り響いた榊原様の御家から当家へ移られた」

老武者の眼が、燭台の灯でわずかに光るかに見えた。

「疎《うと》まれたわけでも、こちらが嫌ったわけでもない。御縁が浅かっただけでござろう。よろしいか、お若い方。一昔前までの武士の進退とはそのようなもの。また、致仕した旧主家の事を口にせぬのも作法の一つでござった」

そこまで言うと、珍しく口を噤《つぐ》んだ。

再び音もなく唐紙障子が開かれ、茶碗をのせた盆が差し入れられた。今度も女は敷居を越えず、静かに部屋内に一礼して去った。

茶を配ったのも左兵衛だった。それぞれの前に茶托にのせた大ぶりの煎茶碗を置き、自席に戻った老人は作法に適った手捌きでまず我が茶碗を口に運んだ。

「京留守居顧問の役得にて手に入れた葉茶。そこらの公家、大名家のものにも引けはとりませぬぞ。まあ、お上がりなされ。この通り、毒など入っており申さぬ」

持ち前の口調に戻っていた。

喉の渇きもあったが、老人の変幻自在の詐術に張り合う気もあって、次郎作は、伊介よりも先に自分の茶碗に手を伸ばした。

老人の自慢のとおり、味も香りも申し分のないものだった。ふと、燭台と茶を差し入れて去った女の横顔が、頭の片隅を横切った。

「大殿清正様が、大坂から御帰国の船中にて発病され、熊本にお帰りなさって後にお隠れなされた事は、お聞き及びでござろう。後になって毒殺の噂が流れたことも。それから二、三年がうちに、二条城での大御所様との御対面のさい右大臣秀頼様に御一緒に供奉《ぐぶ》された浅野幸長様をはじめ、豊家恩顧の有力大名が相次いで御死去あるいは没落された故に湧き出た、根も葉もない風説にすぎませんがの」

「しかと、風説に過ぎませぬか」

加藤家中の者にとって、現在も触れてはならぬ話柄である。しかし、それだけに、当時家中にありやがて他家に移った者の見方をうかがうのには、絶好の機会。すかさず次郎作は問い返した。

「でなければ収まりがつきますまい。大殿様をはじめそれぞれの方々のそれぞれの御寿命が、たまたま時期を連ねて尽きられたばかりでござろう。後に漏れ聞いたところでは、大御所様も困ったことよとお嘆きなされたそうな」

自分の方から持ち出した話柄にしては、珍しく歯切れの悪い答え様であった。

「その折、貴殿はどちらにおられた」

一碗の茶を勧めるためにわざわざ持ち出した毒の語ではあるまい。歯切れの悪さも、この老狐の仕掛けのうちか、の思いが次郎作の胸中にある。

「伏見におり申した。二条城への御送迎の警固には飯田殿を頭《かしら》に大殿譜代の馬廻り衆が勤められ、残り大部分は伏見に控えおり申した。右大臣様が大坂にお帰りの途中加藤屋敷にお立ち寄りになり、大殿の御接待を受けられるとの事で、その準備と警固に大掛かりな人数が要り申したでな。その大事も無事に済み、舟にて淀川を下られる右大臣様をお見送りなされる大殿の御様子を、一度だけ遠目にいたした。豊家と徳川家の御仲を取り持たれるという天下の大事を成し遂げられた御安堵と御疲れが我らにもうかがえる御姿でござった」

毒の語もそれへの懸念も口にせず、来島左兵衛はその話を閉じた。

「さて、次は某の御家からの退転の事でござったの。いささか話が長うなり申すが」

そういうと、来島左兵衛は茶の残りを啜った。

「大殿清正様が逝去なされ、浄池院殿永運日乗大居士の諡《おくりな》で祀られたのが慶長十六年の夏。同じ夏の中に虎藤様への御遺領相続も無事済み、並河志摩守殿以下五人の御家老を中心とする仕置の体制も定まり申した。中には、御主の殿、右馬允様も加わっておられた。五家老中もっともお若いながら、御思慮の深さ、明敏さは家中抜群、その御器量の大きさは誰しもが認めるところでござった。その事は江戸の将軍家、駿府の大御所様の御耳にも聞こえ、御参府の折の御両所への御目見えも度々であったと聞き及び申す」

三度、唐紙が開いた。今度は何の差し入れもなく、やはり敷居の外に座った女は初めて言葉を発した。

「御屋敷から人がお見えでございます」

ひそとして落ち着いた声音《こわね》であった。

「藩邸からじゃと。で、誰じゃな」

左兵衛の問いに、女は次郎作の知らぬ人物の名を口にした。

「添役殿がの。ならば居留守を使うわけにもいくまい。参ろう」

そう言うと、次郎作に向き直り、「失礼いたす」と、席を立つ。

所作に芝居じみたところはない。致し方なく、次郎作も茶碗に手を伸ばし冷めた残り茶を啜った。

坪庭に面した明かり障子は開いているが、風がない。部屋の空気が燭台の灯に蒸れはじめている。

口も開かず茶にも手を付けずただ凝然と座している平山伊介の姿が、朧な月影を浴びた山犬のように見える。と、その口を失くしたはずの不機嫌な山犬が声を出した。

「先夜、某と斬り合うた御仁は、庄林と申さるるか」

「いかにも、庄林隼人殿」

驚きから素早く醒めて、次郎作は答える。己の惑乱から心ならずも白刃を交えた相手への詫び言から、この男の頑《かたく》な無口が溶け始めるものならの期待があった。

「あの御仁の流儀を御存知か」

詫び言もその気配も、さらになかった。

「いや、それは存ぜぬ。同じ家中とはいえ、役柄も勤める場所も異なる故。しかし、何故、それを訊ねる」

腹立ちを抑えながら訊ね返す。

山犬は黙って左の袖口をたくし上げた。痩身にしては逞しい二の腕の表に、百足《むかで》を思わせる一筋の生疵《なまきず》が這っていた。

「他人の刃を初めてこの身に受け申した」

悪怯《わるび》れるでも恨むでもなく、伊介は呟くように言って、袖を下ろした。

来島左兵衛が戻ってきた。自席に着くなり、部屋に残した二人の様子に特別の変化のないのを確かめるかに、それぞれの顔をまず見遣った。

「御覧のとおり、藩邸より急な呼び出しが来申した。断りもできぬ事態らしきゆえ、唯今より我が甥も同道して戻らねばなり申さぬ。以前より山城守様にお願い申し上げておったこの者の御召し出しにも係わりますことでな。貴殿には、誠に申し訳なけれど、曲げてお許し下され」

頭の下げ様は丁重ながら、口調は有無を言わせぬものだった。

「わかり申した。なれど、先程までお話し途中の要点だけは、お答え願いたい」

さすがにムッとした様子も隠さず、次郎作は老人の顔を睨んだ。

「さて、何でござったかな」

老狐の表情と口調に戻っている。

「貴殿が加藤家を致仕なされた理由でござる」

「おう、そうじゃった。長々とした話を始めたばかりでござったな。なに、要点と申せばただ一点、御家中の御争いに嫌気がさしたのでござるよ。有体《ありてい》に申せば、某はもともと故大殿清正様に召し出され、この御人こそ我が一代の主人として御奉公申してきた者、御当代様には心からお仕えする義理も事情もござらなんだ。大殿様御逝去早々に兆し、大坂両度の陣後にいちだんと激しさをまし御一門、御歴々を中心とした対立、確執は、我ら番方に属する大方の侍にとっては正直、迷惑なもたのでござった。幸いにして身は壮健なれど歳は五十も半ば、いつまで続くかもしれぬ家中の暗闘の中に朽ち果てるのも心憂しと、見切りをつけ申してな。もちろん、頭分の飯田殿を通じて御当代肥後守様にもお許しをいただいた上での事。それ以上の理由も事情もござらぬ」

左兵衛が腰を上げかける。

「確執抗争そもそもの根は」

「それは、御家中争いの経緯顛末も混じえて、貴殿の殿にお訊ねあれ。周知の如く、加藤美作殿一党に対して、右馬允殿は一方の御旗頭であられた。しかも、押しも押されもせぬ勝ち組の頭領。致仕退転いたした某など足元にも及ばぬほどにずんとお詳しゅうござるわ」

捨て台詞めいた口調で締めくくると、留めようもない素早さで立ち上がった。

致し方なく次郎作も席を立つ。煮え返る腹をどうにか宥めて、廊下に出、玄関に向かう。

玄関脇の小部屋の暗がりに女が座り、辞儀をしているのが見えた。髪と黒っぽい小袖の間で、項《うなじ》だけがわずかに浮き上がっている。色目こそ違え、それは山間の林床に咲く片栗の花を思わせた。

「又のおいでを」

背中に受けた老狐の商人めいた挨拶に応えもせず、次郎作は、すっかり暗くなった戸外へ出た。

三

緑が深い。木立に囲まれた禁裏のあたりはもちろん、市中のすべてが濃淡こもごもの萌黄の幔幕の中にある。来島左兵衛の私宅を訪ねてから十日余り、すでに五月も半ば、その緑にも早や黒ずんだ影が沈み始めている。どこかで、時鳥《ほととぎす》が鳴いた。

あの男、二十五といったか。次郎作は、ふと平山伊介の暗い目の色を思った。

自分より三つほど若い。が、その歳もわずかな来歴の切れ端も、彼自身の口から聞いたものではない。すべて叔父と称する老狐の口舌を通してのもの、真偽のほどはすこぶる怪しい。とすれば、尋常ではない振る舞いと無口はさておき、己の出自や肥後退去の事情に関する直《じか》の記憶や知識の持ち合わせが彼自身にないか、乏しいのではとも考えられはすまいか。

幸いに父母は熊本に健在とはいえ、次郎作にも祖父についての記憶や知識はないに等しい。名さえ、今もって定かでない。

元服を三年後にひかえた十二歳の春、父西山次郎左衛門から、初めて祖父の事を告げられた。簡素な私室に余人はいなかった。普段は柔和な表情を改めて、父は通称ではなく名で次郎作を呼んだ。

「よいか、豊一《とよかず》、其方の祖父、某には父に当たる御人の事、これまで敢えて触れなかった。武家で何よりの大事は血筋、しかも其方にとっては先々代、不審にも覚えておったであろう。儂も語れぬことで、ずいぶんと辛い思いもしてきた。実は、其方の祖父なる人は、豊太閤以前の頃より戦場に出られて、戦功数えきれぬほどの武辺であった。しかし一方で、気狂いなされるほどに我がお強く、度々、主も名も替えられた。当然のことに、作らないですむ敵も大勢作られておる」

父は、そのまましばし目を閉じた。次郎作の知る由もない祖父との歳月の光景を胸中に横切らせたのであろう。

「その御人が、先年大坂で果てられた。去んぬる元和元年五月七日、大坂でと聞けば其方にもわかるであろう。が、寄せ手の武者としてではない。豊家を守る籠城軍の一将としてめざましく奮戦され、攻め手の越前勢の中におった旧知の手にかかられた。洩れ聞くところでは、首実検の折に大御所家康様が、この者若ければこのような最期は遂げなかったであろうにと呟かれたそうな。とうに古希を越えておられたはず、大御所様にも御覚えのある白髪首だったのであろう。思えば、最後まで我を通された一生であった。そのような御人だった故、この儂も親父殿と共に過ごした時は少ない。度々替えられた名も主人も、いちいち覚えておらぬ。お別れして以来二十数年、親父殿の方でも、息子の儂が肥後の加藤家にお仕えしておることも其方が生まれたことも御存知なかったであろう」

黙って聞いているほかなかった。悲しみや怒りは不思議に湧いてこず、代わりにこれまで感じたことのない巨大な空虚が体の奥に積んでいくようだった。

「親父殿の生き様も果て様も、これまでの世であればそれでよい。乱世に生を受けた武者としての存分の振る舞いは、誰に恥じることなく、むしろ名誉として語り継がれるやもしれぬ。戦国の世を締めくくる最後の大戦《おおいくさ》で果てられたのは、親父殿には誠に本望であったろう。死に場所を探しておられたに違いない老武者を、大坂の大戦はよう抱き取ってくれたものよ」

父は再び軽く瞑目したが、すぐに語り継いだ。

「が、これからは違う。もはや戦場だけが武士の働き場ではない。ことに其方達の生きねばならぬ世はそうじゃ。であれば、祖父様の名と共に噂されるであろう我一途《がいちず》の古様な処世や、何より大坂方に味方しての御討死の事実は、其方の今後の世渡りに福として働く事少なく、むしろ災いとならぬとも限らぬ。よいか、豊一。祖父様の事は腹の中に据え置き、己自身の道を歩めよ」

父はついに祖父の名を明かさなかった。

時に大坂落城の二年後、その折はまだ漠としていた父の苦い配慮の生身が、現在では理解できる。大戦直後に厳しく行なわれた落人吟味こそ一段落した時期とはいえ、その後曳《あとび》きは様々な形でくすぶっていた。肥後熊本の加藤家中の藩内抗争、確執もまさにそこに起因したといえる。大坂両度の陣への対応の違い、将軍家、豊家双方への距離の取り方、馳走の仕方の深浅、軽重の程合いの相違が、家中の、特に一門、重臣の間を二分し、抜き難い疑念と対立を生む根拠となったようである。

当然のことに、両派の対立は、まだお若かった御当代忠広様を補佐して国政を主導する権力争いの様相も呈してきたであろう。さらに、故豊太閤と先代清正様との深い御縁を骨の髄まで知っている加藤家中のこと、上層部の対立が中級以下の侍層に及ばないはずはなかった。父次郎左衛門もその渦中にあったに違いない。そしてその苦衷《くちゅう》が、やがては同じ加藤家中に召し出されるはずの嫡子次郎作への訓戒となったと思われる。

次郎作はその訓戒を守った。ばかりでない。同じ年頃の武家の子弟が競って習う射技や槍、太刀打ちなど武張った諸芸の稽古は程々に、これも父の奨めで八歳から始めた和歌の修行と古典の習読にいっそう身を入れた。和歌の師は、御城からも西山家からも程近い岩立《いわたて》にある釈将寺の豪信僧都《ごうしんそうず》。この老師の厳しい中にも滋味豊かな指導のおかげで、次郎作の腕は、自身でも驚くほどに上がった。そして三年の後、出仕早々の身を殿右馬允様が我が家来に引き取られ、すぐに八代にお連れになったのも、頼むはこれのみと励んできた和歌の力だったとしか思われない。

平山伊介が母と共に郷国を追われたのは、八歳の頃という。次郎作が父から祖父の事を初めて聞かされた時期よりさらに二年早い、大坂落城直後。伊介の記憶の中で肥後退去の折の事情や己の立場が漠としているのも、さほど不思議ではない。だが、一方で、年端もいかない頃の経験ゆえの記憶不足というだけでは、伏見での待ち伏せに至った惑乱の因果が浅すぎる。あの不機嫌な山犬のような気配の裏打ちとしても。


日暮れにはまだずいぶんと間があるのに、堀川の水面が暗いのは、映り込んだ樹々の深すぎる緑のせいに違いない。その倒立した影に、ひときわ長く濃い大楓の枝葉が加わった。

今度も訪問の通知は出してあった。いずれまた私宅に案内されるとしても、人を用いて遣る消息の気付先は、来島左兵衛の属する堀尾家京屋敷でなければならなかった。何よりも伊介は、殿より左兵衛に一時身柄を預けられた、いわば科人《とがにん》である。左兵衛には、科人を監察する責任があった。

しかし、左兵衛は不在だった。

本日この刻限の訪問は御通知済みの事と言っても、言伝《ことづて》てもないらしく、藩邸の門番の返事は要領を得ない。出先や帰邸の予定を訊ねても、ただ不在を繰り返すばかり。またも老狐にはぐらかされたかと地団駄を踏む思いを抑えて、左兵衛の私宅へ向かった。

私宅にも左兵衛の姿はなかった。

玄関で案内を乞うと、しばらく間をおいて伊介がのっそりと現れた。相変わらず無愛想この上もない表情で、左手に差料をさげていた。改めて来意を告げ、直《じか》にここを訪ねたわけも話したが、「御足労を」とも「上がれ」とも言わない。

ただ、次郎作の背後の戸外に暗い眼差しを配り、「外で誰か見掛けなかったか」と訊ねた。

「いや、子猫いっぴきも」とこちらも簡略に応じ、

「何故にそれを気にする。気掛かりでもあるのか」

ぞんざいに返す。

互いの面白くもない顔をいっときつき合わせていたが、今度は何とか人並みの挨拶らしき語を、伊介は口にした。

「本日の事、叔父御から何も聞いておらぬ。それに、みふゆ殿もおられぬ故、上げても茶も差し上げられぬ」

みふゆとは、前にここを訪ねた折に燭台と茶を差し入れた女であろう。辞去する時に目の端に捉えた片栗の花のような風情が思い出された。そのあえかな面影を頼りに、次郎作は自分で考えてもいなかった誘いをかけてみた。

「上げてもらえぬなら、共に外に出てみぬか。遠からぬ所に、いささか存じ寄りの所がある。時分

も時分、そこで夕餉でも一緒にできぬか」

伊介は、最初は驚いた、次には心から当惑した表情を浮かべた。その両方ともに怒ったように見えるのが、おかしくもある。

「外に出るなと言われておる」

矢声擦れした錆声での、童《わらわ》でも吐きそうな台詞であった。

「誰に」

「叔父御にじゃ」

遣り取りが短い。

「ならば安心なされ。来島殿にそのように頼んだのは、我が殿。その命じた側の某が誘うておる。叔父御も叱られる事はござるまい」

思案している体の伊介から、山犬の気が洩《も》れてきた。

「謀《たばか》るのではあるまいな。外に人数を伏せおいて某を捕らえ、伏見の屋敷にでも連れていくのではあるまいの」

「そのつもりなら、あの宵に伏見の土手道でいたしておる。主と四方山の話がしたいだけじゃ」

「四方山の話などない」

「主と斬り合うた庄林殿の剣の話などはどうじゃ。流儀は存ぜぬが、彼の豪剣にまつわる家中の噂くらいは話せるが」

再び思案の体《てい》。山犬の気はまだ消えていない。

「誘い出される振りをして、某が主を斬るとは思わぬか」

の場にても」

「思わぬ。主と叔父御がその気なら、十日前のここの小座敷でも出来たはず。或いはたった今、こ

三度目の思案は少し長かった。

「承知した。その代わり、旨い夕餉を食わせていただこう。この二日というもの、水のほかに何も腹に入れておらぬからの」

伊介はそう言うと、三和土《たたき》に揃えてあった草履をつっかけた。あの宵に履いていた武者草鞋ではなかった。

この時刻にいきなり訪れて夕餉らしきものをねだれる所といえば、一箇所のみ。里村家の学寮はもってのほか、武家でも町家でも寺社でもない。五条大橋を少し下った河原寄りの疎林の小屋に住む、素然と称する老風狂の許《もと》だけである。

四、五年前の秋半ば、橋上で戯《ざ》れ歌を詠みかけられ、戯《たわむ》れに応じたことから、付き合いが始まった。といっても、たまにこちらから訪れて、今昔の物語を交わし、昌琢師などは眉をひそめられる無心の連歌の付合いに興じる仲にすぎない。還暦はとうに過ぎた風体ながら、筋骨の逞しさや声音の錆び加減から、武家あがりと知れた。乞食同然の暮らしながら、不思議に日々の方便に窮《たっき》した様子がない。どちらからか捨扶持《すてぶち》でも給されているのか、いつ訪れても快く酒食の供応にあずかれるのだった。

素然老の小屋に着くまでの四半刻、伊介はほとんど口を利かなかった。浪人暮らしで身についた癖なのか、足早に歩きながら、時折四方に目を配っていた。

月代頭《さかやきがしら》と浪人髷《まげ》が仏頂面を並べてただ足早にというのも気詰まりなもの、次郎作はこれからの

訪ね先について多少の誇張を混じえて語った。興味薄げに聞いていた伊介は、「妙な年寄りではあるまいな」とだけ応じたものだ。

東山の稜線を残照が染める頃、小屋に着いた。折から疎林を縫う小路から薪を抱えて帰ってきた素然老は、次郎作を喜んで迎えた。

「よい折に見えられた。ちょうど今日は保津川の鮎をいただきましてな。年寄りひとりではいかにも侘しと嘆いておったところ。さて、香魚の味噌田楽なりといたしましょうぞ。お手伝いいただければ、御口に入るも早い」

身軽な動作で準備にかかる。次郎作はもちろん、伊介も薪運びなど手伝っている。

「方丈の栄華を添うる夕陽影」

串に刺した若鮎の横腹に味噌を塗りながら、素然老が詠むと、

「何やらん加茂の川波恋しゅうて」

炉の火をせせる手をちょっと休めて、次郎作が同じ長句で応じる。

「そりゃあ、俳諧やな」

すかさず素然老がまぜ返した。

何がそんなに面白いといった目付きで伊介が二人に横目をくれるが、仏頂面は消えていた。

田楽が程よく焼き上がり、狭い小屋内に芳ばしい香りが立ち込める頃合い、一席の亭主は部屋の隅から大ぶりの船徳利を持ち出した。これも大ぶりの欠け茶碗にたぷたぷと注ぎ、ひたすら鮎田楽にかぶりついている伊介の膝前に差し出す。

「これが我が方丈の茶。初会のお若い方、まず召されよ」

「酒はいただかぬ」

じろりと見て、伊介が断った。声音が毛羽立っていた。

「左様か。それは残念。五分《ぶ》だけ緩むも兵法のうちという言もありますがの」

「兵法ですと」

鸚鵡返しに、伊介は訊ねる。

「何故に、兵法を持ち出される」

「他意はございません。其方様の薪の扱い様、その御指の腹の胼胝《たこ》の具合、五月雨の数ほども木太刀を振られた跡と拝見いたしましてな」

燠にかざした鮎を返しながら、素然老はゆるゆると答える。竹串をつまむその指の節も、決して細くはない。

「貴殿も兵法者か」

伊介の目に小さな炎が点っている。

「いやいや、兵法狂いの旧友がおりましてな」

「その兵法狂いがどうなされた」

伊介の物言いは、相変わらず短い。

「先ずは茶碗を取られよ。御正客が回して下さらねば、次客も亭主も余禄をいただけませぬでな」

素然老の声音は、笑《え》みを含んでいる。

伊介は次郎作にちらと横目をくれた。次郎作は黙って頷いてみせる。

伊介が渋々といったふうに茶碗に手を伸ばしたのは、話の続きを早く聞きたいがための所作と露《あら》わに見えて、おかしい。

伊介は一口だけ茶碗の中身を含み、不味そうな面付きのまま、持ち重みのする大茶碗を次郎作に回した。

「旧友のことでござったな。三十年ばかり前に死に申した。関ヶ原の大戦の後、この京には、諸国の武辺者や兵法遣い共が雲の如く集って来ましてな。ご存知のとおり、天下分け目といわれた大戦の結果、数十万ともしれぬ牢人が生まれ申した」

素然老の口ぶりが武家ふうに変わっている。

「新たな仕官口を求めるその連中の大部分が、野盗紛いも混じえて京、大坂に慕い寄ってきたのでござるよ。都大路のど真ん中、どこぞの辻々での行き合いの喧嘩、斬り合いは数知れず、いや、賑やかというより物騒な数年でござったわ。中でも、主家を失った武辺、腕一本での出世を望む兵法者にとって、何より恰好の技倆《うで》の見せ所、高名の立て所。四、五日に一度は、どこそこの河原、洛外の野や寺跡で、野試合という名目の果たし合いが行われておりました」

話を聞きながら、西山次郎作は、会ったこともなく名さえ定かならぬ祖父の事を思い浮かべた。当時祖父は父と一緒だったのだろうか。持ち前の我を張って主家を離れた回国の武辺だったとしたら、素然の話に出てくる荒くれ牢人の一人として、京、大坂のどこかを彷徨《さまよ》っていたのかもしれない。

窪んだ眼窩と削げた頬を持ち、歳は祖父孫《じいまご》ほどの違いながら、目の前にいる平山伊介と同様の餓えた山犬の気を放っていたのかもしれない。

「我が旧友は、それらの野試合の一つで呆気なく散り申した」

「死なれたか。して、その次第は」

胡坐に組んだ片膝をちょっと動かして、伊介は訊ねた。

「尋常に一合、ほぼ同時に撃ち合った。ただそれだけ。相手の太刀行きが我が旧友より一瞬速く、より強かっただけでござろう。具足を着けておらぬ素肌に受ける斬撃は、意外に深く、強うござる。頭蓋から顎まで斬り割られた旧友は、十息もつかぬうちに絶命いたした」

「見ておられたのか」

「息絶えましたのが、我が膝の上でござれば」

素然老は還ってきた茶碗を両手で支え、茶を喫するようにゆっくりと啜った。

「相手は」

伊介の膝の上の掌が軽く握られた。

「播州の出とかいう、まだ若い男でござった。名は忘れ申した」

素然は、かかえたままの欠け茶碗を口に運んだ。

開け放しの戸の外が暗い。すっかり暮れたのだろう、先程まで聞こえていた宵鴉の声もいつしか消えていた。

「さて、試合の前夜、その旧友《とも》と飯を共にいたした折、小土器《こかわらけ》一杯の酒を勧め申した。戦勝の前祝いの気持ちもありましてな。ところが、何よりの酒好きが、明日の夕刻まで生きておればその時にと、珍しく固辞したのでござる。ではと、明朝の立ち合い人を引き受けていた某も、一晩の断酒に付き合い申しました。そして、結果はいまの話のとおり」

三度、素然は茶碗を持ち上げる。残りの中身はひとりで片付けるつもりらしい。

「傍目には気狂いしたかに見える厳しい一人稽古、そしてほぼ夜毎の少量の酒。それが我が旧友の日常でござった。その二つによって、命の緩急の拍子を整えていたのではござるまいか。その一拍が狂うた。わずかの酒を飲んだ、飲まぬということではござらぬよ。人の息遣いを思われよ。吐いた分だけを吸い、吸うた分だけを吐く、その繰り返しで、男も女も幼児も年寄りも生きており申す。つまりは、天から授かった自然の拍子をとりましての。で、一拍でも滞れば、他愛もなく死に申す」

言葉を切り、老人は皺面に浮かべた微笑を伊介に向けた。

「息を吸い詰めになさるなよ。お若い方。指の胼胝《たこ》も固まり過ぎれば割れますぞ。割れて手を傷めれば、兵法も自在には遣えますまい。いや、なに、酒を勧めるは今夜限り。ふと、旧友の面影がしのばれましてな。廃《すた》れ爺《じじい》の笑止な申し様、お許し下されい」

伊介は黙っていた。礼も言わぬ代わりに、ことさら不機嫌な様子でもなかった。

素然の小屋を辞した頃、宵月はまだ西空に低かった。夜の更ける前に市中を抜けたかった。年々公儀による浪人払いが厳しくなり、洛中では昼間でさえこれ見よがしの浪人形《なり》を見掛ける事が少なくなっていた。衣裳も少しは整い、髭こそ当たっているが、伊介の長身と惣髪を乱暴に括り上げただけの頭《かしら》つきは目立つ。所司代配下の見廻りなどに見咎められる面倒は避けたかった。

二人は足早に五条大橋を渡り、朧な月影に浮かぶ二条城を遠く横目に、加茂川沿いを上っての帰路をとった。ずいぶんと遠回りになるが、その分、市中のど真ん中を避けることが出来る。

往路と同じく、伊介の無口振りは徹底していた。我ながらの気転で左兵衛の私宅からの連れ出しに成功し、素然老の心利いた持てなしもあって不機嫌な緊張の一皮くらいは剝けたと思ったはずが、伊介の身上を探る手掛かりとなるような問答はもちろん、四方山の話さえできなかった。

素然老の小屋を出て半刻近くも費やしたであろうか。御所の北側を大きく迂回して、南西部に広がる武家地に入る頃には、月も天空の高みに近づいていた。

堀尾屋敷の門前を過ぎる時、次郎作は堪らず、声を掛けた。

「来島殿はお帰りであろうか」

答えはなかった。

「いつ出られて、いつ帰られる。それだけでもきいておかねば、次の訪問の目途《めど》も立たぬが」

「知らぬ」

山犬の答えはにべもない。堀川沿いの夜道に人影はなく、流れに二人の早足の音が重なっている。堀川をいったん渡り、左兵衛の私宅へ通じる小路へ入った。その小路も堀川の細い支流に沿っている。古くからの空き地が疎林になったのか、年を経た楓の木が多い。路傍の地面に夜目にも白くどくだみの花が散っていた。

梢を洩れる月影に、枝折戸が見えた。まだ、かなりの距離がある。

と、一歩先を行く伊介の早足が緩んだ。

「戸の前に誰かおる」

そう小声で言うと、左手に提げていた包みを、有無を言わさぬ手付きで次郎作に押し付ける。帰りしなに素然老が伊介に持たせた手土産である。

「来島殿か」

「違う」

舌打ちにも似た短い返事に、この馬鹿がといった気配が濃い。確かに、左兵衛なら戸の外にいるはずはなかった。

「何か話せ。普段の声で」

空《あ》いた左手を腰の差料にあてがって、伊介が低い声で言った。前句を示されての付句ならともかく、何かと言われても、とっさに声もでない。

「今日の田楽は旨かったの」

口にした台詞の間抜け加減に、自分で滅入る。

「左様、旨かったな」

伊介は律儀にも声高に応じ、すぐに次郎作にだけ聞き取れる小声で続けた。

「狙いは主ではなく、俺のようじゃ。主は去《い》ね」

言い終わると足を速め、次郎作との距離をあける。伊介の背から、山犬の気が臭い立っていた。

「そうはいかぬ」

伊介から預けられた竹の皮包みをかろうじて懐に押し込み、とりあえず次郎作も両手を空《から》にした。

五間先まで枝折戸が近づいた。

物音も矢声もなく、伊介の左右から白刃が襲った。

思わず立ち止まった次郎作の見た伊介の動きは瞠目すべきものだった。伊介は跳び退るでも抜き合わせるでもなく、絶妙の間合いで二本の白刃の間を走り抜け、枝折戸を背にした時には、抜刀していた。

小路に姿を見せた敵は二人。共に後方にいる次郎作には目もくれず、伊介に二撃目を送り込む。

伊介は身を沈めて左手の敵の胴を払い、そのまま低い生け垣に沿って短く走った。

三人目の敵は、枝折戸の内にいた。たった今まで伊介が背にしていた戸を貫いた切っ先が一瞬月影を受けて光り、消えた。伊介が戸を背にしたのは、そのことを察知して姿を見せぬ第三の敵の攻撃を誘うためだったか。いずれにせよ、伊介の大胆さ、俊敏さは並外れていた。

瞬時の驚きから醒め、次郎作も抜刀して枝折戸の前に駆け寄る。すぐ足元の、生け垣の根に腹をおさえた男が一人もがいていた。片手にはまだ白刃を握っているが、立ち上がる力はもはやない。月代はなく浪人髷の、見知らぬ男だった。

伊介と、続いて戸の外にいたもう一人の敵が走り込んだ生け垣沿いの疎林の奥で、二、三度、刃の撃ち合いとくぐもった矢声が湧いた。今度は躊躇《ためら》わず、次郎作はその方角へ走る。

暗い。わずかに光る細い流れを跳び越えたところに、もう一人の敵がいた。こちらもたった今斬られたばかり。地面に片膝をつき、白刃を突き立てて身体を支えているが、手向かう気勢は見えない。その顔にも見覚えはなかった。

疎林のさらに奥の方から落ち葉を踏む音が近づき、白刃を提げたままの伊介が駆け戻ってきた。

「無事か」

同時に声を掛け合い、

「おう」と、同時に応え合う。

「もう一人おったが、逃《のが》した」

さすがに粗い息をつきながら、伊介が言った。

月影をまだらに浴びた顔が青い。

「誰だ。こ奴ら」

白刃を杖に片膝立ちの男を見て、次郎作が訊ねた。

「知らぬ。が、十日ばかり前からこの家を見張っておる者らがいた。初めは主らの手の者と思うておったが、違うらしいの」

「当たり前だ」

答えて、今日の伊介が絶えず周囲に気を配っていたのを思い出した。

「来島殿は知っていたのか」

「知らせたが、大事ない、捨ておけと言うておった」

「が、大事になった」

「うむ」

人を二人斬ったばかりの山犬が短く唸った。

「こ奴に訊いてみるか」

「無駄だ。首を斬った。すぐに死ぬ」

伊介の言葉が終わらぬうちに男の手が柄から離れ、両膝が落ち、次いで上体が地面に崩れ伏した。

楓の若葉と樹液でほの甘い夜気に、急に血の臭いがムッと立った。それを確かめて、次郎作も伊介も白刃を鞘に納める。

「さて、どうする」

刃は納めたものの容易には納まらぬ動悸をようやく抑えて、次郎作は伊介に訊ねた。

「戻って寝る。死骸は明日の朝にでもその辺に埋める。主は早く帰れ」

伊介の面付《かおつき》と語調から生の殺気は消え、早くも不機嫌な山犬に戻っている。

「この家で寝るのか。誰かはわからぬが、こ奴らの一党がまた来る気遣いはないか」

「来るとしても、すぐには来ぬ。こ奴らの遣り口を見たろう。得物は刀のみ、口上も気合も発せず、三人掛かりで手早く仕遂げようとした。目立ちたくないのは、こ奴らもどうやら同じ」

そう言うとさっさと背を向ける。次郎作はあわてて後を追った。

枝折戸の脇の垣の根に、男が俯《うつぶ》せになっていた。もがきは止んでいる。伊介が男の手から刀を引き離し、掌を鼻の辺りに当てていた。

「こちらも死んでおる」

すぐに身体を起こし、戸を押し開ける。

「今夜だけでも、某と一緒に来ぬか。腕に覚えあってもここで一人は、安心して眠れぬぞ」

「主らの伏見屋敷にか。寝首を掻かれそうで、その方が不安で眠れぬ」

本気とも冗談ともつかぬ言い草を残すと、痩せた長身の山犬は、戸の向こうに消えた。


その後の数日間、西山次郎作は多忙だった。連日のように昌琢師に従って連歌席への出座があり、欠かせない古典講読の受講も重なって、伏見屋敷にも帰れず、里村家の学寮泊まりが続いた。

本来ならあの翌日にもと、気もそぞろに過ごした六日も後の、午前もまだ早い時刻の左兵衛私宅訪問であった。

今日は堀尾藩邸には寄らず、直に左兵衛の私宅へ向かう。往訪の通知も出していなかった。来島老人はともかく、なにより平山伊介の無事を確かめたかった。

枝折戸は閉まっていた。落ち葉が散り敷き、草木が伸び放題の庭が、朝のつややかな陽光に無惨な顔をさらしている。

玄関を開け幾度も声を掛けたが、応答はない。上がる。どの部屋にも人気が絶えている。争って踏み荒らされた形跡はないものの、それがかえって無人の空虚さを感じさせた。

山犬の息遣いも、その遺骸も、どこにもなかった。

寛永八年夏・京

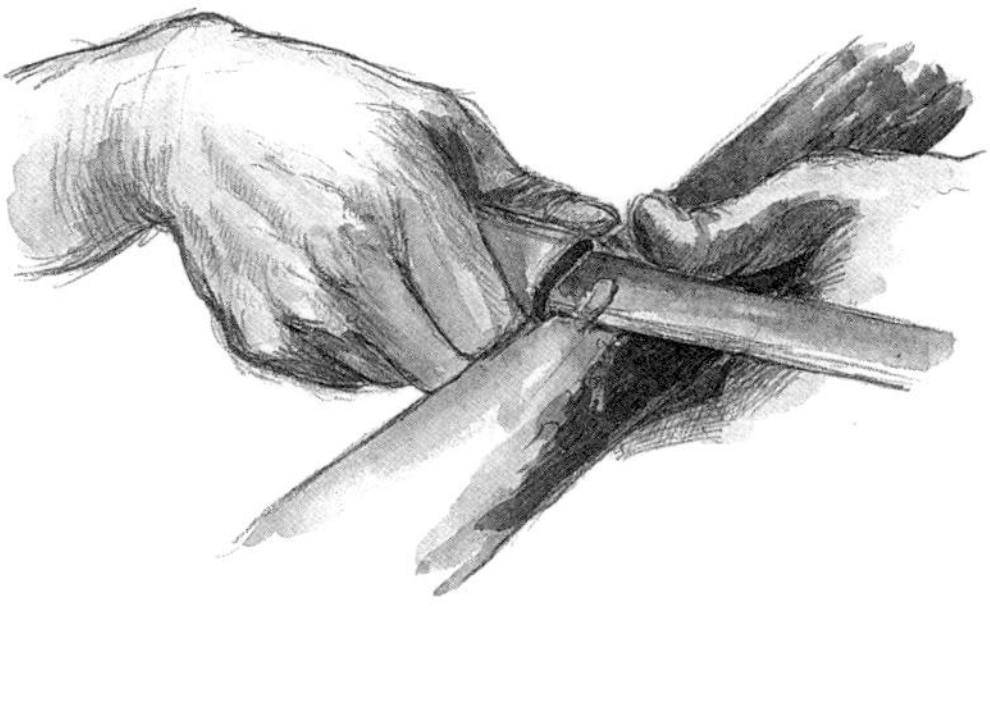

一

朝早く、叔父が来た。枝折戸に仕掛けておいた鈴の鳴る音に目覚め、差料を引き付けて待っていると唐紙が開き、左兵衛叔父が部屋に入って来た。自身左手の指先を鯉口に当てがっているものの、格別に驚いたふうもない。

「怪我はないか。外に二人死んでおったが」

まだ仄暗い坪庭の障子の方に目を向けて言った。

「何があった」

昨日の夕刻以来の事を掻い摘んで話した。来訪した西山に誘われるままに外出したことで小言もなく、ただ小屋住まいの老人について訊ねられた。

「素然と申したか。こちらの事、何か知っておる様子はなかったか」

「いえ」

伊介は短く答え、酒と兵法についての遣り取りにわずかに触れた。

「定めし大坂の落武者上がりであろう。似たような爺様方が、この京のあちこちにまだ生き残っておられると見ゆるの」

苦笑まじりの口振りだった。

「さてと、ここに長居は無用じゃな。幸いに世帯道具らしきものは何もなし。外の骸《むくろ》を始末して、退散いたそう。その前に、これを腹に入れておくがよい。先日の遠出の折には、急いでおった故、金子《きんす》も食い物も置いて行く暇なく、気に懸かっておった。それでと言う訳ではないが、食い物に釣られての西山との外出、咎《とが》めぬよ。儂《わし》は、もう一度外の様子を見てこよう」

叔父は懐中から紙包みを取り出して渡すと、唐紙を開けたまま出て行った。握り飯が二個入っていた。冷めた飯を噛みながら、昨夜斬り合いを始める直前に西山に押し付けた素然からの手土産を、平山伊介はふと思い出した。

食べ終えて手水《ちょうず》を使い、枝折戸を出ると、右手の疎林の奥から土を掘り返す音が聞こえてきた。近付くと、片肌脱ぎになった左兵衛叔父が、鍬を振っている。いつどこで用意したものか、傍らに手鋤までころがっていた。

いつもながら叔父の周到さと旺盛な体力には呆れ返る。歳は喜寿に近く、昨日会った素然などよりなお十ばかりも年長のはずなのに、鍬を扱う腰構えも手付きもしっかりと狂いがなく、息も上がっていない。歳相応は小さな白髪髷をのせた頭《かしら》つきと皺面《しわづら》のみ。規則正しく伸縮する上腕から肩の筋の様子などは若い伊介と較べても遜色がない。さすが我が叔父、我が師と誇りにも感じる一方で、化け物かとも思う。

「手早く済ませたがよいでな」

駆け寄った伊介に鍬を渡し、片肌脱ぎの腕を袖に通しながら、左兵衛は言った。

「斬り口を見た。腕を上げたな、伊介殿。暗夜の斬り合いでは、思うように刃筋が立たぬ。それをよう見切られた。鍛え甲斐があって、儂も満足」

確かに体はよく動いた。暗い中で、相手の動きもよく見えた。素然の兵法譚のせいとも、勧められて一口舐めた酒のせいとも思えない。しかし、馳走になった鮎田楽が程よい腹の足しになっていたのと、西山との小半刻の早足が体をほぐす薬になったのは否めない。とすれば、西山の誘いにのっての外出が、昨夜の危機と幸運を呼んだのか。

それにしても、敵の攻撃はいかにも物馴れていた。覆面こそなかったものの暗夜の待ち伏せに合わせた黒ずくめ、口上も矢声も発しない突然の仕掛け。腕も並ではなかった。左右から斬り付けた敵は、幸いにさほどの手間をかけずに斬れたが、逃した一人は、相当の遣い手だった。枝折戸の向こうに潜んでいるのを察知できたのは、戸の隙間ごしに月影を弾いたらしい白刃がたまたま目に入っただけ。四、五合懸命に撃ち合って、手負わせることもできなかった。

日頃の見張りの上での攻撃、布陣、有無をいわせぬ仕掛け様。脅しでも、警告でもない。しかも左兵衛叔父の留守を狙い、同行の西山には目もくれず、ひたすらこの平山伊介一人に向かってきた。何故、出歩きもままならぬ貧乏浪人一匹を。

叔父の頼みというか指令のままにこれまで何人かの命を奪い、傷つけてはきた。しかし、相手はどれも、己の名も身元も知らぬはず。仇として狙われるはずもなく、重大な失態も犯していない。現在己の命を狙う者がいるとすれば、先々月にこちらから仕掛けた加藤右馬允の家人《けにん》以外に考えられぬ。だが、彼等とて同じ家中の、しかも毛筋ほどのその気も見せぬ西山の目の前で襲うような無謀を犯すことはあるまい。では、いったい誰が、何の目的で。

二体の骸を入れるに十分の穴を掘り上げて、息を整えると、その疑念が声になった。

「この者らは、何者です」

「知らぬな。懐や襟口を改めてみたが、わずかの金子と手拭い、鼻紙のほかに、正体の知れる物は何も持っておらぬ」

傍らの木の根に腰を下ろしていた叔父が答えた。

「見当もつきませぬか」

「とんとつかぬよ。主にも儂にも心当たりがないとすれば、或いはただの人違いで狙われたか」

叔父にすれば要領を得ぬ返答ぶりに聞こえた。

「先刻、長居は無用と言われましたが、ここを引き払うには、何かわけが」

「一人逃げたと言うたな。が、この二人は戻らぬ。人違いであれ何であれ、こ奴らが一味一党の者であれば、次には確実にここを目指して来る。主の腕に不安はないが、これ以上借家近辺の斬り合いで死人を出すわけにもいくまい。騒ぎを大きくして、藩邸に迷惑もかけられぬ。主の仕官口もまだ塞《ふさ》がっておらぬでな。なに、心配はいらぬ。借家の一軒や二軒、いつでも当てはある」

「加藤家からの連絡はどうなさる。今日、明日にでも西山は来ますぞ。昨夜のような変事を我が目で見たからには」

白刃を引っ提げて駆け付け、夜目にも紅潮した面にまなじりを決していた西山次郎作の姿を、伊介は思い起こす。互いに「無事か」と声を掛け合い、「おう」と同時に答え合った、あの時を。

「なに、あの歌詠みがまず訪れるのは堀尾屋敷。藩邸の門番にはすぐにでも我らがこの家から出たことを伝え、四、五日うちには、こちらから伏見の加藤屋敷へでも引っ越し先を知らせればよい。主の気に懸けることではない」

左兵衛叔父は事も無げに、そう答えた。

「みふゆ殿には。叔父貴がおらぬ間は三日おきほどに見えられておったが、このところ来られぬ」

ほうといった妙な目の色で叔父はこちらを見た。

「それも、もちろん連絡を入れねばならぬ。あの女はただの下仕えの雇い女ではない。もともとそう頻繁には来られぬのよ」

ゆるく釘を刺すような口調で言うと、叔父は腰を上げた。すぐ近くに横たわる骸の足の方へ向かう。重い頭の方はお前が扱えということか。

はじめの骸は何なく穴に入れたが、二番目の、枝折戸脇で息絶えた方は意外に手間がかかった。体も大きく重いうえに、一間近い幅の疎水を渡らねばならない。血は乾いていたが、伊介がつけた脇腹の斬り口から嫌な臭いが立ち始めていた。

目の下すぐに土気色をした横向きの死首が揺れている。頭は惣髪の浪人髷、ぺらりとした平たい面に絶命するまでの苦悶が貼り付いていた。改めて見ると、薄目を開けたままの目尻が異様なほどに切れ上がっている。かつて筑前福岡にいた頃に見掛けた唐人の顔にどこか似ていた。

妙なことをふと思った。

口上も矢声もいっさいなしの昨夜の斬り合い、彼らが唐人ならばありうる事。が、そうなると、己が襲われた理由がますますわからなくなる。叔父が言ったように、ただの人違いなのか。それでも、体の大きさの割には肉の薄い耳と唇に目が行く。逃した奴を除き、ほとんど一撃で倒した二人の敵の動きや白刃の扱いが見馴れたこの国の刀術とほんの少しだけ違っていたようにも思われる。

一度湧いた妙な疑念は、楓の茂る林の奥に掘った彼らの墓穴に着くまで消えなかった。しかし、叔父に言えば一笑に付されるであろうその疑念を、伊介は口にしなかった。

二人目の骸を穴に落とし込み、土を被せて地表を均《なら》し、さらに落ち葉まで撒いて、正体不明の襲撃者の埋葬は終わった。

「では、行くか」

小用でも足し終えた口調で左兵衛叔父は言って、背を向ける。用済みの鋤と鍬を両手にして、伊介が追った。


その日の夕方、平山伊介は移り先の破れ縁《や》に胡坐《あぐら》を組んでいた。

午後もまだ早い時刻に左兵衛叔父に案内されたのは、大原口に近い寺町外れの、廃寺同然の荒れ寺だった。無住ではないらしいが、茂り放題の木立と雑草に囲まれて建つ伽藍や庫裡の様子は、辻風でも通った直後のわびしい風情だった。

「市中からはちと離れたが、しばらくの辛抱じゃ。蚊柱の消ゆる頃には、も少しましな所に越そうぞ」

すぐに足元から湧き昇ってくる蚊を追いながら、叔父は言った。

「二度の飯はここの庫裡に頼んでおいた。その都度、寺男が運んでくれるそうじゃ。食い物のほかに何か要る物があるか。次に訪ねる折に持参するが」

風呂敷一枚に収まる身の回りの品は、朝旧居を出る時に持って出てきた。朝夕の振り込み稽古に愛用していた大木太刀があったが、それだけは嵩張り、真っ昼間の市中歩きには目立ちすぎるので置いてきた。が、それは叔父に告げなかった。明日にでも自分で削れば済む。手頃な材だけは掃いて捨てるほどもありそうな古寺ではあった。

「こちらから知らせぬ限り、儂以外には当分誰も訪ねては来まい。昨晩のような不慮の事もおこりかねぬ故、構えて外出するでない。ま、現在の主には、かえって誂え向きの隠宅と心得ることじゃな。寝て食い、寺の中を走り回って足腰を鍛え、閂棒《かんぬき》でも振っていっそう腕を磨いておくがよい」

叔父の勘働きの鋭さには、いつもながら敵わない。置いてきた木刀の事にも、この幼童以来の兵法の師は抜け目なく触れた訓戒を残すと、いくらかの金子を置いて、これもいつものように早々と、しかし然り気なく帰って行った。

あの晩もそうだった。

ずっと寝たきりで何時逝ってもおかしくなかった母の容体が革《あらた》まりいよいよと思われた宵に叔父は来た。前の来訪から半月も経っていたか。

「やはりいかぬか」と、叔父は呟くと、母の臨終の床脇に座り込んだ。さすがに暗然とした表情だった。が、母が息を引き取って四半刻も過ぎた頃合い、叔父は俯き加減にしていた面を起こし、伊介の顔に揺るぎのない眼差を当てて、言った。いつもの白湯《さゆ》でも所望するような口調だった。

「主《ぬし》の親父殿の仇の一人、それも頭首《かしらくび》が伏見に来ておる。名は、かねてより主に話しておった加藤右馬允正方、家中で並ぶ者もない権勢家じゃ。江戸から肥後下国の途中らしい。連日京の市中に出向いておるが、明後日の夕刻、加藤屋敷近くの船寄せあたりで待てば必ず出会えよう。主をながくこの伏見に置いておった甲斐もようやく叶うというもの。本日唯今、我が妹で主の母御が身罷ったのも因縁、心して仕掛けるがよい。だが、殺してはならぬ」

皺の一筋と見紛うほどの細い目が、紙燭《しそく》の乏しい明かりに針のように光っていた。

「仕掛けの初太刀は、主のような者がこの世におるという事を、右馬允の肝に銘じさせるだけでよい。彼の者には、幼い時分に肥後から放り出された主の事はもちろん、死んだ親父殿のことなど、露ほどの覚えもあるまい。それが、世間の山坂を早くから馬上で進み慣れてきた者の常じゃ。平侍や小者の身上などいちいち気にしてはおらぬ。まずは、そのことを憶い出させる。憶い出せぬなら気を揉ませる種を植えつける事じゃよ。彼も武士、しかも家中での声望揺るぎない頭分《かしらぶん》、己一身の安危など、そう怖れてはいまい。怖れるのは、名につく疵《きず》。己がよしとして進めてきた家政の勝利で築き上げた権勢に入る罅《ひび》。それを広げ深めるかもしれぬ己の来し方の隅々《くまぐま》への疑心暗鬼。それ故、大いに気を揉ませ、動揺させねばならぬ。その上で揚《あ》げる首でなければ、親父殿の、また唯今身罷った母御の供養にはならぬぞ」

左兵衛叔父は、童を諭すような物言い口を閉じ、いっそう小さくなった母の死に顔に細い眼差を向けた。

「であれば、まだ殺してはならぬ。とはいえ、腕利きの供も連れておるであろう相手じゃ、なまなかの覚悟では襲えぬぞ。だが、なに、主は日頃鍛えた腕を振るい、仇討ち一途に仕掛ければ、それでよい。後は程よく儂の方でひきつぐでな」

再び口を開いた時には、持ち前の顔付きと口調に戻っていた。それから叔父は、近所の小寺での母の遺骸埋葬をはじめこの二、三日中の諸事への指示を与えた。伊介には逆立ちしても及ばぬ周到な手配りだった。最後に叔父は、懐紙に包んだ金子を母の枕上に置き、合掌して、呪《じゅ》のようにも経のようにも聞きとれる短い文言を口の中で唱えると、二人きりの通夜の席を去った。

肥後退去以来ずっと、叔父からの差し入れだけで母子の命はつながってきた。

長くて半年、短くて半月おきに、母子が何処に居ろうと、前触れもなく叔父は訪ねてきた。もっとも、時々の居場所はすべて叔父の指示によるものだったが。来れば四、五日家に滞るか、余所から通うかして、伊介に読み書きを教え、刀術の稽古をつけた。次の来訪までに独習しておかねばならぬ課題も厳しかった。

病弱の母は大方は床に伏していた。その上、極端に口が重かった。母の言葉で思い浮かぶのが、「済まぬの、伊介殿」、「世話をかけるの。伊介殿」の二つなのに、今さらのように驚く。だから、亡父の事も己の幼時の事も含めて、母から聞いた話柄はないに等しい。己の身上もいれて世間の知識すべてが、左兵衛叔父の口を通してのものだった。この身も、頭の中も、刀術の腕も。

次の日の朝から、木刀削りを始めた。

枇杷材こそ見当たらないが、恰好の赤樫ならいくらもあった。中で手頃の寸法、乾きも程よい材を選んで取り掛かる。四尺五寸の振り込み稽古用の大木太刀と、三尺七寸の真剣に模した薄手の太刀。粗削りに必要な鉈《なた》だけは庫裡横の小屋から無断で借用した。あとは自前の脇差と小柄を使う。

最初の木刀も自分で削った。七つか八つの頃だったか。傍らで左兵衛叔父が見ていた。

「上手に削れないのは、刃筋が狂うておるからじゃ。木を削るのも人を斬るのも同じ。刃筋が立っておらねば豆腐も切れぬ。間違いなく立っておれば、南蛮鉄の兜鉢《かぶとばち》であろうと、一撃で断てるものぞ。剣の扱い様は、一に刃筋、二に刃筋、力も速さも、その次と心得よ」

芯に近い硬い木の筋が、小刀の刃を弾く。削られまいとする木の敵意に、何度小刀を取り落とし、手の指や膝を疵付けたことか。十日もかけて、表に凸凹の細波が立つ小太刀が出来上がった。

渋い表情で一瞥した叔父が、片手で振った。叔父が自分の木太刀を振る時とずいぶん違う、濁った刃鳴りがした。それでも、叔父は一削りも手を加えなかった。

「まずはこれを振れ。この出来損ないの太刀が現在の己と思うて肌身離さず、朝昼晩ひたすらに振り抜け。振り折ったなら、次の太刀を削れ。その時々の工夫が肝要。己の生き抜く術はただこれのみと観念して、工夫しては削り、削れば振り折り続けるのじゃ。その数が主の稽古、兵法初学の歳月ぞ」

あれから、何本の木刀を振り折り、削ったか。

十本目を超えた頃か、削りおろしの木刀を振っているところに、叔父が来合わせた。ほうといった目付きで伊介の振り込み稽古を見ていた叔父は、自ら手に取り、矯《た》めつ眇《すが》めつした後、両手を用いて一振りした。ひゅっと、鵙《もず》の高鳴きを圧縮したような刃鳴りが伊介の頬を打った。

「木刀削りの目録は、本日で伝授済みといたそう。次は太刀の扱い様じゃ。よう、見ておれよ。一度しか示さぬ。後は、主の目と脳の底に残した我が動きの影を踏んでひとり鍛錬することぞ」

そう言うと、左兵衛叔父は草履を脱いで足袋跣《はだし》になり、伊介の木刀を中段に構えた。目付き顔付きが、普段になく怖くなっていた。

「太刀の用い様は、斬る、薙《な》ぐ、突くの、ただ三法のみ。後の千変万化は、稽古で工夫し、実戦にて命懸けで学ぶもの。よいな、平山伊介殿」

言うなり、太刀先が上がり、矢声はなく、たて続けに三度空気が鳴った。空気の裂け目から血の吹くような凄まじい三法の実技だった。叔父の動きと太刀行きの速さは、瞬きを止め息を詰めて見守る伊介には、ただ闇夜に走る三条の稲妻のように見えた。

叔父が木刀を己の手に戻した時、伊介はかろうじて訊ねた。まだ胸が高鳴り、息が弾んでいた。

「唯今の太刀遣いの名は、御流儀名は」

草履を突っ掛けながら、叔父は鼻先で笑った。

「太刀の名や流儀で人が殺せるか」

いつもの素っ気ない顔付きに返っていた。

元服して二、三年の間、伊介親子は筑前福岡にいた。元服といっても名ばかり、叔父と母の立会いで額髪を落とすだけの簡素なものだったが。例のごとく叔父の指示によって寝起きする城下外れの破れ屋に、左兵衛叔父が立ち寄って言った。

「明日、箱崎の馬場で藩士の子弟を集めての稽古試合が催される。ここの師範の一人が儂の旧知でな。主の事を話しておったら、飛び入りで出てもよいと言う。藩士の子弟以外にも、城下に逗留しておる武芸者や奉公希望の浪人も何人か出るらしい。ひとり稽古にもそろそろ倦《う》んでおろう。動く人を相手の腕試しのよき機会、出てみぬか」

否も応もない。叔父の口にする「出てみぬか」は「出よ」という事。伊介は黙って頷くと、壁に掛け置いた自前の木刀に改めて手を伸ばした。明日の初試合に備えて、振り込みの手繕いをと思い立ってのことだった。

「木刀は要らぬよ。藩主筑前守様も若殿も出座されぬが、藩の大目付殿と武芸各種の師範連中が検分に来る。それもあり、何より後々の遺恨の種ともなりかねぬ無用の殺傷を避けんがため、得物は蟇肌《ひきはだ》に限るそうじゃ。新陰流などで稽古に用いる袋竹刀じゃよ。が、案ずるに及ばぬ。撃つ力はいささか劣るが、扱いは変わらぬ。現在の主の腕なら、難なく扱えよう。筑前の主流は、律儀に公儀に倣《なら》って柳生様の新陰流じゃが、大藩ゆえ、一刀流も念流もある。流儀に頼った刀術がどれほど役に立たぬものか、己の身で確かめて来い」

叔父は煽《あお》る気配もなくそう言い、

「旧知に差し出した名簿《みょうぶ》には、平山流、十八歳と書いておいたぞ。主の背丈なら二、三歳の鯖読みも不思議ではあるまい。それも気に懸ける事はない」

しれっとした口調で付け足した。

翌日、壮者を相手に二度戦った。一方は新陰流、もう一方は小野派一刀流を称していた。両者ともに、伊介を若年の未熟と侮っている気配があった。

伊介は容赦しなかった。その余裕も意志もなかった。二、三合撃ち合って初めて遣う袋竹刀の扱いを確かめると、次の一撃で、最初の敵は胴を抜き、次の相手は喉元を突いて倒した。一人は脇腹を押さえたまま、いっとき立ち上がれず、一人は口から血を吐いて伏し、戸板に乗せられて退場した。

「蟇肌竹刀でよかったの。木刀だったら、あの両人、今頃は三途の川辺に並んでおる」

馬場からの帰途、褒めるでも貶《けな》すでもない口調で、叔父は言った。

二十歳を過ぎた頃、京に来た。

東寺の五重塔を右手に大路を下りながら、左兵衛叔父が言った。

「この十年余り西国各地を連れ回ったが、今後当分は京に住むと思え。理由は二つある。まず、当代加藤家に対して親父殿の仇を報ずるという主の宿願の糸口を摑むのに、京は最適の地。何となれば、西国の諸大名は必ず京に寄る。大坂に蔵屋敷を構えておる藩も多く、京、伏見には留守居を置いた屋敷も集まっておる。そうでない地方の大名たちも、江戸参府の往き帰りに、買い物や見物のために立ち寄るものじゃ。禁裏に帝がおわす事は言うまでもあるまい。幕府が江戸に移って久しいとはいえ、この京が我が国の要《かなめ》であることに変わりはない。肥後の加藤家、また然り。大坂屋敷はもちろん、豊太閤の頃より、淀川の水運を押さえる枢要の地伏見に広壮な屋敷を構えておるのは、先日も主に見せたとおりじゃ。当代肥後守が江戸参府の往復の途次に立ち寄るのを始め、藩の重役歴々も入れ替わり立ち替わりに出入りしておるそうな。いきなり肥後へ打ち込む愚を犯せぬ現在、この都の人の波間に潜んで肥後加藤家の内情を調べ尽くし、真の仇を見定めて誤らぬ仕掛けを施すが上策と心得よ」

頃は午下がり、五条の辻々に行き交う人波に細い眼差をくれて、叔父は一息入れた。

「次の理由は、急ぐことではないが、主も二十歳を超えた。今後もこれまで同様浪々の身という訳にもいくまい。病身の母の事もある。とはいえ、この時節、仕官口は滅多にない。大坂両度の陣以後、合戦も絶えた。どこぞの武将に陣借りして功名をあげ新規召出しなどはとうに昔語り。加えて刀術の腕だけは確かだが、物騒にもなりかねぬ宿願ある身、ますます難しいの。じゃが、それも、地方大名の城下に燻《くすぶ》っているよりは、この人の寄る京におる方がまだ幾分かは見込みが濃くなるというもの。幸い、儂は近々、とある大名家の京屋敷に拾われる事になっておる。なにせこの老齢《とし》じゃ。その家中におる旧知から古徽《かび》の湧いた貸しを返してもらう体《てい》の隠居奉公らしいがの。そういう筋もある。それだけでなく、老齢の功か、その気になって探せばこの古都にはまだまだ旧知も多いと思われる。それらの筋を手繰って、どこぞの大名家に主の刀術の腕を売り込めぬこともないとは限るまい。要はさて、その算段じゃが」

そこまで言うと、叔父は前帯に差していた扇子を広げ、額にかざして午過ぎの陽を避けた。小腰をかがめ、いかにも老人めいた仕種に見えた。しかし、次に扇子の陰から漏れた台詞《せりふ》は、若い甥を連れて京見物に興じる老人とは似ても似つかぬものだった。

「そろそろ、主にも生きた人間を斬らせねばなるまいの」

「試合ですか」

市中の大路を歩きながらの事、伊介の意気込みを喉元に押しつけた声は、掠れた囁きになった。

「試合といえば試合。が、尋常の立合いではない。どちらかと言えば、闇討ち、或いは辻斬りに近いか。嫌《いや》か」

答えず肩を並べて数歩を運んだ。

「じゃが、据え物を斬るような訳にはいかぬぞ。相手は某藩の馬廻り組に属する歴とした侍、しかも兵術師役も兼ねておる。新当流とやらの遣い手じゃ。名は知らぬでもよい。向こうも、こちらの名を知らぬ」

扇子の陰から漏れる叔父の声も、地虫の呟きに似て低く細い。

「なぜ斬るのです」

叔父が額にかざす扇子は、伊介の首の高さでしかない。その無地の扇面を斜めに見下ろして、訊ねた。

「それも知らずともよい。主にとっては恰好の相手、実戦の機会じゃと思え。余禄といえば、主の仕官の間口を少し広げる仕事とでも心得よ」

なお十数歩、黙って歩いた。扇面を弾く春の陽が眩しかった。

「仕掛けは、どのように」

意はとうに決していた。

「その男、京におる時には、毎朝洛北の寺に参る。信心を兼ねた足馴らしのつもりであろう。連れは二人。その往路を襲う。連れ二人は儂が引き受ける。主の相手は馬廻りだけ。不服か」

それだけ言うと、白扇は伊介の首の辺りから離れ、辻の角に開いた掛茶屋の店先へ向かった。

それから三日後に、初めて人を斬った。

曙光の射す前で、あたりはまだ暗かった。そのまま参道に続く引き込み道の道面《みちづら》だけが、杉並木の間にぼうと灰汁《あく》色に伸びていた。

灰汁色の帯を踏んで近づく三人の人影が五間まで来た時、山門の柱石に下ろしていた腰を上げ、四間で疾走を開始した。抜刀した白刃は剣尖を後方に曳き、脇に引き付けていた。「相手に抜かせる前に斬れ。ただ確実に殺せ」叔父の指示もどこかに消し飛んで、頭の中は道面の色に似て白っぽかった。

先頭の大柄な男の左脇を駆け抜けざまに薙《な》いだ。思ったほどには手応えがなかった。が、踏み止まって向き直り、二撃目を送る前に、相手が路上に片膝を落とすのが見えた。手は柄にかかっていたが、刀身の半分はまだ鞘の中にあった。

すぐ身近に、どすっ、どすっと二度鈍い音と、人の低い呻き声が湧いた。三人の後方に潜んでいた左兵衛叔父がすかさず仕遂げた仕事だった。

息もあがらず、動悸もさほどに激していなかった。ただ、無性に喉が渇いた。叔父が差し出した竹筒の水を呷《あお》りながら、初めて胴震いが来た。

終日《ひねもす》、木刀を削る。

明かり障子が白めば起き、寺男が運んでくれる朝夕二度の食事を摂り、ときおり低い築地塀ごしに水嵩の増した鴨川の流れに目を休める以外は、坊の破《や》れ縁に座って、手を動かしていた。外がすっかり暮れ、小刀の刃先が宵闇ににじめば部屋に入り、燭台に灯も入れぬままに寝た。

今年の五月雨は降り続く日が少ない。が、その分だけ湿気も温気《うんき》も空気中に充ち、材の目が緩むのか、思うように小刀の刃が走りにくい。注意しないと、深く切れ込み、削り過ぎてしまう。仕上げに入ると、五削りか十削りする度に、伊介は庭に下り、削りかけの木刀を何度も振っては手持ちの塩梅を確かめねばならなかった。

思えば、幼少以来二十年、もっとも多くの時間をこのことに費やしてきた。他人と口をきく事なく、食い物を口にできぬ日はあっても、木刀に触れぬ日は一日とてなかった。もの言わぬ木刀こそ我が唯一の友であり、身体の一部でさえある。

真剣に模した薄手の稽古太刀は、どうにか仕上がった。しかし、より簡略に出来上がるはずの振り込み用の大木太刀の方がうまくいかない。こちらこそ年来の真の朋友、非力な己をとにかくも今日の腕まで鍛え上げられたのは、雨の朝も風の夕も振り続けてきた大木太刀のお陰である。稽古太刀や真剣の斬撃の力量も技倆も、この不恰好で律儀な友との長年にわたる親密な付き合いに支えられ、育てられてきた。

小魚の鱗の厚みほどに一削り、その姿を子細に点検して、さらに薄く、あるかなきかに小刀の刃を使って一削り、庭に下りる。緩急を変えて、何度も振ってみる。薙《な》ぎ、突いてみる。が、湿った空気を切り裂く音が、鈍い。どう工夫して振ってみても、刃筋のわずかな歪みが消えない。破れ縁に戻る。午後はその繰り返しで過ぎた。

これ以上刃を加えれば物の用に適わぬところまで削り込んだ。祈るような気持ちで庭に下りる。湧き始めた夕闇に、ぼうと数条の蚊柱が立っていた。その、野辺送りの煙を思わせる一条に正対して、最後の試しをかけてみる。一撃で蚊柱は二つに裂け、二撃目の横薙ぎで両断され、三撃目の突きで、いびつな繭玉のように漂い残っていた淡い塊も突き砕かれて四散した。刃音もほどほど、刃筋の歪みもさほど気にならなかった。だが、もう一つ心行くところがなかった。別の蚊柱に向かって、斬、薙、突の続き技を三度試みた。心行かぬ感覚は同じだった。

「やはり、あれか」

胸のうちに独り言《ご》ちた。

十日ばかり前に旧居に置き去りにしてきた大木太刀のことである。あれだけは、振り折るでも、立木打ちで打ち折るでもないままに捨ててきた。取りに戻らずばなるまいと、伊介は思った。

二

寺町外れの古坊に移って、半月が経った。雨の少なかった梅雨がいつの間にか上がり、日中の戸外は炎暑と蟬鳴の天下となった。

誰も訪ねてこなかった。左兵衛叔父さえ、越してきた夕方に別れたきり姿を見せない。叔父からの連絡を受けない限り来るはずのないみふゆ殿も、西山次郎作も。

十六日目になって、伊介は初めて寺門を出た。人恋しさからではない。旧居に置き去りにしてきた大木太刀を取りに行くためだった。この十日ばかり、新しく仕上げた木刀を振ってきた。日課のひとり稽古に格別の支障はなかったが、心行かぬ感覚と義理を欠いたような気分とがずっと抜けなかった。

日中に市中を通るのは避け、夏の陽が西に傾く頃に、御所の北側を大きく迂回する途をとった。どこにも寄らなかった。もともと寄る当てなどなかった。足早に歩いてきたせいか、楓の疎林の奥にある旧居に近づいた時も残照はまだ明るく、疎水の流れに映えていた。

枝折戸が開いており、その向こうに見える小玄関に人影があった。敵意は臭わないが、半月前の事がある。左手を差料の鐔元に添えて近付くと、背を見せていた男が向き直った。そちらも片手を佩刀の柄にあてがっている。西山次郎作だった。

「生きておったか。よかった。案じておったぞ」

西山は真っ直ぐな眼差しを伊介の面《かお》に当てて言った。

「あの後何度かここを訪ねたが、いつも誰もおらぬ。てっきり殺されたか、某《それがし》らの目の届かぬいずこかに雲隠れしたかと思うたぞ」

詰《なじ》る気配は微塵もなかった。それどころか、次郎作の黒々とした眼が少し潤んでいるかに見え、伊介をいくぶんか周章《あわて》させた。己一身の事でこのように真っ直ぐに安堵された事がこれまで誰からもなかったような気がした。

「叔父御から連絡はなかったのか」

面映ゆさを嚙下す素っ気ない口調になった。

「ない。だから今日もここへ来てみた。一刻近く待ったぞ。もちろん先刻堀尾藩邸へも訪ねた。

だが、来島殿は例によって留守、こちら宛の伝言らしきものは一切なし。いったい何処に引き移ったのじゃ。主らは」

「待て。偶々《たまたま》ここで居合わせたが、ここに長居はできぬ。某は忘れ物を取りに戻っただけじゃ。すぐにこの家から離れねばならぬ。十息つくほど待っておってくれ。いまさら逃げ隠れはせぬ」

言い捨てると、伊介は玄関から家の内へ這入った。どこにも踏み荒らされた跡も、家主が取り片付けた様子もなかった。もともと乏しい設《しつら》いや道具の位置も変わっていない。目当ての大木太刀は、伊介が寝所に使っていた小座敷の壁に立て掛けておいたままだった。

大風呂敷に包んだ大木太刀を掲げて小玄関に出ると、西山次郎作が待っていた。

「さて、ここに居れぬとすれば、お主の引っ越し先へ参る以外はないの」

すかさず、西山が言った。

「それはできぬ。叔父からそちらへ連絡した上でなければ、案内するわけには参らぬ」

「が、その叔父御からはいまだに何の連絡もない。待っておるだけでは、埒《らち》があかぬ。さらに、来島殿にその気があるかどうかもわからぬ。今日は偶々幸運にも主に出会うたが、そうでなければ、某はこの炎天下の洛中洛外を主らを探して駆けずり回らねばならぬのだぞ」

「それはそちらの勝手」と言おうとして、さすがにその言葉は喉の奥に押し込んだ。つい先刻西山が見せた真っ直ぐな安堵の口調と眼差を思ったのである。

「主らの居所を絶えず確かめ、行状を監察するのが、八代の殿から仰せ付けられた某の役目。引越し先くらいは確かめさせてもらうぞ」

枝折戸を抜け楓林の小路を行きながらの会話。言葉付きは多少改まったが、西山の口調に監察人の厳しさはほとんどなかった。

「新居に案内はできぬが、どこぞで話なら聞ける。で、何処へ行く。先夜の妙な爺様の小屋でも、儂は一向に構わんが」

口数の多いのに、我ながら伊介は驚く。が、逃げ隠れせぬと言った以上、どこかで折り合いをつけねばならない。

「そう度々、素然老にも迷惑はかけられん。他に当てはなし。となると、主の新居じゃな」

「そうはいかぬ。是非にもというなら、主に当て身をくらわせて、逃げ出すこともできる。穏やかにいきたければ、余所へ行こう。陽が落ちていくらか涼しくなった故、鴨の河原でもよし。共に飯でも所望なら、今宵は儂が持つ。金はある」

堀川にかかる石橋を渡る頃に、西山の方が折れた。

「河原で黙りこくった主と向き合うておるのは、考えるだけで気が滅入る。どちらかといえば、屋根と明かりがある場所がよいな。が、主に金があっても遣う店も知らぬ。そちらに当てがあるのか」

不承不承といった口調で西山が訊ねた。

「ない。が、五条の先の廓《くるわ》の辺りには夜まで飯を出す店があるらしい」

「ほう、これは意外な辺りを御存知じゃな。山犬殿下。都の色里などにも御出入りなさるのか」

西山の声音が、嬉しげに跳ねた。

「行くか、色里などに。叔父から聞いておるだけじゃ。しかし、何じゃな。その山犬とは」

「いや、我らの風雅の上の詞じゃよ」

西山は、伊介の手の長大な風呂敷包みに眼差をくれて、可笑しさを堪《こら》えるような声で答えた。折からのたそがれ時と、一応は整った身形《みなり》の西山と連れ立ったのが幸いしてか、伊介の提げる風呂敷包みを見咎める者はいなかった。

祇園会が近いせいもあって、新町通りを下るに従って行き交う町衆の姿も多くなり、辻々に老若男女が群れていた。ことに人出の盛んな山鉾町を過ぎ、本国寺西裏の小路に入ると、島原の大門は近い。歩き始めて小半刻、そこまで来ると確かに、軒先にまで灯を点した食い物屋らしい店が並んでいた。

二人共に選り好みをする余裕もなく、鰻を焼く香りに誘われるままに、船宿も兼ねるらしい一軒の戸をくぐった。そこもすでに客が多く、小座敷の方は空いていなかった。小女《こおんな》に案内されて、入口からそのまま続く土間の卓席の一つについた。

「こういう店では、いきなり飯という訳にもいくまい。印許《しるしばか》りでも飲むか」

腰掛けに落ち付くと、店内を見回して西山が言った。

「儂は要らぬが、主は好きなだけ飲むがよい」

答えて伊介は、懐中から取り出した銭袋を西山の目前の卓上に置いた。ガシャリと鈍い音が立つ。西山が驚いた声を漏らした。

「そんな大金は要らぬ。それに、ここの払い分くらいの持ち合わせは、某にもある。浪々の身の主に出させる訳にいくか。某の沽券《こけん》というものもある」

「主の沽券にかかわろうがかかわるまいが、儂の知ったことではない。先刻今夜は儂が持つと言うたはず。それに、叔父から貰うた銭、母者が死んだ現在、儂には遣い道もない」

注文を取りに小女が近寄るのが見えた。

「では、ここの支払いが済むまで預からせてもらう」

西山は渋々の口調で言うと、仕方なげな手付きで銭袋を自分の懐中に入れた。

注文して待つ間もなく、銚子と盃、肴らしい小魚と菜の煮物が出た。

「先ずは久々。今夜は主が金主じゃからの」

西山が銚子を上げ、否も応もなく勧める。

伊介も仕方なしに、自分の盃に酒を受ける。盃に口を付けるのを待って、西山が声音を落として訊ねた。

「先夜の物騒な客人方の正体は知れたか」

「わからぬ」

「来島殿にもか」

「叔父にも見当がつかぬらしい。人違いではないかと言うておった」

「馬鹿な。人違いで闇討ちを掛けるか。しかも三人で」

伊介が黙って眼差しを横に小さく振った。隣の卓に客が来た。年配の町人の三人連れだったが、その話柄はそれで切れた。

ほどなく、汁、焼鰻、飯と香の物が運ばれてきた。

「この前は鮎だったな。主と一緒だと、不思議に時節に合うた旨い魚が味わえる」

鰻を頬張りながら、西山が魂胆のうかがえぬ事を言った。

「鰻は長い。長い魚といえば鱧《はも》も穴子もおるが、不知火の海から揚がる太刀魚を知っておるか。文字通り太刀の刃によう似た細長い見事な姿と白銀《しろがね》に輝く体色の魚じゃ。食えば白身の旨い魚で、八代あたりではよく夕餉の膳にものぼるが」

「知らぬな」

伊介はぶすっと答える。鰻を食いながら他の魚の話をする者の気がしれなかった。それに、熊本城下にいた幼少時の記憶はないに等しい。まして、食い物のことなど一度も思い出したことがない。

「ところで、現在主の腰にある脇差が、同田貫正国かな」

なるほど刀に辿り着くための鰻、太刀魚の話か、胡乱《うろん》な奴と、伊介は思った。が、一方でその胡乱さが妙に可笑しくもある。

「そうだが、何故に主がそれを知っておる」

「来島殿が我が殿に話されるのを耳にした。主の親父殿の御形見とか」

「親父殿の形見かどうかは知らぬが、十ばかりの頃、左兵衛叔父から貰《もろ》うた」

「形見ではないのか」

「叔父がそう言うたのなら、そうかも知れぬ。が、叔父からも、死んだ母者からも、そうとは聞いておらぬ」

西山はさらに訊ねたそうに見えたが、「左様か」とだけ言い、思案する顔付きを作った。

伊介は飯を嚙みながら、兆しかけた小暗い不審の種をとりあえずは不審のままに溜めておく腹中の壺に、いつもの如く落とし込む。

外の小路に面した明かり障子に、格子の影が消えていた。夏の長いたそがれも終わり、夜に入ったのだろう。そろそろここを出ねばなるまい。西山といるのは不快ではないが、決して具合の好い事ではない。これ以上一緒にいれば、この男を寺町外れの古坊まで同道する羽目になりかねぬ。それは何としても避けねばならなかった。

「もう一つ、訊ねてよろしいか」

意外に控えめな声音で、西山が言った。

「今度は何だ。刀とか、親父殿や叔父貴の事なら、これ以上は答えぬぞ」

隣席への遠慮もあり、伊介の声音もいっそう低く小さくなる。

「みふゆ殿のことだ。一度主らの旧居で見掛けたあの佳人は、いかなる御仁だ」

「知らぬ」

思わず噛み付くような声になった。それが何故か、自分でもわからなかった。

「主の返答はいつも、知らぬで始まる。が、今度の知らぬはちと違うよううじゃな」

西山の口調に、嘲弄の気配はまるでない。眼差は、あの黒々とした真っ直ぐさを露《あらわ》にしている。

「どう違う」

「そうじゃな。その名、余人の口から聞きたくない、妄《みだ》りに口にするな、そんな色合いが濃い」

自分の目付きが角張ってくるのがわかる。唸り声が漏れそうになる。

「そのような怖い目をするな。某は主らの監察が役目。御主自身、亡くなられた親父殿、来島老人に関する話がすべて駄目とあらば、せめて主の周りの人物については承知しておきたい。あの女人と主らとの所縁《ゆかり》を知りたいだけじゃ」

「我らとは係わりのない人だ」

ここで大声をあげるわけにも席を立つわけにもいかぬ。それくらいの分別は働いた。

「しかし、あの日あの家におったぞ。招かれざる客の某に、燭台と茶を差し入れてくれた。あの物腰、ただの女中ではない」

西山の目付きが心なしか熱っぽいように思えた。それも気に入らない。

「叔父が連れて来た女《ひと》だ。あの日を入れて、儂も三度しか会うておらぬ。来れば、家中の片付け物をし、食事の支度をしてくれた。それだけだ」

不承不承に応えながら、みふゆ殿について知ることの乏しさに、ふと愕然とする。それなのに、何故にこれほど心中波立つのか。

「来島殿との所縁は」

「知るか。知りたければ、叔父に訊け」

低く言い放つと、伊介は黙り込んだ。

いっとき、西山は手酌で残った酒を飲み、こちらは冷ました白湯を喉に流し込む。

ようやく妙な口中の渇きが収まった頃合い、西山がまた口を開いた。穏やかな口調だった。

「みふゆとはよい響きの名だが、どう書くのか」

「知らぬ。訊いたこともない」

考えたこともない問いだった。妙な奴と改めて思い、西山の顔を睨んだ。黒々とした目がはにかむように少し微笑っていた。

「ならば、主なら、どんな真名《まな》を当てる」

付き合いかねると思いながら、手妻《てづま》にでも乗せられたように、指先が勝手に動いた。

「ほう、深い冬か。あの女人、冬の深まりを思わせるか」

「主が強いて訊くから答えたまで」

周章てて、卓の板に残る指文字の跡を拭き消す。

「某なら、こうじゃな」

西山は、指先を盃の中身にちょっと浸して、これも卓上に走らせた。憎らしいほどの筆跡だった。

「三冬とは、何だ」

「古来、三とは目出度い数じゃ。みふゆ殿にも主にも、そうあってほしきもの」

店内が立て込んできた。

「さて、そろそろ出るか」

腰を上げながら、西山が言った。もちろん否はない。勘定のために小女を呼ぼうとするが埒があかない。

腰掛け席の背後に横に長い棚があり、差料を置く場所が設《しつら》えてあった。共に大刀を取り出したが、腰に差すのは外に出てからになる。卓の間も狭く、混み合った店内では不都合がおきやすい。西山は左手に差料を提げて、上がりの脇にある帳場に向かった。伊介は左手に差料、右手に大木太刀の風呂敷包みを提げて、西山に続いた。

折から上がりの奥から出てきた侍の一連れが、風呂敷包みを見咎めた。大分酒が入っているらしく、履物をつっかける足元が怪しい。

「これは、これは。当今珍しき長物よな。中身は野太刀か長巻きか。しかも酒席にても手放されぬ御心得。定めし名のある御武辺でござろう」

中の一人が近寄り、酒臭い息を吹きかけてくる。

酔漢に狭い通路を譲るために立ち停まり、伊介は相手の赤ら顔を黙って見返した。その表情を消した目付きが気に障るのか、男は図に乗った。

「それが御挨拶か。某は感服しておるのでござるよ。戦場《いくさば》が遠離かって久しき昨今、貴殿の如き御志の士に出会うたは、心強き限り。せめて、袋の中身を拝見させてはいただけまいか」

そう言うと、男は伊介の風呂敷包みに手を伸ばした。

伊介は右の手首だけを五分《ぶ》ほど動かした。男の指先が空を滑る。二度試みて二度失敗した男が、怒声をあげた。

「こ奴、浪人の分際で」

帳場に向かっていた西山が取って返し、中に入った。

周りの客が席を立ち、店内が騒然とする。

「主の連れか、この無礼な浪人者は」

「いかにも。しかし、無礼はそちらでござろう。我が友人は酒も飲んでおらぬ。その者への、場所柄もわきまえぬ言い掛かり、お控えなされ」

「なにい」

男が今度は西山に食って掛かろうとした時、

「西山殿ではないか」

奥から連れの最後に出てきた侍が、声を掛けた。

「おう、これは」と西山も人の名を口にし、素早く伊介を振り返って、小声で早口に告げる。

「主は、先に出ていてくれ。ここは儂が収める」

「大事ないか」

「うん。いまの男は、風雅の席で幾度か同座した仁だ」

西山の表情も声音も落ち着いていた。人々の間を縫って、伊介は出入口に向かった。

店の外の、灯の届かぬ暗がりでしばらく待った。

西山も酔った侍の連れも出てこなかった。店の中から漏れていた騒ぎも小さくなっている。大事の起こらぬ頃合いを確かめて、伊介はそこを去った。

三

木刀を振っていた。堀川端近い旧居から持ち帰った大木太刀である。

まだ朝方の涼しさがわずかに残り、蚊も湧いていなかった。その小さな羽虫も檜の花粉も舞わぬ清澄な空気を、遣い慣れた大木太刀の厚手の刃が断つ。シャッ、シャッと鳴る刃音と柄から上腕、肩、腰と規則正しく伝わる重みのある手応えが心地よい。この事以外に己に何があろう。が、百本目を越える頃から、そのような感覚も感慨も、吹き出る汗と手足のしびれと共に消える。木刀とそれを扱う五体の区別も消える。やがては空気を断つ己と断たれる空気との境界も。

背後に、人の気配がした。左兵衛叔父でも寺男でもない。それ以上に振り込みの陶然の気を乱す人の気配だった。

残心の構えを解かずに振り返る。

みふゆ殿が立っていた。藤色の夏小袖を着て、提げ重を包んだらしい大ぶりの風呂敷包みを持っている。

「御無沙汰いたしておりました。つい先日来島様からこちらにお移りなされた事を伺いましたもので。さぞ、御不自由でございましたでしょう」

「いえ」と応えたきり、伊介は口籠もった。

ひとり稽古直後の粗い息を鎮めるためではない。御不自由という言葉に、何故か戸惑ったのである。これまで、自由、不自由という形で己の日々の暮らしを考えたことはなかった。或いはただそんな余裕がなかっただけか。

ここに移っても、腹の事は寺男が運んでくれる二度の食事で事足りた。多少蚊がうるさくても、灯が乏しくても、寝る部屋もあれば夜具もある。叔父から貰った金子は金袋ごと西山に預けたままだが、外出もままならぬ身、手元に置いたところで遣い途もない。

ついこの春まで病勝ちの母と暮らした日常では、食事の支度も、小屋内の掃除も、洗濯さえもが己の仕事だった。それらが現在はない。思うさま木刀が振れる。刀術の工夫ができる。己にとっての自由、不自由とは、その程度のことか。いっとき、ぼうとしていたのに違いない。ふと、大木太刀を提げた右手から、残心の気が失せきっていないのに気付く。

「大事な御稽古のお邪魔をいたしました。どうぞ、お続け下さいませ。私は新しいお住まいのお掃除なりとさせていただきます故」

微笑を含んだような口調で、みふゆ殿が言った。

「いえ」

再び周章てて同じように応え、同じように口籠もる。もともと物言いは得手ではない。語り合う相手に事欠いていたのも確かであった。先夜の西山の口舌が思い出される。「主の返答はいつも知らぬで始まる」と彼は言った。「しかし」とそれに続いた台詞まで思いが及んで、伊介は我知らず顔を赤らめた。

庫裡の脇にある井戸端で水を掛かり、いつもより丹念に身体を拭いて古坊に戻った。

頭に手拭いをかぶり襷がけのみふゆ殿が、居間の板床を拭いていた。

「それは某が」

周章てて手伝おうとする伊介を、みふゆ殿は柔らかく咎めた。

「お気遣い下さいますな。私はそのために参っておるのでございます故。それにすぐに済みます。貴方様は、御縁の方ででもしばらくお待ち下さいませ」

様付けで呼ばれる事など絶えてない。面映ゆい。同時に、左兵衛叔父の「ただの雇い女ではない」の言が思い出された。顔を合わせるのは四度目か、五度目。しかも、いつも叔父が傍にいた。直に口をきくのは今日が初めてかもしれない。武家の女であることは、最初から感じていた。「頻繁には来れない」とも、叔父は言った。

いつもの破《や》れ縁に出て、築地ごしの遠景に眼差を遣る。左手に少し目を転ずれば、高野川と加茂川の合流部が見える。さらに左手に望めるはずの糺《ただす》の森は、みっしり葉をつけた椎の下枝に遮られて見えない。蟬の声が川瀬の音を打ち消すまでに激しかった。

みふゆ殿が姿を見せた。手拭いも襷も外していた。艶のある黒髪と藤色の小袖の間にある白い顔が眩しかった。

「風が入りますので、そちらで召し上がれ。今日は久々のお詫びに、お昼を持参いたしました」

そう言うと、みゆふ殿は、風呂敷包みを開いた。伊介が身近に目にしたこともない見事な蒔絵の提げ重が現れた。上層の武家や富裕な商家の女方が遊山などに携えて行く弁当入れで、小皿や小鉢、盃や銚子まで種々の食器が組み込まれている。

三段重ねの重箱から小皿に料理を取り分ける美しい手捌きを、伊介は呆然と眺めていた。

「これは皆、其方《そなた》がお作りになられたか」

ようやく口にできたのは、そんな言葉だった。

「はい、前のお住まいと違ってこちらでは火も使えず器の準備もできぬと来島様にお聞きしました故、昨夜のうちに拵えておきました。この提げ重だけは拝借いたして参りましたが」

「どちらかの御屋敷にお住まいでござるか」

口にして、要らざる事をと気付いたが、遅かった。みふゆ殿の眉がちょっと曇ったかに見えた。

「勤め先は申せませんが、来島様の御口入れでとある武家の奥奉公に上がっております。実を申しますと、この御料理もそちらの厨《くりや》を使わせていただきました」

みふゆ殿はそう言うと、伊介の膝前に置いた小盆に、料理を盛った小皿を並べた。盆にも小皿にも、提げ重の天板と同じく、藤の花房の蒔絵があった。

ほとんど夢心地で食べた。

普段中食《ちゅうじき》は摂《と》らず、ことさらに空腹だったせいではない。味もよくわからなかった。ただ、どの料理からも器に描かれた藤の花の香りが立っているようだった。その淡い香りは、傍に座しているみふゆ殿の夏小袖からも漂ってくるかに思える。

「其方は食べぬのですか」

小皿も小鉢も自分の分だけしか並んでいないのに、迂闊にも初めて気付いて、伊介は訊ねた。

「私はよいのです。御遠慮なさらず召し上がられませ。残りましたら、御寺様から器をお借りして、移しておきますので。この時候でも二、三日はもつ物だけを心掛けて持参いたしました故」

藤の香りがいちだんと深く立つような気がした。

途中、みふゆ殿は「お湯をいただいて参ります」と断って、席を立った。箸を休めて、その後姿を見るともなく見送りながら、何故かふと西山の事を思った。あの黒々とした両眼を持った口舌の徒なら、現在のような気分をどう言い表すのだろうかと。だが、気の利いた文言の一片も浮かばず、ただあの律儀な監察人の奇妙に懐かしい面影だけが、いっとき胸中に漂っただけだった。

みふゆ殿が帰ってきて茶をいれてくれた時も、その面影はわずかに残っていた。鰻を食った船宿の内と外で、別れも告げずに立ち去ったことが、一点の悔いになっているのかもしれない。

思い切って、訊ねた。

「其方の名を真名ではどう書けばよろしいか」

あまりに武骨な問い様だったのだろう。二煎目を入れている手をつと止めて、みふゆ殿は伊介の顔を直視した。

「いえ、堀川端の家で一度其方もお会いなされた西山という男に訊ねられましたので」

西山に罪を被せるようで少し気が引けた。

みふゆ殿は怪訝そうな表情で黙っていたが、やがてはにかむような微笑を浮かべた。

「それで、貴方様はどのようにお答えなさいました」

「お訊ねした事もない故、勝手ながら深い冬の字を当てました。西山は、これも勝手に三つの冬と申しましたが。どちらです。それとも、どちらでもござりませぬか」

こんな事をこんなふうに口の端に乗せることができるのが、不思議だった。一方で、この馬鹿者めと、自分を罵ってもいた。

みふゆ殿の微笑が深くなった。

「親様からいただいたのも仮名のみふゆ。現在まで真名で自分の名を考えたこともございません。でも、今日から、貴方様の当てられた深冬を名乗らせていただきます。よろしゅうございますか」

額の辺りにまつわる迷い蚊を追うのさえ、伊介は忘れていた。

四

「主を襲うた連中の正体がわかったぞ」

座るなり、左兵衛叔父が言った。

「人違いではなかったのですか」

「人違いなものか。やはり案じたとおり、命じたのは加藤じゃ。主が伏見で仕掛けた右馬允正方じゃよ」

人違いを口にした当人は、それをおくびにも出さず断言した。

「しかし、あの折には西山も居合わせておりましたぞ」

腑に落ちぬところが多すぎると思った。

「思い起こしてみい。奴らが来たのは、その西山があの家に主を訪ねた日、襲うたのはその晩。符牒が合いすぎはせぬか。さらに、その折、西山はどう動いた。奴らは西山にも刃を向けたか」

「いえ、某ひとりに」

「であろう。端《はな》からその気はなかったのよ。主ひとりが目当てであればな。しかも、主は遣える。二、三日前から見張られておるようじゃと言うておったな。主の居場所は西山を尾行《つ》けておればわかる。次いで二、三日、主の暮らし振りを見張っておれば、主の手筋の程も知れよう。三人掛かりならば主を倒せると踏んだのであろう。西山が邪魔をすれば、彼も斬る。あるいは、主を殺した後に西山も始末するつもりだったかもしれぬな」

「しかし、西山次郎作は彼の家来ですぞ。しかも、彼の直命に従って我らの監察を律儀に勤めてもおりますぞ」

叔父は薄い唇の端をちょっと歪めて、浅く笑った。

「若いのう、伊介殿。加藤右馬允は稀代の策士ぞ。傑物というてもよい御仁じゃよ。伏見では他に人もおった故、我らをあのように扱うたが、腹の中ではすでに違うておった。危うい芽は早いうちに摘む。放っておけば芽は長じて枝を分かち、枝々は葉をつける。彼ほどの男なら、当然そう考える。表向きは西山を我らに付け置き、片方では早々に芽を摘み取る動きを始めたのじゃよ。己の立場と権勢を守るためなら、可愛い家来の一人や二人犠牲にして、何の悔いがあろうか。それに、己が京を去った後であれば、多少の手違いが生じようとも、直に関係《かかわり》を問われる心配もない」

伏見の川端道で二言三言の遣り取りをしたのが最初で最後、伊介は加藤右馬允の人物をほとんど知らぬ。あるいは叔父の言うとおりなのかもしれない。とすれば、西山も若芽摘み取りの企ての生贄《いけにえ》の一人ということになる。あの妙に情のある黒々とした眼差を思い出す。

が、まだ不審はあった。

「某を殺しても、叔父上がおられましょう。叔父上が知れば、某などよりもっと危うい」

「そうよな。まずは主を始末し、次に儂を狙う算段だったか。主は浪々の身だが、儂の場合はそうもいかぬ。手立てに準備が要るであろうの」

開け放した入口に人の影が立った。二度の食事の上げ下ろしをしてくれる寺男だった。頑丈な体付きをした壮者だが、生まれつきなのか耳が遠い。男は持ってきた盆を上がりにおいて、黙って去った。

刳《く》り盆の上に、この暑いのに湯気の立つ茶碗が二つ。それを見て、左兵衛叔父が顔をしかめた。

「寺におって、まだ茶の入れ様も覚えぬと見ゆる。先だってみふゆに持参させ、ここの庫裡にも土産に置いてきてもろうた旨い葉茶というに」

そう呟きながらも、渋い顔付きで茶を啜る。

みふゆ殿の名が出て、思わず兆した気後れを振り払うようにして、伊介は訊ねた。

「命じたのは八代の城代として、襲うたのも肥後の侍でございますか」

墓穴まで運んだ骸の、どこか唐人めいた死に顔が思い浮かんだ。

「違うな。あの大曲者《くせもの》がそのような下手を仕組むはずはあるまい。主が倒した二人は明らかに違う。取り逃がしたもう一人の頭分《かしらぶん》が当人かどうかはわからぬが、おおよその目安はついておる」

「誰です。また、どうやってその目安をつけられた」

「急《せ》くでない。ここに来たのは、それを知らせるためじゃ。一月近く儂がこちらに来れなんだは、藩邸の御用で出雲松江に出向いておった事もあるが、大半はその探索に手足を遣うておったからじゃ。年寄りには気骨の折れる毎日だったぞ」

叔父は吐息を一つ漏らすと、もう一口茶を啜った。

「伏見の事の四、五日後のことじゃが、右馬允は下国の船待ちをした大坂で、何人もの人物と会うておる。大藩肥後の内外にわたる仕置きを仕切り、藩主さえ一目も二目も置く家中の大黒柱であれば、それも当然。公儀筋の人物もおれば、他藩の重役たち、大手の商人や加藤家御用の職人なども おる。中に、もと紀州家に仕えた男が一人混じっておった。さらに元を質《ただ》せばこの男、肥後の加藤家の臣じゃった。故大殿清正様の御二女あま姫様が大納言家へ御輿入れになられた事は、存じておるまいの。主が生まれた頃のこと故、知らなくても一向に構わぬがの。この柏崎大蔵という男、その折にあま姫様付きの侍として紀州家へ移ったのよ。もちろん、故大殿の遺言によってじゃ。歳の頃は、右馬允とほぼ同年配、肥後では親しい間柄だったようじゃ。聞くところでは、この柏崎、八代の港を拠点に唐人交易にかかわる仕事の差配で功を積んだとか。故大殿様が、槍働きも出来、当世ふうの才覚もある柏崎をあま姫様に付けられたのは、いざやの折に姫様の身辺を御守りするためと同時に、交易の事には疎かった大納言頼宣様への御祝儀、馳走という意味合いもあったやもしれぬ」

「その紀州侍、柏崎大蔵に八代の城代が我らを襲わせたと言われるか」

伊介の声音が心待ち尖った。

「急《せ》くなと申すに。儂は、元と言うたぞ。柏崎は以来紀州和歌山に、というよりあま姫様のおられる江戸に居付いて律儀に勤めておったが、やがて退転いたした。理由はわからぬ。不始末を仕出かした噂も聞かぬ。要は、それを右馬允が拾うたという事じゃ。あの八代城代の上洛、江戸出府は頻繁。大藩とはいえ九州の田舎大名の家老にしては、尋常でないほどに多い。それ故か、柏崎に少なからぬ捨て扶持を与えてこの京、大坂に置き、度毎《たびごと》に藩の外交、財政上の相談相手とし、また時に、表沙汰にできぬ秘事の始末に当たらせてきたようじゃ。とにかく、加藤右馬允はその男と会うた」

「しかし」

再び伊介が口を挟む。

「頭分の男、二、三合撃ち合い申したが、とても還暦を過ぎた者とは思えませなんだが」

「正直も過ぎれば命取りになるぞ。平山伊介」

左兵衛叔父の細い眼差に針の冷たさが宿った。

「柏崎が自身で直にやるとは限るまい。先に儂が当人かどうかはわからぬと言うた事、聞き漏らしたか。配下もおろう。時々の仕事に応じて、選び寄せる浪人者や無頼も用意していよう。右馬允が柏崎に与える捨て扶持、それらを養うても不足はないはずじゃ。それにの、柏崎自身、右馬允に劣らず力量才覚のあるらしき男。あるいは肥後、八代時代の誼《よしみ》をたよりに呼び寄せた者、また慕い寄ってくる世渡り上手共もおるかもしれぬ」

「さきほど、叔父上は唐人交易と言われましたな」

三度口を挟んだのは、話を聞き漏らした弁解のためではない。

「おう言うた。いまでこそ公儀の御禁制によって南蛮船の来航も途絶え、こちらから出る御朱印船の数も心細いものになっておるようじゃが、往時は唐船、南蛮船、我が国の朱印船、それに潜りの盗人船まで交えて、外国との交易は、それは盛んなものであったわ。九州の諸大名は競って大船を出し、また異国の船を領内の港に引き入れておったものじゃ。危険は多いが、それに数倍する莫大な利を生み出す事業じゃからの。ことに故大殿清正様はこの事に御熱意を持たれ、南蛮人の暮らしに欠かせぬ小麦を大量に集めては呂宋《ルソン》や安南《アンナン》へ運ばせる御朱印船を幾度か仕立てられ、あるいは八代に出入りする唐の商人を介しての交易を進めておられた。そして、そここそが、柏崎大蔵のかつての働き場、才覚の揮い所であったのよ。で、何故、その事を訊く」

「先夜某が斬りました二人、何やら唐人に似ておりました故」

伊介の関心事は、その事であった。

「何か喋ったか、異国の言葉で」

すぐに左兵衛叔父が訊き返した。

「いえ、何も。黙って斬り掛かり、こちらも幸いにそれぞれ一撃にて倒しました故。ただ死に顔を見た折に、そう思いましただけ」

「何故、早くそれを言わぬ。骸の始末をしたあの朝に聞いておれば、柏崎の線がすぐにでも辿れたものを。年寄りに無駄な骨折りをさせおって」

言い様は小言めいているが、口調には満更でもない色があった。

「やはり、そうであったか。唐人を使うたか。海の向こうも大揺れに揺れておるらしいからの。北方に興った異族に押しまくられて、かの大明国が滅びかけておるとか。国を追われた者、食い扶持に窮した者らが、肥前長崎をはじめ九州の港や城下に次々に流れ込んでおると聞く。商人や船乗りはもちろん、明の遺臣や兵などもおるとか。中には、兵術に長けた荒くれもおろう。知恵者の柏崎が、それらを呼び寄せ、己の組下に入れた。言葉が十分に通じぬことは、時により、用い様により、かえって便利にはたらくもの。考えられぬ事ではないの」

ひとり合点するふうに、呟いた。

「これで主にも得心がいったであろう。我らを殺せと命じたのは加藤右馬允、請け負ったのが柏崎大蔵、実際に襲撃を仕掛けたのがその配下の手利きと唐人二人。いやはや、厄介なことになったものよ」

叔父は腕を組み、思案に沈む顔付きを作った。だが、いつものように、苦にしているふうはさらにない。むしろ、楽しんでいる気配が濃い。今日は、その気配が少し気になった。

「唐人の事はさておき、叔父上は柏崎大蔵なる者を御存知でござったのか。また、その柏崎が右馬允と会うた事を、どうやってお知りなされた」

滅多に口にせぬ質問だった。案の定、叔父はほうといった眼差を伊介に向けた。

「だいぶ世間並みの知恵が働くようになったの。そうでなくてはならぬ。感心な事じゃ。儂が生身の柏崎に会うたのは共に肥後におる頃、故大殿清正様御在世の時よ。したが、身を置く場所も違うた故、二、三度すれ違うたきりで、付き合いはなかった。以来三十年余、いま面を合わせても互いに見覚えもないじゃろうの。しかしだ。最前話したように、柏崎の動静については、何人もの旧知の耳目と口を通して、遂一我が耳に入れておった。何やら気になる男じゃったからの。それが効を奏したのよ。大坂での右馬允との会見を報せてくれたのも、有り難い旧知の一人よ」

「その御旧知とは、加藤家中の者ですか」

伊介の顔に当たっている眼差が再び冷えた。

「それは、まだ知らずともよい。長生きのおかげで、旧知の数だけは浜の真砂ほどもあるわい。そこでじゃ、伊介」

腕組みを解いて、左兵衛叔父は言った。

「返礼をせねばならぬの。というても、首魁は肥後に去ってしもうた。襲うてきた二人はすでに主が斬った。逃げた頭分の行方は当分わかるまい。あるいは失敗の責を問われるのを怖れて遠く逐電したか。はたまた再度の襲撃を狙うて主の居所を探っておるか。いずれにしろ、向こうから姿を見せるまではどうにもならぬ。唯今、手近に居所が知れるのは柏崎大蔵のみ。柏崎を斬れ」

藪蚊でも潰すような声音だった。

「しかし、それでは、我らの仕業であることが、肥後におる右馬允にすぐに知れましょうぞ」

「何の。右馬允が柏崎に命じ、柏崎が請け合うた我らの抹殺が秘事である以上、彼ら二人以外にこの筋書きを読める者はおらぬはず。右馬允の側近とも思える西山さえ、知らぬどころか、勘付いてもおらぬようじゃ。刺客の頭分も、主が誰で何のために襲うたかは知らされていなかったに違いない。彼らはただ指令どおりに主を殺せばよかったに過ぎぬ」

左兵衛叔父は手を伸ばし、入れ様がまずいと零《こぼ》していた茶の残りを啜った。

「確かに、主が滞りなく仕遂げれば、日ならずして右馬允は柏崎の死を知るじゃろう。が、公にすることも、騒ぎ立てる事もできぬはずじゃ。何故ならば、まず柏崎はもはや加藤の臣でも紀州徳川家の家来でもない。ただの浪人、右馬允の私兵にすぎぬ。また、側近も知らぬ秘事であれば、誰にも漏らせぬ。さらに、我らの仕業とわかっていても、主の身柄を儂に預け、腹心の西山を監察に付けておくという表の扱いを、自分の方から裏で破った結果という負い目もあろう。公儀にすり寄って権勢を築いてきた者であればあるほど、何もできぬ。ただひとり臍《ほぞ》を噛み、地団駄を踏むのが関の山。そしての、それこそがこの返礼の目当てよ」

叔父の細い眼差が寒月を映す霜柱の輝きを帯びた。

「これもこれまで幾度も言うてきた事じゃが、主の亡父平山伊介殿の仇を報ずるために現在我らが手掛けねばならぬのは、直に首魁を討つ事でも熊本の城に火を掛ける事でもない。むろん、それは必ず仕遂げる。が、先ずは、敵共の煩悩を大いに掻き立て、浮き足立たせる事じゃ。主の親父殿の忠義の死を思い出させ、故大殿の御遺志に背いて己らの安穏と権勢を貪ってきた不忠と不義とを思い知らせてやることじゃ。今度は、そのお誂え向きの挨拶となろうぞ」

冷えた眼差の割には、口吻は珍しく熱い。黙って聞くよりほかなかった。

「柏崎は伏見におる。返礼の期日は三日後、心して掛かれよ」

「三日後ですと」

思わず伊介は訊き返した。

「左様。柏崎も主と同じく居所を変える。所在が確かなうちに仕遂げねばならぬでな。それに、柏崎の方でも、主の居所を探しておるはず。再度の襲撃を期しての。その怖れある故、主がここへ移った事、西山へも知らせておらぬ。知らせれば、彼はここを訪ねる。訪ねれば、柏崎はここを知る。知れば当然、新手を繰り出して主を狩る。今度は向こうも必死、抜かりなく仕掛けてくるであろう。ここは先を取っておかねばならぬ。ところで、西山は来なかったであろうの」

皺と見紛う細い目だが、そこから射す眼差は冷えて鋭い。

「いえ」

伊介は即座に答えた。嘘をついたわけではない。西山とは会った。五条近くの飯屋で鰻を共に食べ、話もした。しかし、彼がここを訪れたわけでも、教えたわけでもない。以来、西山次郎作とは会っていなかった。

「急くなと再三申しておきながら、急かねばならぬ事情がもう一つある。主がここに移った事を承知しているのは我ら両人とみふゆの三人。そのみふゆが先日勤め先の御用で他出の折、尾行を受けた形跡がある。儂の依頼で彼の女が主を訪ねた数日後の事じゃ。その折は他に人もおり事無きを得たが、我らとの繋がりを柏崎が勘付いておると見てよい。さすれば、あのような手荒い仕掛けをする奴らのこと、みふゆを拐《かどわ》かして、それを餌に我らを罠に掛けんと考えぬとも限らぬ。それもあれば、三日後は動かせぬ」

声音こそ低い咳《しわぶ》きに似るが、言い様には否も応もない。西山次郎作と柏崎大蔵との係わりをはじめ気に掛かる不審も幾つかあったが、伊介は黙って頷くほかなかった。

叔父の口からみふゆ殿の名が出た時には思わず胸の奥が波立ち、顔色に出はせぬかと周章てた。だが、叔父はそれ以上、みふゆ殿にも西山にも触れなかった。みふゆ殿が尾行の件やここを訪ねた折の報告をした時、名の真名書きにかかわる話は伏せておいてくれたのに違いない。安堵と同時に胸中に点った蛍火のような小さな暖気がしばらく残った。代わって新たな闘気が湧く。みふゆ殿を危機に曝《さら》してはならぬ。そうはさせぬ。

平山伊介は、はじめて膝の前に置いた茶碗に手を伸ばした。すっかり冷めていたが、叔父が小言を言うほどには不味くなかった。

「敵は伏見におると言われたが、加藤屋敷ではございますまいな」

我知らず口調に力が入っていた。

「当たり前じゃ。もはや藩士でない者が藩邸に起居できるわけがなかろう。近くに借家ながら豪勢な屋敷を構えておる」

例年になく短かった梅雨の降り残しか、雨が多い。今日も夕立が已まず、夜に入ったものの激しい降りが続いていた。

高瀬川の水嵩も増し、そのぶん流れも速い。

「誂え向きの晩になったの」

船頭紛いに蓑、笠を被り、下手な船頭よりずっと巧みに竿を繰りながら、左兵衛叔父は伊介に声を掛けた。

「このような晩には、武家も町家も早い目に寝床に入るもの。夜番や飼犬がおっても、雨風の音と湿気に五感が曇り、働きが鈍くなって役に立たぬ。その寝入り端《ばな》を襲え」

老いた叔父は風雨に晒されているのに、若い伊介は低い屋形の内に腰を下ろしている。渋紙油引きの頭巾、合羽を身につけてもいた。いずれも叔父の指示、用意による。

「今夜の打ち込みは主ひとり。五体が濡れ冷えれば、存分に働けぬ。儂も共に行きたいが、主の退き口に控えておらねばならぬ。他の者には頼めんでの」と叔父は言った。

見込んでいたよりずっと早く京橋堀の引入れ口に着いた。

土手道に立って南の方をうかがうと、加藤屋敷のある出城のような一廓とそこに渡る肥後殿橋の武張った影が、夜目にも黒々と見える。さらにその向こうからは、水嵩を募らせた宇治川の、腹を揺するような水音が伝わってくる。

時折、稲妻が走る。その断続する閃光を縫って、商家の軒伝いに松本町を抜ける。

つい五ヶ月以前まで同じ伏見城下の田町に三年住んだのは無駄ではなかった。市中や近郊の堀や大路小路の配置や距離、辻々の様子は頭の中に刻まれている。何より脚が覚えていた。ことに、加藤屋敷の周辺を歩き回った事、数えきれない。

目指す柏崎の居宅は枝堀川に架かる丹波橋を渡った先の京橋町にあった。大小の河川が集まり掘割も縦横に連なって走る伏見城下。当然に夥しい数の橋の中でことに枢要な位置を占める京橋を渡れば、加藤屋敷は目と鼻の先。

「加藤邸から三町足らずの近さぞ。具足を着けずに駆ければ、四、五十息もつかぬうちに着く。手早く仕遂げ、すぐに立ち退けよ。商家に混じってある故、柏崎邸の防備は知れたものじゃが、ながびけば加藤屋敷の詰め侍共が駆けつけてこぬとも限らぬでな」

昼間、古坊の破れ縁に持参した絵図を広げて、左兵衛叔父は言った。絵図は、柏崎邸の間取りまで描かれた詳細なものだった。

「大蔵の寝部屋はここらしい。妻女はおらぬ。しかも、このところ病みついておるようじゃ」

余程に敵の内情に詳しい旧知が、叔父にはいるらしい。妙な気がした。

「病人の年寄りを斬るのですか」

妙な不審が、問わずもがなの問いを口にさせた。振り切ったはずの病みやつれた母の顔が浮かんでもいた。

「なに、身から出た錆、若い時分にどこぞの遊び女から貰った唐瘡《とうがさ》が出ただけらしいがの。だが、唐瘡であろうが労咳《ろうがい》であろうが、敵の片割れ。斬らねばならぬ事に変わりはない。容赦は要らぬ。油断して仕損ずれば、死ぬのは我らぞ」

軽口めいた口調で始めた叔父の話の末尾は、しかし刀子《とうす》を含んだように厳しかった。

両隣にある大きな町家に倣った構えの居宅だった。格別に防備に心配ったふうにも見えない。稲妻の合間を計って鉤縄を投げ、奥に庭木の梢の揺れる土居を、難なく越えた。大振りの槙の根方の植え込みの陰にしゃがむ。

泉水もなく、さして広くもない庭の正面と、向かって左手の玄関の脇部屋らしき所の雨戸の隙間から細い明かりが漏れている。昼間見た絵図の間取りを思い起こす。正面の座敷が柏崎の居間を兼ねる寝部屋らしい。とすれば、玄関脇の部屋にはまだ家人か配下の者が目覚めていることになる。

明かりの消えるのを待つつもりは、最初から伊介にはなかった。初めて這入り込む他人の家の内、目指す相手も初見。寝入り端を襲えと叔父は言ったが、明かりが消えてしまえば、相手を確かめようもない。

先刻よりいくらか小降りになったとはいえ、油引きの頭巾、合羽に当たる雨音は高い。煎り豆の跳ねるような音を気にしつつ、それでもいっとき待った。だが、明かりは消えない。雨夜の要心のためか。あるいは灯を点けたまま寝入ったのかもしれない。

意を決して立ち上がり、玄関の脇部屋に向かう。押し込みではない。皆殺しにせよとは、叔父も命じなかった。当て身を強く入れて縛り上げ、いっとき騒ぎ立てぬ手を講じておけばすむ。手に余るようなら、瞬時に斬る。が、そのような余裕があるか。あの夜、刃を交えながら取り逃がしたような手利きがおれば、出会い頭の死闘になる。その事も承知の上だった。

稲妻が走り、また雨足が早くなった。それを待って、隅の雨戸の敷居に小柄を差し入れて一枚浮かせ、ひたすら音を立てぬように注意して外す。障子に映る仄暗い明かりがわずかに揺れたようだが、そこに映る人影もなく、人声も物音もない。罠か。が、今夜ここを襲う者があると知るのは、左兵衛叔父と己のみのはず。

低く狭い板張りの内縁に上がり込む。屋内での太刀打ちに備えて、差料でなく脇差を抜いていた。次の稲妻は一向に来ない。着たままの合羽からの滴りの音が気になった。

十息ほど待って、左手を障子に掛けた。そろりと障子を引く。

刃も襲ってこず、穂先の出迎えもない。目に入ったのは一枚の夜具と、そこに横になった女。まさに寝入り端か、燭台の細々とした明かりが、口を浅く開けた歳の定かならぬ女の寝顔をぼうと照らしていた。

女の顔から目を離さず、足の方に回って、玄関との境らしい唐紙をわずかに開ける。暗い廊下、その奥のどこにも殺気を臭わせる人の気配はない。

女の枕元にしゃがみ、枕近くの夜具の下に手を入れる。病み疲れた老母でさえ備えていた短刀も尖り髪差も探り当たらぬ。武家奉公の女ではないのかもしれない。

不覚、這入る家を間違えたか。ぞくりと不安が横切る。手を引いた時、濡れた合羽の袖が音を立てた。女の顔の筋が動く。薄目を開ける。女が身を起こし口を開ける前に、掌で口を塞いだ。

一瞬前に兆した不安が波立ってくる。まず確かめねばならぬ。

「坂崎小蔵殿の家か」

女の耳に口を圧し当てて問いを捩じ込む。「不審を確かめるにはまず別人の名をあげてみよ。間違いのない答は向こうからやってくる」という叔父の教えを試してみる。女は両目をいっぱいに見開いたまま、がくがくと首を横に振った。

「では、誰の家か。小声で答えよ」

掌を少し緩めたぶんだけ指先が柔らかい頬に食い込む。己が押さえつけ、怯えさせているのは、女。間違えたのではという怖れに、疚《やま》しさが重なる。死んだ母とみふゆ殿の面影が身内に点滅する。

「柏崎、大蔵、さまの」

女が喘ぎながら、切れ切れに答えた。

「その主人は、奥の座敷か」

不覚の怖れは消えたが、そのぶん疚しさは募る。女が、今度は首を縦に動かした。

「屋敷内に、ほかに人は」

女が再び首を横に振った。

目指す相手の居所はわかった。しかも相手が一人であれば造作はない。だが、女をこのままにしては奥へは向かえぬ。しかし、手荒な事はできぬ。女を押さえる手が心持ち緩む。得たりと女が半身を起こしかけた。

とっさに伊介は、女の鳩尾《みぞおち》あたりに掛け布団ごしに当て身を入れた。

何かが違う。たった今用いたばかりの右の拳がおぞましい物に見える。みふゆ殿の白い顔が遠のいていくような気がする。

暗い廊下を、明かりの漏れてくる奥の部屋に向かう。外の雨音以外に物音はない。

油断はしないが、何かが違うという感じは消えない。屋敷の構えと同じく、家内もさして広くはない。大藩肥後の権勢家から多額の捨て扶持を得ている者の居宅とも思えなかった。

灯が点いているからといって、起きているとは限らない。脇部屋の女のように寝入っているかもしれぬ。しかし、老いた病人とはいえ、相手は武士。しかも叔父の話では、右馬允の隠し目付の如き仕事もこなす利れ者という。配下の手利きも置かぬ不要心も、豪勢とは程遠い家居内外の質朴な設《しつら》えも、油断を誘う見せ掛けかもしれぬ。

伊介は、抜き身の脇差を右腰に引きつけ、壁際の唐紙障子の外に片膝をついて、中をうかがう。確かに人の気配、しかも寝息のものではない。建具の隙間から、灯芯の焦げるような臭いが漏れてくる。ながく燭台の灯を点し続けているせいか。

雷鳴を待つ。が、さすがの夜雨も収まりかけたのか、いっこうに鳴ってはくれない。時が惜しい。当て身を入れた女が蘇生しないとも限らぬ。一息に踏み込んで片付けるまでと意を決し、唐紙の引き金具に指先が触れた時、声が掛かった。

「そこの御仁、入られよ。迎えに出ようにも儘《まま》ならぬ身体での」

半歩跳び退く。部屋からの声が追った。

「ただの夜盗ではござるまい。どうやら女中のさなえも殺してはおられぬようじゃ。何の御用かは知らぬが、この無用人に夜中の御出向きとは珍しい。まず入られよ。他に人はおらぬ」

錆のきいた落ち着いた声音だった。

立ち入り端の攻撃だけはないと見て、それでも唐紙を素早く大きく引き開けて、そろりと部屋に身体を入れる。抜き身の刃を心持ち起こしていた。

正面に床を背にした寝巻きの老人が座っていた。前に書物を広げたままの書見台、脇に燭台が二つ。すぐ傍らに、夜具が延べられている。

「ほう、これは大層な出《い》で立ちでござるの」

頭巾に合羽、手に白刃の長身の伊介を見て、老人も、さすがに目を見張った。が、すぐに言葉を継ごうとする。

「口舌《くぜつ》は無用。本人と確かめたなら、有無を言わさず斬れ」と、左兵衛叔父は言った。邪魔の入らぬうちに仕遂げねばならぬ。

「柏崎大蔵殿じゃな」

もはや偽名を問うてみる必要はなかった。

「いかにも、もと加藤肥後守清正様の家臣、柏崎大蔵でござる。して、そちらは」

衒《てら》いも悪怯《わるび》れるところもない、呆気ないほどの口跡だった。思わずこちらも名乗り返すのを誘われるほどの明快な返答に、伊介は一瞬気後《きおく》れを覚える。

が、それも一瞬。口を動かす代わりに、脇差の尖っ先をさらに上げる。

と、老人の膝の上にあった右手が書見台の陰に落ちた。踏み出そうとした伊介の足を止めたのは、己の胸にぴたりと向けられた小さな筒口だった。

不覚。つい先程嗅いだ焦げ臭さは、火縄だったたか。

「ご覧のとおり儂は脚が立たぬ。厠へ行くにもさなえの手を借りねばならぬ。近在の百姓の出戻りじゃが、かれこれ十年ばかり親身に我が世話をしてくれておる。その大切な女子の部屋で唯ならぬ気配がしたが、駆け付けてやる事もできなんだ。で、歯嚙みしながら、この飾り物に久々に弾を込め、縄に火を点じて待っておった。さなえを大人しくしておいて主がここへ来るのをな」

むしろ大儀げな口調で述べながら、老人は左腕を脇息に預けた。腰の後ろにも何やら支えらしきものが見える。

「手はまだ動く。目も達者じゃ。一歩でも踏み込めば撃つ。この馬上筒は、かって清正様に従うての唐入りに存分に使い込んだ得物。久々でもこの目当てなら、主の白刃より速く主の心の臓に届くはず」

鷹のような両眼が光り、短筒を持つ右手に小揺るぎもない。

「まず名と存念を言え。その上で、当て身をくらっておるであろうさなえをここへ連れて参れ。それを確かめたなら、見逃さぬでもない」

伊介はぎりっと奥歯を噛んだ。一気に仕遂げるつもりが、足腰立たぬ年寄りに長口舌を許した上に、逆に脅されている。撃たれるのは構わぬ。急所さえ外せば、そのまま跳び込んで一刺し。だが、ここで己が死ねば、一切が終わる。

「どういたす。そちらには時があるまい。息吹き返せば、さなえは加藤邸へ走るぞ。御家の禄を離れて久しいが、旧縁もあり、頼まれて屋敷詰めの若侍共に時折漢学などを講じておる。故に、何事かあれば彼らが押っ取り刀で駆けつける事となる。さなえはすでにこの家を出たかもしれぬぞ」

時がないのは聞かずもがな。一瞬の隙を見逃さず、運を天にまかせて動くしかない。

合羽の袖からの滴りが、畳に小さな音をたてる。それも次第に間遠になっていた。

「某の名は」

呟きに近い声で、伊介は言いかけた。

片耳を傾けるふうに柏崎の首がほんの心持ち揺れた。とたんに合羽の袖を振る。バサッと派手な音が立ち、残りの水滴が飛ぶ。その水滴を追って、伊介も二間の宙を跳んだ。

同時に短筒が吠え、左の肩口に灼けるような痛みが走った。構わず右手を突き出す。書見台の脚ごしに老人の左胸を深々と刺していた。

玄関の脇部屋に駆け戻る。女の姿はない。三度、不覚と吐き捨てる。

ほとんど雨の已んだ庭に下り、先刻侵入した土居を越える。

暗い路上に、吠える犬もおらず、駆け付ける人影もまだ見えない。だが、左兵衛叔父の待つ退き口に着くまでに出会わぬとも限らぬ。切り抜ける自信はあった。ただ、追手の中に西山次郎作が加わっていない事だけを念じていた。

寛永八年冬・波上

一

伏見には珍しい師走初旬の雪だった。

空気も冷え、昨夜来の雪溜まりが、小降りになった今日も、庭のあちこちに残っている。京を囲む山々も頂の辺りは浅い綿帽子を被っていた。

殿の伏見御到着は急だった。いつもの大津での、そうでない時の五条大橋での御出迎えもできなかった。先触れの持参した書状にも出迎え無用とあったが、さらに二刻早い午過ぎには直に伏見屋敷の門をお入りになった。供回りも普段の半数以下、小荷駄《こにだ》を入れても三十に満たない。

中に、加藤本家の直臣で大番頭《おおばんがしら》を勤める庄林隼人の顔が見えたのも少々異例だった。今春、当の加藤屋敷に程近い土手道で殿を守護して平山伊介と刃を交え、殿と共に帰国していった剣士である。帰国直後に、病床にあった父隼人佐《はやとのすけ》が死去したことを、国元からの消息で次郎作は承知していた。その、家督を継いだばかり、役務の上でも何かと多忙なはずの本家の上士を、本藩の筆頭家老とはいえ八代城代の右馬允正方様が我が直臣の如く従えているのである。或いは例になく伏見にもお立ち寄りのなかった今秋の上府の折にも伴われていたのか。とすれば、藩主肥後守様が御在府中の年両度にわたる藩執政の江戸上府。政治向きには疎い次郎作にも、気懸かりな事態の臭いがしないではなかった。

果して、伏見屋敷で私室に使われる小書院に次郎作ひとりを呼ばれた殿の御顔には、長旅の疲れだけではない憂慮の色が沈んでいた。

「大御所様の御加減が思わしくない。今度《こたび》は、肥後守様御在府中のため、年末年始の諸仕置きの御代行に儂《わし》が帰国いたすが、年が改まれば、すぐにまた上る事になろう」

窓の明かり障子ごしに外の寒宵《さむよい》を眺めやる風情で、殿は御憂慮の一端を漏らされた。

「そこでじゃ。今度は主《ぬし》も一緒に連れ戻ることにした。明後日は大坂に出る。大坂から、できればその日のうちに船を出したい。主の帰国については、こちらの屋敷支配に先刻伝えておいた。主にとっては久々の帰国であろう。急な話じゃが、早速支度せよ。連歌所の方へは儂からも書状を書こう。聞けば、昌琢殿は御母堂の服喪中とか。明日持参して、一別の御挨拶をしてくるがよい」

口調を改めて、そう言われた。

殿に従っての帰国は願ってもない喜びとして、次郎作にはそれを素直に喜べぬ気後れがあった。己の失態もからんでいる。

「有難い御命ながら、某《それがし》は京を離れる訳には参りませぬ」

面を伏せたまま、西山次郎作は言った。

「あの両人の事か」

「はい」

忘れもしないこの夏の中頃、島原大門に近い飯屋で居所も聞けずじまいに別れて以来、平山伊介とは会っていない。共に鰻を食い、多少は打ち解けた話も交わせたと思っての店の出しなに、伊介の大木太刀にからんだ酔漢とのいざこざが起きた。偶々居合わせた知人の取り成しもあってようやく収め戸外に出ると、伊介の姿はなかった。待っているはずとの思い込みが甘かった。己の迂闊《うかつ》を呪いながら、来馴れぬ遊里近辺の小路、明かりの乏しい下京の夜の辻々を探しまわった。血相が変わっているのは自分でもわかっていた。半ば駆け足で東寺の周りも一巡りしてみた。それでも見つからなかった。

その夕方幸運にも出会えた来島左兵衛の私宅へ行っても、伊介がそこに帰るはずもない事はわかっていた。それでも、行ってみた。楓林の奥の小家は静まり返り、出遅れた迷い蛍のほかに明かりも見えず、もちろん山犬の帰宅している気配はなかった。取り返しのつかぬ失態だった。殿の御信頼に背く、風雅も糞もない大失態。伊介の旧居の濡れ縁に腰を下ろして、次郎作は夜気の底で鳴る疎水の水音を呆然と聴いていた。

その嘲るような低いさざめきが、いまも耳の底に残っている。

「まだ居所が摑めぬらしいの。が、その事は主からの折々の消息で承知しておる。あれ程の無礼を働いた上での仕打ち、腹に据えかねるが、さ程に思い悩むこともあるまい。来島は堀尾山城守様の家中におると言うておったの。或いは二人して出雲へ去ったのかもしれぬ。それも怪しからぬ事だが、いずれにせよ、奴らに何事か魂胆があれば、また向こうから仕掛けてこよう。もともと、得体の知れぬ二人の監察を主ひとりに任せておいた儂にも非がある。ひとりで案じることはない」

身にしみる御言葉だった。であればなおの事の思いもまた深い。

「しかし、某までが京を離れ、このままに捨て置きましたなら、彼らをいっそう増長させる事になりはしますまいか。探索を続けさせていただきとう存じます」

「捨て置けと言うておるのではない。あの者らの俄《にわか》乱心に事寄せての無謀なる振る舞い、その後の言動、主以上に軽々に見ておるわけではない。連絡もなく居所を変え、姿を消したのも、奴らの新たな仕掛けなのかもしれぬ。儂が知りたいのは、一見子供騙しの如きその仕掛けの裏にある魂胆じゃ。意外なところに繋がる、入り組んだ魂胆かもしれぬ。であれば、こちらもそれに見合う戦《いくさ》の用意にかからねばなるまい。今度いったん主を連れ戻るのも、その一つと心得よ」

思わず見上げた殿の目に暗い灯が点っていた。

「時は師走、なさねばならぬ諸事は多く気は急《せ》くが、冬の船路は天気次第。あれこれの事を思案し、談ずる時だけは十分にあろう」

雪は已んだが、薄陽の射す寒い日だった。連歌所の学寮の庭にも溶け残った雪溜まりがいくつも見られる。ことに枝先に米粒ほどの固い蕾をつけたばかりの梅の木の根方の忘れ雪が薄陽に白い。

「去る年の花の替わりか師走雪」、ふと口遊《くちずさ》んで、西山次郎作は首を振った。句調が緩みきっている。そういえば、この夏以来半年、句席にも歌会にもあまり出ていない。己だけの事情によるものではないが、それが詠み口の緩みに表れたか。忸怩《じくじ》たる思いが深い。

師走に入ったこともあり、学寮に人は少なかった。幸いに在宅されていた昌琢師は次郎作を私室に上げられ、持参した殿の書状にすぐに目を通された。

「右馬允殿もよほどにお忙しい日々をお過ごしのようですの。いつもの如く某に点を乞われる四、五句も添えておられぬ。今度《こたび》の急々の御帰国には、其方も同道なさるとか。言わずもの事ながら、其方にとってはもちろん加藤の御家にとっても掛け替えのなき御人、万事お気を付けて、ようお扶《たす》け申し上げなされよ」

読み終えた折り紙を丁重に畳んで文机に置くと、次郎作に眼差を戻し、しみじみとした口調で師は言われた。その師の面差しも決して冴えざえと明るいものではない。師には胸痛の持病があり、秋口からずっと苦しまれていた。さらに御母堂の服喪が重なり、柳営連歌の捌《さば》きも勤められる斯界《しかい》の大宗匠の普段の闊達《かったつ》さが影を潜めている。

「その御多忙の中で、右馬允殿は其方への気遣いまで書き添えておられる。他でもない。前々から其方に乞われておった『源氏』の講釈伝授の事じゃ。某も早く叶えて差し上げたいが、このところの某は見られる通りの有り様。すぐにとは約束できぬ」

頭を垂れて聞き入った。殿と師への有難さ、申し訳なさに、頭を上げることができなかった。ことに、昨夜長旅の疲れを癒すべき旅寝の貴重な時間を割いてまで筆を執られ、一家来のたかが風雅上の願いをお助けなさろうという殿の御心尽くしを思うと、そのまま彼岸へ運ばれてもよいほどの感謝の大波が胸中に湧く。同時に、己の失態と御役に立てぬ無能への悔いが改めて身を灼く。

「そこでじゃ。右馬允殿の書状を拝見いたしておって、妙案を思い付き申した。豊後府内におられる寛佐法印殿を御存知であろう。法印殿は某よりも早く『源氏』講釈伝授を受けられた優れた先達じゃ。其方は明日にでも肥後に旅立たれる身、来春まではあちらにおられよう。であれば、同じ九州の内、肥後より豊後へ赴かれ、法印殿より伝授を受けられるがよかろうと存ずるが、いかが。法印殿への御依頼をはじめ諸々の手配は、某がお引き受け申そう」

熱いものがこみ上げるのを我慢できなかった。

夏以来、何度同じ道を辿り、同じ場所に佇み、同じ濡れ縁に腰を据えて待ったことか。疎水の流れに映る空の色も木立の様も、堀川沿いの路上で行き違う人の衣の様子も、ずいぶんと変わった。空しく帰る道すがら、「わが身ばかりは」と同じ古歌を芸もなく口遊《くちずさ》んだのも、両手の指の数をゆうに越える。見当外れのわずかな収穫といえば、青若葉から紅葉の盛り、さらに落葉までの楓林の時々の風趣の変容を見定めたくらいのものか。

例によって先ずは堀尾屋敷の門前に立つ。門脇の大楓の梢もいまはほとんど裸、下枝にわずかな病葉をからませているばかり。すでに次郎作の貌《かお》を見覚えた初老の門番は、またかの表情を浮かべるが、一応は取次ぎを呼んでくれる。取次ぎの返答も、判で押した如く変わらない。曰く、「留守である」、「出先も、帰邸の予定もわからぬ」。

今日の答えはほんの少し違った。

「御用で帰国中でござる。年内に帰京の予定はござらぬ」

「来島殿お一人にてでござるか」

すかさず訊ねたが、不審の眼差のみで言葉による返事はなかった。

昨夜殿が言われた如く、伊介共々に雪深い出雲に隠れたか。或いは、それも嘘、こちらの追及を晦《くら》ますための方便に過ぎぬのか。そもそも来島左兵衛が堀尾家でいかなる位置を占め、どのような職務に従事しているのか、次郎作は知らない。本人は京屋敷の顧問の如きと曖昧な事を口にしたが、その真偽も実態も確かめられぬ。

伊介とは四度だが、次郎作が左兵衛と直に対面したのは、件《くだん》の伏見の土手道と私宅と称する小家を初めて訪ねた折の二度のみ。確かに言葉の数では伊介の百倍も多く話柄も豊富だったが、すべてにどこか漠としているところがあった。すぐに牙を剝く山犬の伊介より、得体の知れなさではあの老狐《おいぎつね》。殿の懸念される魂胆があるとすれば、その鍵を握っているのは、老狐の方に違いない。昨夜辞去する折に殿が付け加えられた「熊本で得た風聞もある」とは、或いはその左兵衛に関することか。

伊介の旧居を今日訪ねようと決めたのは、昨夜だった。殿は「ひとりで思い悩むな」と言われたが、それ故にこそ己の犯した失態を償う糸口の一筋でも掘り出しておきたかった。そうしなければ、再び殿の御顔を拝することさえ叶わぬ。

一方では、訪ねてもこれまで同様何の収穫もなく空しく帰るだけとの怖れは、もちろんあった。あの夏の夕方に伊介と出会ったような幸運が再び訪れるとは思えなかった。それでも行かねばならない。明日は肥後に発たねばならぬ。今日しかなかった。幸い殿の御書状を携えて里村家へ伺う用件もあって京に出た。短い冬の午後を無駄にはできぬ。次第に薄れるとはいえ、山犬の気配の残る場所といえばやはりあの小家。虚仮《こけ》の一念に頼るしかない。

すっかり葉を落とした楓林は、意外に明るい。ずいぶん手前から、溝川沿いの小路の突き当たりにある小家の枝折戸の辺りまで、樹幹ごしに見通せた。

その戸が開いている。中に人影さえ動いていた。それも二、三人、何やら声を掛け合いながら立ち働いている。これまでの人気の乏しい隠宅めいた感じとのあまりの異なり様にふと家を間違えたのではと思ったほどである。近付くと、玄関前に荷車が二台。中から家財を運び出しているらしい。

枝折戸の傍らに佇み、しばらく様子を見る。次郎作の見知らぬ男たちで、皆武士ではない。中の一人がこちらに気付いたが、何の関心も用心も示さなかった。引っ越しの手伝いに雇われた者に違いない。つい先刻の堀尾邸の取次ぎの文句が思い浮かんだ。伊介だけでなく、来島左兵衛もここを捨てたのか。であれば、確かめる必要があった。

「家移りか。それで、どちらへ越される」

荷車の横にいる初老の男に話し掛けた。

羽織袴の侍に突然声を掛けられた驚きか、あるいは荷の運び先を聞かされていないのか、「へえ」と言ったきり、男は言葉に窮している。

と、玄関口から、頭に手拭いを掛けた女が出てきた。こちらに気付いて立ち止まり、素早く手拭いを取って近付く白い顔を見て、驚いた。みふゆ殿だった。

「お久しぶりでござる」

周章《あわ》てて頭を下げながら、何故か赤面する。みふゆ殿も丁重な辞儀を返したが、頭を起こして寄《よ》越《こ》した眼差は屹度《きっと》したものだった。

「どのような御用向きでございましょう。こちらには、今は何方《どなた》もお住みではございませんが」

「それは存じており申す。この夏以来幾度となく参りました故。それで、御二人はどちらへ移られたのでござるか」

問い様が直に過ぎると思いながらも、逸《はや》る気がそう訊ねさせる。

「出雲へ行かれたと伺っております」

眼差の色は変えぬまま、しかし返答は意外に端的だった。堀尾邸の取次ぎの文句と一致する。

「平山殿も御一緒に」

「はい」

「いつの事でござるか」

「この夏の七月でございましたか、来島様からそのように伺いましたので、その頃かと」

それも、二人との連絡途絶の時期、また殿の御推察とも重なる。妙な安堵の一方で、しかし、不審が湧くのも抑えがたい。

「家財をお運びになるとお見受けいたすが、出雲に送られるのか」

「いいえ、来島様が私に引き取るように言われましたので。この借家の期限が年末とか、師走のこと故、周章ててこのようにいたしております」

「卒爾《そつじ》ながらお訊ねいたすが、貴女はどちらにお住まいでござるか」

これまた性急に過ぎると悔やみながら、思い切る他はない。

「それは申せませぬ」

眼差同様に屹度した、有無を言わせぬ口調が返ってきた。

「失礼は重々承知の上でお訊ねしており申す。お聞き及びかもしれぬが、某はぜひにも来島殿、平山殿にお会いせねばならぬ者。それ故に幾度もここを訪れ、その度に空しく帰り申した。御両所からは何の連絡もなく、某の知る御二人の居場所はここしかござらなんだ故。ここに居られぬとすれば、御二人に連絡をつける手掛かりの一切を失い申す。出雲と聞きましても、出雲は他国、ことに他国の侍が他家の武士を訪ねるのは難しゅうござる。せめて御二人とお親しい貴方のお住まいなりとお教えいただき、御二人への連絡の糸口とさせていただけまいか」

掻き口説くような勝手な言い様が、我ながら卑しいものに聞こえる。己の失態の償いのために、口をきくのは初めての面識もないに等しいこの女人に無理難題を押しつけているだけではないか。

伊介が見たら刀の柄に手をかけるに違いないと思った。

みふゆ殿は黙っていた。雪溜まりの湿りを乗せた冷たい風が時折吹き抜けて清々しく整った鬢《びん》のほつれ毛を揺らすが、身動きもしなかった。

動いたのは、荷車の周りに集まった男たちだった。最初は遠巻きにしていたのが、雇い主の苦境と見たか、少しずつ近寄ってくる。中で屈強そうな若い男が、みふゆ殿のすぐ後ろに立って、次郎作を睨んだ。侍を怖れている目ではなかった。男が口を出しかけて眉を動かした頃合い、みふゆ殿がそちらを振り向いた。

「心配はいりません。仕事をお続けなさい」

若い男は引き下がったが、こちらを睨むのは止めない。

みふゆ殿の眼差が次郎作の面に戻った。屹度しただけの色合いに淡い湿り気が混じっているように見えた。

「貴方様の御事情は存じ上げませぬが、私にも私の事情がございまして、住まいをお教えする事はできませせぬ。お許し下さいませ。ただ、御二人との連絡がとれました折、今日貴方様にお目にかかった事、貴方様がお二人をお探しなされておる事をお伝えいたしましょう」

「それは何日《いつ》頃になりましょうか」

明日にも京を離れると、つい口に出しそうになる。が、さすがにそれは呑み込んだ。

「期日のお約束はできませぬ。あの御二人には私の方から御連絡を入れることはございませぬ故」

両の瞳に宿った湿り気が深まったように見えた。

その瞳に見入りながら、この女人は一体何者との疑問が改めて湧き上がる。

「貴方の方からは御連絡も適《かな》わぬとは。不躾《ぶしつけ》ながら、あの御二人とは如何なる御所縁《ゆかり》でござるか」

その疑念が、答えの返ってきそうにもない問いを口にさせた。

「平山様は来島様の甥御、そして来島様は私の養い親の如きお方。これ以上の事は申せませぬ。お訊ね下さいますな。それに私にはいま、ここの取り片付けがございます。雇いの衆も待っております。申し訳ございませぬが、これにてお引き取り下さいませ」

湿りを深めた眼差のままで言うと、みふゆ殿は武家の奥勤め風に結った清楚な頭を下げた。こちらが背を向けるまでは上げぬといった意志を感じさせる辞儀の仕様であった。

為す術《すべ》とてなかった。今は懐かしくさえある小家の濡れ縁と荒れた冬枯れの庭の佇まいを眺め、最後に相変わらずこちらを睨んでいる男たちの顔付きを確かめると、次郎作は枝折戸に向かった。

今日ここへ来たのは間違いではなかった。山犬の鼻面にも老狐の尻尾にも触れえなかったが、思いがけずみふゆ殿と出会え、二人が京を出たらしい事だけは摑めた。二人を見失った夏の失態を埋める一欠片《かけら》にも満たぬ収穫としても、全くの無駄足ではなかった。そう思いたかった。一方、胸中に濃さを増すこの鈍く重い空虚は何なのだろう。あの佳人を心ない問いで追い詰めた後ろ暗さのせいなのか。かえって寒気を募らせる冬陽のせいなのか。その鈍重な空虚は、いずれは己をも呑み込む暗く巨大な波濤の予感にも似ていた。

枝折戸を一歩踏み出した時、背後から声が掛かった。

「西山様」

振り向くと、みふゆ殿の白い顔があった。

「お礼を申し上げるのを忘れておりました」

「某に礼とは」

「私の名に真名を当てていただきました事」

聞くなり隠し様もなく顔に血が昇った。

「伊介殿に聞かれたか。いや、貴方の御名を借りて勝手な戯れ事を。某共の方こそお詫びせねばならぬ。して、どちらでござった」

正直なもの、声音さえも上擦《うわず》っている。

「伊介様の真名をいただきました。それでも、お目出度い三つの冬を当てていただいた西山様のお気遣い、嬉しゅうございました。それを申したくてお引き留めいたしました。では、これにて」

言うなり、一礼してみふゆ殿は背を向けた。その玄関口に消える背を見送りながら、二人共に知らずして平山の姓ではなく伊介の名を呼んだのに思い当たった。どんな面をしてあの山犬があの折の話をしたのか。それを思うだけで、今し方の不吉な予感も、いっとき影を消した。

(二)

洛中洛外に雪溜まりを残した荒天も治まり、伏見から大坂に下った翌朝には順調な船出となった。師走の海風は骨身に応えるが、余程に荒れない限り瀬戸内の浦々伝いの船旅に支障はない。むしろ、荒天の吹き残しのおかげで、西へ向かう船足は速かった。

明石の浦を右手に見る頃合い、殿は船屋形の窓を自ら閉められた。船手や供廻りの諸士もそれぞれの持ち場に散り、屋形の内に余人はなかった。

「あの宵の来島左兵衛の付句を憶えておるか」

座に戻られ、眼差だけは閉じた窓の向こうへ向けたまま声を掛けられる。

「はい、殿の『葦風寒き宵の松ヶ江』をお受けしてと申して、あの者は確か『高砂に結びし夢もあるものを』と付けたと存じますが」

殿の話の緒を解く機敏さに改めて感服しながら、次郎作は応じた。

「其方の付句は、『都にて旧里恋ふる身となりて』であったな」

「はい。折も折、何とも工夫の乏しき句にて、お恥ずかしき限りでございます」

「いや、面白味も新味もないは三句共々じゃ。が、三人三様に当時の事情と気分の生身《なまみ》が詠まれておるところは興味深い。我らの句は、まあ互いにわかる。中身はともかく、付合の流れだけは自然で滞りない。問題はあの狐の句じゃ」

殿はもう一度、閉じた窓の彼方に広がるはずの明石の浦の方に視線を投げられた。この船足では高砂の浦に差し掛かるのも、もういっときの事であろう。

「先夜、儂《わし》は其方《そなた》に、奴らに何ぞの魂胆があればと、申したな。その魂胆があの取って付けたような思わせぶりの句に暗示されておるように思えての。もちろん奴が態《わざ》とそうしたのじゃ。前句がどうであれ、あの訳のわからぬ句を付けたであろうな。と考えると、奴の甥という若い浪人者の無謀な待ち伏せも、そもそもがあの句を披露するための御膳立てにすぎぬとさえ見えてくる。馬での駆け付け様、古祠の前を選んでの口舌《くぜつ》、乱心者を従えての自若とした去り様、どれを取っても出来すぎておる。能狂言の舞台でもあゝはいかぬわい」

「御推察のとおりと存じます。ただ一点だけ腑に落ちかねるところがございます」

「何じゃな」

「殿にも前にお報せいたしました庄林殿の付けられた平山の腕の疵、少なくともあの二人の太刀打ちは真剣でございました。あの老人の到着がもう少し遅ければ、あるいは平山の命はなかったやもしれませぬが」

「それも筋書きの一つだったかもしれぬよ。間に合わぬその時は、馬から跳び降り、さんざん嘆いてみせればすむ事」

殿の口調は平然としていた。

「そこで、あの句じゃが、其方はどう読む」

「詞《ことば》の上では殿の詠まれた松ヶ江の松から高砂と受け、情趣としては宵風の渡る寒々とした葦原の侘びた風情をかつての夢の綻びに転じたものと存じます。用意された句とはいえ、とりあえずは破綻なく付いているように見受けられますが」

殿に詠みかけられて即答した自分に較べて、老狐のせずもがなの付けまでには多少の時間があった。その間に付け様の調合をしたのか。

「そのような当たり障りのない評を訊ねておるのではない。あの句が何を臭わせておるかということじゃ。やがて高砂の沖だが、高砂は誰が見ようと松の受けであろう。その松は、言う迄もなく相《あい》生《おい》。だが、万葉、古今を繋ぐ和歌の道の繁栄を寿《ことほ》ぐものではあるまい。さすれば、松の精である老翁と老婆の長寿と相老を喜ぶという意を踏まえたか。和歌や世阿弥の謡曲の上ではその二つが重ねられておるが、奴の場合はそうとは思えぬ。しかも、そのように願った夢がはかなく潰《つい》えるというのが下五の意であるとすれば、その相生は和歌の道や老夫婦の長寿の事であるはずもない」

和歌、連歌のみならず、殿が謡曲にも一方ならず通じておられる事は、次郎作も熟知している。お諷《うた》いなさるだけでなく、御自身、『八代八景』と題する章詞さえものされていた。

「儂の七七は、あの場を繕い治めるために口にした即興じゃが、あ奴の句の骨子は用意されたもの。儂或いは御家への風刺、または脅迫、警告が潜んでいると見なければならぬ。つまり、奴らの魂胆がな。で、空しく潰えた、或いは潰えようとしておるものは、誰と誰との間の、どのような相生の夢であろうの」

訊ねるというより自問なさる口調であった。

「潰えた夢の方で先ず思い浮かぶのは、豊家と徳川将軍家との相生。これは故大殿清正様御晩年の渾身の御努力にもかかわらず無残に潰えた。大坂両度の陣による豊家根絶という最悪の形での。次には、その大殿の御遺志をそれぞれに体しての当加藤家中二党間の相生の破綻。儂も一方の旗頭として苦慮し抜きながら泥沼の抗争を治めがたく、これまた最後には公儀による裁定という見苦しい形で終焉《しゅうえん》した。加藤美作殿をはじめ故大殿以来の一門重臣の多数配流という犠牲と物心両面にわたる後曳きを残しての。あの折、あ奴らに先ず美作殿一党とのかかわりを訊ねたのは、その懸念があったからじゃ。あの古狐の句に、その二つの相生の潰えが陰陽に重ねて仕掛けてあるのは、まず間違いあるまい」

一息つかれ、殿はすぐに語り継がれる。

「では、まだ潰えきっておらぬ相生の夢とは何であろうの。それを暗に示して揺さぶりを掛けるのがあ奴らのとりあえずの狙いとすれば、その方こそ大事。それが、もう一つ見えてこぬ」

閉じた窓越しにも押し入ってくる播磨灘の波風の音は高い。次郎作は膝半分を殿に近付けて、口を挟んだ。

「あの折に平山伊介が口にしました御城の事、先代伊介が火を掛けんとして果さず死んだとの件を指すと存じますが、殿の御懸念の未だ潰《つい》えざる相生とその事、何か係わりはございませぬか」

「それも考えてみた。この夏に下国した早々に調べてもみた。が、何の記録もなく、当時在国した留守居軍の主だった方々にもたずねたが、いずれも模糊《もこ》としておる。大坂落城、右大臣秀頼様御生害《しょうがい》の報はすでに熊本にも伝わっており、城中も城下も大童《おおわらわ》であった事にもよろう。かねがね豊家御大切の将士の中には、籠城して東軍と一戦、城を枕に豊家というか先に身罷られた故大殿様への殉死をと考えておる者もあった頃じゃ。事実大小の衝突はいくらもあり、乱心した者、御城内で成敗された者も少なくなかったという。それでいて穿鑿《せんさく》が手緩《てぬる》く記録も乏しいのは、いわば家中内輪の事、公私にわたる後曳きを怖れ、慮っての事と思われる。先代伊介に関して残された記録は、病死の二字のみ。御城を焼こうとした理由も、死んだ様子も不明。母子の退去についてなど、もはや誰も憶えておらぬ。つまり一切わからぬということじゃ。時期が時期、大坂落城や豊家御滅亡と無関係とは思えぬが、来島が語った事が事実であったとしても、先代伊介がひとりで企図して決行したものかどうかも判明せぬ。ともあれ、御城は無事に残った。その後十年たって熊本の御城の一部は確かに燃え、煙硝蔵も焼け落ちた。が、あれは大地震の故で、付け火ではない。我らが八代の城で申せば、大坂落城後の五年目の元和五年、これも肥後の大地震で麦島の城が崩壊したが、その三年後には徳淵の地に現在の新城の竣工を見たのは、其方も自身の目で承知しておる通りじゃ。となると、先代伊介の事件が、相生の夢の根とどう通じておるかもようわからぬ」

どこから這入り込むのか、隙間風が冷たい。先程から殿は時折、膝前に据えられた船手焙《てあぶ》りに掌《てのひら》をかざしておられる。

「あれ以来某は三度ばかり平山に会うて話をしておりますが、御城で死んだ父親の事につきましては何も聞き出せぬままでございます。特別に隠しておるのではなく、正直何も知らぬように思える節さえございました」

「成程の。或いはそれもあの古狐めの入れ知恵かもしれぬな。あの折に平山はこの儂を、故大殿の御遺訓に背く不忠者と罵り、その理由が御城にあるかの如く申した上で斬り掛かりおった。とすれば、熊本の御城を焼く事が故大殿の御遺志であり、その御遺志を果たそうとした父親の志を妨げて死に至らしめたのがこの儂ということになる。不可解じゃの」

もう膝半分だけ、次郎作は殿の方へ身を寄せた。

「故大殿様の御遺訓の中に、御城を焼けというが如き条目がございましたか」

「ない。熊本の御城は、清正様が自ら縄張りされ、十余年の歳月を費やし、心血を注いで築かれた未曾有の名城。それを、いかなる理由であれ破却せよ、焼却せよとお命じなさるはずもあるまい。儂の知る限り、それはない」

断言の口調ながら、御顔に沈む曇りは消えていない。

「だがな。先君の御遺訓というものは概《おおむ》ね、多数の面前で公平に示されるものではない。御嫡子、一門、重臣、股肱《ここう》、側近といった者たちにそれぞれ個別に伝えられる事が多い。故に、同じような文言、内容でも、受け取り様によってその解釈に、若干の、時には重大な差異を生ずる場合もありうる。その者の立場、先君との親疎、見方考え方の違いによって、まるで正反対の内容になることさえないではない。或いは己の都合に合わせての曲解も生じよう。本来は先君の偉蹟を後に伝え、残った者たちの道標ともなりうる有難いものである一面、用い様によっては怖しくも危うくもなるものじゃ。それ故、事実かどうかわからぬが、先代伊介の行動が、直にお受けしたものでなくとも誰ぞの口を通して告げられた、つまりはその誰ぞの解釈と事情の加味された又は捏造された故大殿の御遺志、御遺訓に基づいておることは十分に考えられる。とにかく忠義者の先代伊介はそれを信じて単身無謀な行動をおこし、そして死んだ。其方の話では、いまの伊介はその事に関してはほとんど何も知らぬ。とすれば、その誰ぞの意向が先代伊介を動かし、先代の死後はその復讐という形でいまの伊介を動かしておることになる」

「さすれば、やはり」

思わず差し挟もうとする口先を、手焙りにかざした掌を小さく動かして、殿が制された。

「当然の名指しをする前に、もう少し詰めておかねばならぬ事共がある。あの時期、つまり大坂落城直後の時期に熊本の御城に火を掛けて得をする者が果しておったかという事じゃ。故大殿の御遺志云々は抜きにして、城を焼くことで何事かを主張する必要のあった者がいたかと言うた方がよいか。すぐに思い浮かぶのは、豊家御贔屓の筋であろう。故大殿の万感の思いの込められた御城をむざむざ公儀の手に渡すよりは己らの手で焼き尽くす方がまし、と考えた者がおったとしても不思議ではない。それが形には残っておらぬが最期まで豊家御大切に生きられた清正様の御遺志と疑わぬ思い込みとも容易に重なる。しかし、そうすれば、故大殿を切に偲び申し上げる縁《えにし》の中心を失うことになる。故大殿と一体となって生きてきた己らの功《いさおし》も消える。党派は違え同じ加藤家中の武士には、到底できなんだと儂は思う」

殿の声音が一段と低くなった。呟きに近い。

「大坂の戦さ以前ならば、もう一つ別の筋が考えられた。畏れ多い推定ながら、大公儀の御筋じゃ。清正様が身罷られお若い御当代忠広様が跡を継がれたとはいえ、肥後は大国、外様の中での加藤家の武威と声望はまだ高い。大坂におわす豊家との近い御縁も続いている。そして、外目にはそれを誇示するが如き熊本の城じゃ。現実に脅威を覚え、何より目障りに思われる向きも当然あったであろう。とはいえ、表立っての過失も見当たらぬ当家の改易や転封は、さすがに遠慮される。ならば、せめて面憎く武張った巨城を損じて、より可憐従順な構えの城に替えさせ、後々の万一の禍に備えたいくらいの対策が講じられたとしてもおかしくはない。事実、以前江戸にてそれに類する風聞に接したこともある。が、さすが御賢明な公儀は手を付けられなかった。ことに大坂城が落ちた事で、そうした隠微な策を講じる必要が全くなくなったといってよい。万が一にして唯一の危惧の種が消滅した事で、すでに清正様という主人を失っておる熊本の武張った巨城は、大公儀にとって脅威でも目障りでもなくなったのじゃ。と考えると、この筋も消える」

手焙りから掌を離して、殿は滅多にされぬ腕組をなされた。

「しかし、先代伊介は付け火の道具を持って煙硝蔵に走りこみましたぞ」

自らも腕を組みたい気持ちを抑えて、西山次郎作は三度口を挟んだ。

「来島左兵衛の話によればな。それも奴の実見に基づくものではなく、仄聞によればの話じゃ。何処の誰からの仄聞かも明かしてはおらぬ。奴の捏《こ》ね上げた作り話かもしれぬ」

「それでも先代伊介が死に、残された妻子はそれが原因で離国させられましたのはどうやら事実。とすれば、やはり一切の出所は来島左兵衛」

「であろう。だが、一切のではない。あ奴もまた筋の一節にすぎぬ。でなければ、いまさら相生の破綻を臭わせて儂を襲うような、手の込んだ仕掛けはせぬはず。要は、何処から伸びる筋の一節かということじゃ」

「某の聞き出しました来島の来歴と肥後離国の事情につきましては、以前にお報せいたしましたが、不審な点がございましたか」

来島の私宅とやらを訪ねた折の憎体《にくてい》な応対の様子を思い起こしながら、次郎作は訊ねる。

「大概はよかろう。ただ故大殿に召しだされる前の奉公先が違うておったな。あ奴の上役であった飯田覚兵衛殿にお訊ねしたのじゃが、榊原家ではなく、泉州伊賀上野の藤堂和泉守高虎様の御家であった。退転の理由、清正様御召し出しの事情については、覚兵衛殿も憶えておられなかった」

「来島の戦歴については、何かおわかりでございますか」

老人めかしているが、時折見せる俊敏な身ごなしと油断ならぬ眼光を思い出す。

「故大殿と同じ年頃の者、当然関ヶ原にも、或いはそれ以前の文禄慶長の二度にわたる唐入りにも出ておるじゃろう。が、誰に従ったか、何処でどのように働いたかなど一切わからぬ。というのも、当家に来て以来ずっと上役であり、あの者の事に最もお詳しいはずの飯田殿の御記憶が、近年頓《とみ》に薄れておるからじゃ。まだ額髪《ひたいがみ》の頃より森本義太夫殿と共に清正様に従い、誠心誠意清正様を盛り立てて加藤家の興業に尽くされたあの覚兵衛殿も老いられた。森本殿は故大殿の跡追う如く早々と亡くなられ、あの御病状では飯田殿ももはやお長くはあるまい。残念なことじゃ」

殿の曇りがちの表情に、さらに隠し様もない寂寥の影が重なる。

「ただ他の者にも訊ねてみたことじゃが、来島はずっと番方におり、役方には就いておらぬ。という事は、吏としてではなく軍陣の士として召し出され、大殿亡き後も飯田様をはじめ御家の歴々にそのように見られてきたからであろう。確かにあの折の馬の乗り下り様一つからして、俄の真似技ではない。ただ、来島が当家におる間に大戦さはなかった。大坂両度の陣では大軍を東上させはしたが、当加藤家の戦場《いくさば》はなかった。故に、あ奴の戦さ働きを実見した者は誰もおらぬ」

「妻子や類族の者はいかがでございますか」

「記録にも人の記憶にものぼっておらぬな。もっとも当時は、一類《いちるい》届けなどうるさく言われぬ頃じゃ。おったとしても、定かではない」

「さすれば、来島左兵衛が平山伊介の叔父という事も定かならぬと」

次郎作は、伊介が同田貫の脇差は亡父の形見ではなく幼い頃に叔父に貰った物と言ったのを思い出す。しかし、伊介の記憶違いかもしれぬと思い直して、殿には告げなかった。

「という事じゃな。さて、ここまでは相生の相手方も、何故のその破綻の予告かも見えてこぬ」

細からぬ吐息と共に、殿はいっとき口を閉じられた。今更の如く、窓外の風波の音が蘇る。

「この夏の最中、妙な事が起こった。其方もよく知っておる事じゃが、柏崎大蔵が殺された。賊は雨夜遅く、単身柏崎の隠宅に侵入し、柏崎一人を刺し殺して逃亡したそうな。当て身から醒めた女中が屋敷に駆け込み、詰め侍たちが駆け付けたが、逃げ失せた後だったとか。物には一切触れず、女中にも手を掛けておらぬところを見れば、押し込み物盗りの類ではない。今は足腰立たぬただの漢学好きの老隠居とはいえ、元は戦功も確かな武士。しかも、馬上筒の達者。その弾をかい潜っての一刺し、妙とは思わぬか」

事件の夜、次郎作は新在家の里村家の学寮に泊まり込んでいて、伏見にはいなかった。翌日、加藤屋敷から使いが来て急ぎ帰り柏崎の隠宅に着いた時には、すでに部屋内は整えられ、遺骸も清められていた。すべて心利いた加藤屋敷留守居の指示によって屋敷の詰め侍たちの手で行なわれたものだった。藩籍を離れて久しいとはいえ、藩邸近くに住み、いまも係わり浅からぬ者、しかも他に身寄りも少ないとあれば、当然の処置といえた。「病死とする。葬送も内々で行う。さよう心得られよ」と留守居は皆に告げ、町奉行所にもそのように届け出たという。

　里村家の学寮に入門するために伏見屋敷に居留し始めて四、五年の間、次郎作も柏崎老人から漢詩文の講読を受けた。威張らず、昔語りも滅多にしない温和な老武人であった。その頃から足腰の病があり、杖にすがり、時には町駕籠を使って自宅から程近い藩邸まで通っておられた。その老人が刺殺された。殿同様に不可解の感が深い。

「我を知る数少ない旧友の一人であった。時局に関する生臭い話は一切交わさぬが、年に一、二度伏見に立ち寄る度に顔を合わせるのが互いに何よりの慰めであったぞ。彼の漢学は武者の学問、儂の和歌連歌もまた武者の風雅。その辺りの息の掛け合いが心地好くての。この春に会うた時、柏崎は、儂が次に伏見に寄ったら自分を山駕籠にでも乗せて近くの野山に連れ出してくれと頼みおった。むかし自慢の火縄筒で雉子、山鳥を撃ってこの儂に腹いっぱい食わせたいとな。儂も嬉しく受け合うたが、それが最後になってしもうた」

　殿の眼差に、懐旧と寂寥の綯《な》い交《ま》ざった湿りが滲んでいた。

「財もなく、この世のことにもはや何の関心も野心も持たぬ年寄りの命を縮めて、一体何になる。物盗りでなく、仇討ちでもなければ、他に何か目当てがあるはず。妙なとは、その事じゃ」

　殿の眼差に怖い光が点る。

「すると、やはりあ奴らの仕業と」

その針を思わせる光に応じて、次郎作も思わずあの二人をあ奴らと呼んだ。

「そうとしか思えまい。他の誰にも柏崎大蔵を殺す理由がない。あ奴らは、この儂に報せるために柏崎を殺してみせた。元加藤家の士で、都合よく藩邸近くに侘び住まい、そして何より儂の旧い友垣であるとの理由だけでじゃ」

「御家中争いの折、柏崎様はどのような御立場でございました」

「儂の側で動いた。が、その頃の彼の役職はたかだか納戸頭、一党の要《かなめ》近くにおったわけではない。それだけが理由なら、現在の一門重臣皆殺しにせずばなるまい。その代わりに、しかもそればかりではないぞと言わんばかりに、まず儂の小さな、しかし貴重な相生の楽しみを潰しおった」

殿の無言の憤怒が、船の揺れを縫ってびりびりと伝わってくる。

西山次郎作は面を伏せて、唇を噛んだ。己の失態への悔いが急激に熱した鉄球のように臓腑を焼きながら駆け上がってくる。あの時伊介を見失っていなければ、せめて居所を摑んでさえいれば、監視を続けておれば、柏崎大蔵の死は妨げたものを。大切な殿に、このような憤怒と悲痛を味わわせる事もなかったものを。

「山犬め」、思わず喉の奥で唸った。初めて伊介を本心から憎んだ。不思議な親しみさえ覚えかけていた己の甘さを呪った。

かくなる上はひとりでも京へ取って返さねばならぬ。風雅も何も全てを抛《なげう》って京、大坂、伏見の隅々まで走り回り二人の行方を探索しなければならぬ。そこで見当たらねば、山陰出雲まで追いかけて必ずや探し当て、引っ捕らえて殿の元まで引っ立てねばならぬ。それこそが己の失態の一端を償い、殿の御温情に報いる唯一の道。

次郎作は姿勢を正し、改めて殿に一礼して面を上げる。口を開く前に、殿の御声が掛かった。

「其方の願いはかなわぬぞ。実はな、今度《こたび》急に其方を下国させるのは、其方がいま口にしようとした事をさせぬためじゃ。先夜伏見で柏崎の件に態《わざ》と触れなかったのも、そのため。よいか、西山。あ奴らは待っておるのじゃぞ。其方が堀尾領内に這入って探索し、あるいは来島らを渡せと強談判にでも及べば、この妙に秘事めいた争いは、間違いなく表立つことになる。表立てば、他国同士の争いとして、当然公儀の耳目をそばだてる事となる。つまり反撃を加えれば事が荒立つ。敵は、それを手ぐすね引いて待っておるのじゃ。あ奴らの策に乗ってはならぬ。腹の底が煮えくり返っておるのは儂も同じ、いっとき忍べ」

怖く強い眼差を次郎作の面に射込むようにして、殿は言われた。

「京を離れさせる理由はもう一つある。其方の身が危ういからじゃ。敵は、現今の加藤家にもこの儂にも係わりの薄い柏崎大蔵を殺した。初回の待ち伏せは猿芝居めいておったとしても、次の柏崎は事実死んだ。こちらを揺さぶり、反撃を誘うために、この先、同様に理不尽な襲撃が続かぬとも限らぬ。かっての家中争いなどは、仕掛けの味付けにすぎぬ。となれば、この儂と多少の係わりのある者なら誰でもよいということになる。伏見屋敷の留守居殿にも、詰め侍の外出などに注意するよう、頼んではきた。中でも其方は、あの折に同座した儂の唯一人の直臣、しかもあ奴らの監察役。儂に打撃を与え、反撃を期待するのなら其方こそ打って付けと考えぬはずはない。であれば、これも忍べ。いや、ひたすら尻尾を巻いて逃げるのではない。あ奴らの魂胆の底を見抜き、戦さ支度を整えるまでの辛抱じゃ」

申し訳なさと同時に、身悶えしても収まらぬような感謝の念がこみ上げてくる。つい先日、昌琢師が思い付きの妙案として示された、豊後在の覚佐法印様よりの源氏講釈伝授の御指示も、殿の御書状中にあった御口添えに基づくものである事は、間違いない。もはや引き返し様もない波の上で、この自分を京から引き離す本当の理由を今になってお話しなされたのと同じく、殿ならではの深い御心遣いであることに違いない。我慢しきれず目がうるみ、思わず肩が震えた。

「さて、もう直《じき》に高砂の沖にさしかかる。それまでに相生の謎の一欠片《かけら》なりと解いておかねばならぬな。でなければ、名にし負う歌枕の折角の風光も閉じた窓の外では、申し訳が立たぬ」

次郎作の肩の震えに小さく頷いて応えなされた殿が、再び口を開かれた。

「潮時のことよ。柏崎殺害があ奴らの仕業となれば、同じ伏見の土手道で儂への待ち伏せと合わせて二度目という事になる。時候こそ春と夏じゃが、同じ今年の内。何故に今年であろうの。去年までは何の仕掛けも兆候もなく、今年になっての短兵急の攻撃、何故であろうか。その今年も二十日もすれば暮れ果てるが」

殿の口調から生の憤怒と悲痛の色が薄らいでいる。別の思念の糸を手繰っておられるのか。

「思えば、去年の暮れから今春にかけて、我らが御家には珍しく慶事が続いた。言うまでもなく、若君虎松様の御元服、そして何より将軍家に初御目見えの上に従五位下豊後守に叙任され、松平の称号まで許された事じゃ。この事はとりも直さず、故大殿清正様の御死去以来長く続いてきた大公儀の当家への御警戒、御不審が消えたという事じゃ。大小の罅《ひび》を走らせ多くの解《ほつ》れを生じながら細々と続いてきた大公儀と加藤家との間の危うい関係にようやく修復の兆しが見えてきたというてもよい。途絶えかけていた、相生の絆再生の暁光とも言える。今年に入っても将軍家の思し召しは変わらず、御当代肥後守様への度々の御目見えもあり御下賜の事も続いた。そして、それらの慶事の背後に大御所秀忠様の御意向、御尽力があった事を忘れてはならぬ。大御所様の御厚意は、御寵愛の御二男駿河大納言忠長様と我らの殿とが特にお親しいというばかりではない。おそらくは、大権現家康様から受け継がれた加藤家存続への変わらぬ御意向と拝察される。有難い事じゃ。ところが、その大御所様が、この夏以来御加減よろしからず、将軍家を始め、幕閣の方々の御心御手を尽くしての御祈願御治療にもいまだに目覚ましい御回復も望まれぬままと仄聞しておる事は先夜、其方にも漏らしたばかりじゃ。今秋の儂の怱々《そうそう》の上府もそれを御聞きし、御憂慮申し上げての事。大御所様にはまだまだ御健在でいただかねばならぬ」

「御公儀と加藤の御家との相生という事でございますか。そして、それが潰えに大御所様の御病状が関係しておると」

声をさらに潜めて、次郎作は訊ねた。

「うむ、誠にもって畏れ多い事ながら、この一年余りを辿ると、儂にはそれしか思い浮かばぬ。外《はず》れる方を願う事、切なる思案じゃが」

「そういたしますと、来島左兵衛らの理不尽な攻撃の魂胆は」

「知れた事。公儀と当家との間にようやく生じた和の芽を摘むこと。それも、当家にあっては慶事続きの安堵で気が緩み、一方大御所様の御重篤で公儀中が憂慮と緊張に沈んでおられるこの時期にじゃ。用いる策は、かっての家中争いの後曳き、あるいは再燃による騒擾であろうの」

「しかし、あの折に追放配流された御歴々の多くはすでに亡くなられ、家中に残られた方々にも、そのような気力はもはやないと存じますが」

「であるからこそ、この儂に外から刃が向けられるのよ。不本意ながら勝ち組の頭領と目され、ひたすら身を屈して公儀の御不審を解くことに骨身を削ってきたこの右馬允正方への報復という形を取ることになる。しかも、儂の表立った反撃を封じた上での憎い策じゃ。何度も言うたように、下手に反撃すれば奴らの思う壺。この微妙な時期に内紛再燃としての外聞が立てば、家中不和、藩内仕置きの手落ちと見られて、公儀も乗り出されぬとも限らぬ。かって公儀の御裁定によって敗れ、処分された一党の遺志、怨念が、再び公儀の御介入によって加藤の御家ごと我らを潰す。そのような筋書きであろう。何処の誰の腹の中で煮られた策かは知れぬが、虫酸《むしず》の走る下劣な魂胆じゃ」

殿の御口調が再び三度、険しくなる。

「実はな、西山。このような懸念はこの二十数年、ずっと我が胸中に巣食っておった。であれば、来島の付句に暗示された相生も、御家と公儀との間の不断の危機を孕んだ夢としてすぐに理解できはした。ただし、何故にあの折に、あの者がというところが腑に落ちぬでな。それが、幾筋かの糸を順々に手繰っていくと、いくらか解けてくる。不快この上ない解け様ではあるがの」

不意に殿は座を立たれ、船の揺れも気に懸けぬ足取りで部屋を横切られると、屋形の窓を開けられた。とたんに、白い冬陽と波光のきらめき、激しい波風の音が屋形内を満たす。

「高砂の浜を見るにちょうどの頃合いじゃが、飛沫《しぶき》にかき曇ってよう見えぬな。歌枕にまで背かれてしもうたか」

殿の声が、波風に千切れて聞こえる。

「じゃが、あ奴らの思い通りにはならぬぞ。阿蘇路のかすみ誰か忘れむ。ずいぶんと遅れたが、あ奴の句への付けじゃ。いかがかな、宗因殿」

千切れてはいたが、御声に英気が戻っていた。

大坂を船出して四日、四国寄りの航路をとった小船団は風に恵まれ、伊予灘の玄関口にあたる高浜の浦に入った。後は一日かけて、長々と伸びる佐田半島沿いに一路西進し豊予海峡を突っ切って、豊後の鶴崎を目指すだけ。予定を超える旅程の進行は、浦々での上陸を控え、全員が船中に寝て、夜間の航行の時を稼いだためである。すべて殿の指示に従っての事だった。

早朝、舷側に立って朝霧の向こうに広がる伊予の山河を眺めていた西山次郎作は、本船に漕ぎ寄る艀《はしけ》に気付いた。庄林隼人と船手組添頭《ふなてぐみそえがしら》の渡瀬一馬の顔が見えた。庄林は自身直属の侍を伴って江戸から殿に従っており、三隻の番船からなる今度の小船団では殿軍《しんがり》の指揮に就いていた。渡瀬は当然一番船で船団を先導。殿の座乗される中船には、主に殿の御供回りの八代衆が乗り組んでいる。

船梯子を伝って、すぐに二人は甲板に上ってきた。

「御家老は御屋形の中でござるか」

短い挨拶を交わすと、庄林が訊ねた。面《おもて》に、冬の早朝の潮風を浴びただけでない強張りの色があった。

殿の寝起きされる屋形に伺うと、御供頭の佐藤一之進も控えていた。案内を済ませて外に出る次郎作を殿が留められ、戸に近い末席に座った。

「何事かござったか」

庄林への殿の物言いは、公の席では丁重である。

「御耳に入れるまでもないと存じましたが、いささかの不審事がございまして、御出港間際ながら参上いたしました。大坂を出まして以来、昨夕まで我らの跡についておりました船が一隻、今朝は姿が見えませぬ。進路を変えたか、夜航して先を急いだか、判然といたしませぬが」

「不審と思われたのは」

殿の口調は平然としている。

「絶えず一定の距離を保っており十分には見えませなんだが、そこらの荷船ではないと思われます。戦さ船にも用いる足の速い我らの番船に即かず離れず走っている点からして、荷船を装ったどこぞの番船かと思われました故」

「船印、乗っておる人数などは」

「それも判りませぬが」

答える庄林の眉宇《びう》の曇りは消えない。庄林だけはこの春の伏見の土手道での椿事に立ち合っている。殿を護って襲撃者平山伊介と白刃を交えたのは、彼ただ一人。殿が以後の上府、下国のいずれにも庄林を伴っておられるのには、彼の剣の腕だけではない理由もあると推察された。

「庄林殿の御不審尤《もっと》もなれど、現今《いまどき》三隻仕立ての番船を襲う海賊もおるまい。また、壇ノ浦の古戦場も遠からずの波続きにござるが、源平に因んでの海戦を仕掛けてくる愚か者も考えられぬ。が、用心に越した事はござらぬな」

「それで、どのような用心を。御指図を」

渡瀬一馬が潮焼けした面を上げた。故大殿にも仕えたという船手一筋の古強者である。

「何はともあれ鶴崎に急行する。万が一追跡があれば振り切り、海上での待ち伏せがあれば擦り抜けて、できうる限り早く我らが領内に入る。とりあえず、それだけを心掛けよ」

「島陰に伏兵を乗せた軍船を隠し置き、追跡と合して我ら三隻を取り囲み、鉄砲をもって大仕掛けに仕掛けてきても、戦さはせぬと言われますか。こちらにも、船具足の用意はあり、鉄砲もそこそこにはございますぞ」

古強者の面に潮焼けとは違う赤みが差している。

「せぬ。他国の目前にある海上では、せぬ。せぬ理由と事情がある。が、我らが領内、我らの海域に入れば別じゃ、その時こそ、そこまで引き入れ、思う様に戦い、殲滅してくれようぞ」

渡瀬の面を見返し、殿は厳しい声音で言われた。

「承知仕った。では、早速出船の指図を。某はこれにて」

船手の古豪の判断は潔い。一礼すると席を立った。配下への指示のためであろうか、供頭《ともがしら》の佐藤も同じく屋形から出て行った。

「あのような物慣れた武辺も少のうなったな」

渡瀬の幅広い背を見送って、殿が言われた。

「さて、他国で騒ぎを起こしてならぬ理由をわかっておる者だけが残った。刻《とき》もなき故、一つだけ確かめておきたい。庄林殿、昨夜以来姿を消したその船、どの辺りで不審と思われたな」

「不審を覚えたはつい先刻なれど、最初に気に留めましたのは、播磨灘を明石沖、高砂沖と西進し、相生の沖あたりから四国の方角へ航路を変えました頃でござる。瀬戸内の海を西国へ向かう船は多ござるが、大半は山陽道沿いの浦伝い、我らの如く讃岐、伊予の北岸沿いは少のうござる故」

「ほう、相生とな」

殿の呟きに苦笑が混じったが、庄林は特に顔色を変えなかった。

「その船がもし大坂より我らの跡を慕い、昨夕この高浜沖で離れたのなら、我らの向かう先と行き着く時期をただ確かめるためかもしれぬな。或いは、我らに先行して府内にでも入り、豊後の内の道筋にて肥後に帰る我らを待ち受ける手筈か。いずれにせよ、海上で襲うつもりなら、海路も入り組み島陰にも事欠かぬこの三日の中に仕掛けておるはず。用心すべきは、鶴崎から先と見るが」

「某もそのように。して、その事への用意は」

「それは鶴崎にて談じよう。貴殿は持ち船に帰られよ。出立の時刻も近い」

殿に促されて、庄林が座を立つ。水軍の古豪渡瀬に較べても、胸の厚み、幅広の背に遜色はない。陸戦になれば、この男。殿の御眼鏡に狂いはなかった。

三

何事もなく、冬の陽も沈まぬ頃に鶴崎に入った。
佐賀ノ関の船番所から早馬の連絡があったのか、大船寄せには番代をはじめ鶴崎在番の主だった侍たちの出迎えがあった。藩主の宿泊休息に用いられる御茶屋への案内も乗り物も断って、殿は船寄せからすぐに番代屋敷へ向かわれた。
御夕食の前に召されたのは五人。豊後にある肥後加藤家の飛び地三郡の仕置きを預けられている鶴崎番代の飯尾左門、庄林、船手組頭添役の渡瀬、供頭の佐藤、西山次郎作も末席に連なった
「明朝、白々明けに発つ。儂以下総勢二十五、全員馬で行く。明日の日暮れまでに内牧の陣屋に着くためじゃ。船に積んできた荷はここに留め、後日、熊本と八代に荷駄《にだ》の者と一緒に運ばせてもらいたい。一日駆けることになろう。長柄《ながえ》は騎行の妨げとなる故、一間半以上の長槍は、これもここに預け置く。代わりに、馬上筒と早合《はやごう》を人数分用意してくれい」

挨拶も説明もなく、殿はまずそう指示された。

さすがに、番代の顔色が変わった。

「御言葉ながら、さながら合戦か大打ち込みの御用意。理由《わけ》をお明かし下さいませ」

「明かしたいが、現在は明かせぬ。御家の苦境を乗り切る秘事として、黙って儂の指示に従ってもらいたい」

「御家にかかる御苦境は、我らも共に担わねばならぬもの。御家老御一人に御苦労をお掛けするわけには参りませぬ。理由はお聞きせぬとして、せめて人数なりとお連れ下さいませ。足手まといにならぬ手利き、某を入れて十数名、すぐに用意は出来まする」

すでに灯を入れた燭台の明かりに、番代の面上に差した血の気が仄赤い。

「加藤右馬允、その言忘れぬ。しかし主らをここから寸刻も離れさせるわけにはいかぬ。承知の通り、ここ鶴崎は、故大殿清正様が関ヶ原戦の後、大権現家康公より御苦労の末に貰い受けなされた豊後三郡の中心、枢要の出城ぞ。このような時こそ、在番衆一同寸分の動揺なく構え、守り抜かねばならぬ。それにの、いま言うた物騒な用意、まことに千が一、万が一の場合の備えじゃ。大方は何事もなく、明晩は内牧の湯を浴び盃を交わす事になるじゃろう。のう、渡瀬殿」

殿は、話途中で声音の強張りを巧妙に解かれた上に、自分も是非にお供をと言い出しかねぬ顔付きの船手の古豪の機先をもやんわりと制された。

「代わりに、御主らにしか頼めぬ事がある。先ず御番代、早速だが秘かに肥後街道の周辺に人を配り、他国者の出入りを監察して貰いたい。次に船手組では、佐賀ノ関の番船も合わせて、湾の出入り口を固めてくれい。ただし、領外には一歩も出てはならぬぞ」

釘を刺しておかれる事にも遺漏はなかった。

翌朝まだき、鶴崎番代屋敷の門を出た二十五騎は一路西へ向かった。海沿いの低地にまだ霜がないのを幸いに、すぐに早駆けに移る。

山の迫った豊後の平野部は狭い。進めば間もなく上り一方の山野に入る。さらに上った高地はすでに厳冬期、霜だけでなく雪も積んでいるはず。

しかも、飛び地伝い。その飛び地も帯状に延び続けているわけではない。短い距離でも、途中切れ切れに他藩の土地を通ることになる。そこでは当然、物々しい移動は遠慮されよう。馬で駆け抜けられる距離にも時間にも限りがある。であればこそ、駆けられる道は駆けておかねばならなかった。

肥後道がすぐ傍らを通る竹中氏の府内城下近辺の通過では、ことに微行を心掛けた。が、鶴崎番代の配下による夜を徹しての監察のためか、異常の気配はなかった。

殿が馬を寄せられた。

「来春、其方はここに参らねばならぬな」

「はっ」

一瞬何の事かわからず訊き返す次郎作に、殿は笑いを含んだ声音で言われた。

「忘れては困る。源氏講釈伝授の事じゃよ。寛佐法印殿はこの先の寺におられるのじゃぞ」

何たる迂闊《うかつ》。己にとって目下の一大事、しかも殿と昌琢師の有り難い御計らいによるものであるのに、この二、三日すっかり忘れていた。いかに現実の緊張が厳しかったとはいえ、頭から消えていたとは。絶え入りたいほどの羞恥に、己の顔色がむしろ青ざめるのがわかった。

「それもある故、この府内ではことに忍ばねばならぬ。風雅に身を置く者にとって逃してはならぬ好機。其方はその事のみを考えておればよい」

白い息と共にそれだけを口にされると、殿は馬を離された。

早駆けと微行を繰り返しながら西進すること一刻半、野津原を過ぎた路傍の疎林でいっとき下馬。軽い朝餉を摂《と》り、各自の武装を点検する。馬上筒の点検は特に入念に行われた。火入れの火種、煙硝、火挟みに付けた火縄の火口《ほぐち》、火薬と弾を一包みに詰めた早合《はやごう》の乾き加減等々、番代の心利いた手配による頭巾《ずきん》、革合羽《かわがっぱ》のおかげで、すべてに異常はなかった。

隊列も組み替えられた。先頭は供頭の佐藤以下十名、中陣に殿の御馬廻り五名、そして後備《あとぞな》えとして庄林とその配下が続く。先頭が動き出した時、凄愴の気が隊列を包んだ。詳しい説明は聞かずとも、おおよその事態と厳しい任務については知らされている。従士全員に戦闘の予測と覚悟が等しく行き渡ったことを示す凄愴の気であった。

これだけの武装と気組み、全員騎乗の隊列を襲うとすれば、敵にもそれなりの人数と構えが必要のはず。その手筈は、誰が、いつ、どこで整えるのか。殿のすぐ後から馬を進めながら、次郎作は考えていた。

庄林から不審船の報告のあった昨日の朝、船中で殿に御訊ねした事を思い起こす。

「今度《こたび》の御下国は急々の、しかも御家の者以外は知らぬ事。それが何故漏れたのでございましょう」という次郎作の問いに、殿は、「相手は柏崎の如き無用の老学までを探り出し手に掛ける古狐じゃ。江戸や京、大坂のあちこちにも我らの動静を知る手蔓《てづる》を伸ばしておるのであろう。しかも、今度はどうやら周囲の者ではなく、真っ直ぐにこの儂を目指しておるらしい。其方の事はともかくとして、或いは庄林以下の手利きを連れておるのも先刻承知の事やもしれぬ。あ奴らにも、事を急ぐ事情があるのであろうの」と、苦々しい口調で答えられた。

来島左兵衛、平山伊介、この隊列を襲う者らがいるとすれば、彼らもその中にいるのか。出雲へ去ったというのは、やはり目晦《めくら》まし。ずっと京に潜み、後日の策を練っていたのか。

柏崎殺害を伊介の仕業と思い定めて以来、伊介への親しみも妙な懐かしみも消し飛んでいた。己の度し難い甘さへの痛切な悔いの底で押し潰してきた。次に出会えば容赦しない。余人に任せず己の手で殺す、そう決めていた。

間もなく肥後道は深い樹林帯に入った。曲がりの多い急峻な上り坂が延々と続く。樹間を縫って吹きつける風は刺すように冷たく、路面の土を太い霜柱が持ち上げている。早駆けはおろか、下馬して手綱を牽いて進まねばならぬ箇所も少なくなかった。見晴らしもきかず、行き交う人影もない。待ち伏せがあるとすれば、誂え向きの場所といえる。飛び地の内とはいえ、人目も離《か》れ、人数を伏せておくのも容易と見えた。当然、隊列に警戒の気が漲り、先頭を進む供頭は時折隊列を停め、自ら前方の斥候に出る。殿軍《しんがり》の庄林も最後尾に退き後方からの追尾に気を配っていた。

何度目かの斥候に立った佐藤の騎上の背が前方の曲がり角の樹木の向こうに消えた時、銃声がした。同時に、佐藤の鋭い叫び。その方に駆け出そうとする前衛一同を、殿の叱咤が制した。

「行く前に早合を込め、火縄に火を点けよ。佐藤は『来るな』と叫んだぞ」

鞍袋から御自身の馬上筒を抜き出し、早くも火入れの火種を吹きながら、殿は後陣から駆けつけた庄林に次の指示を発せられる。

「馬を山側に寄せて下馬し、この場を固め、追尾がないのを確かめた上で、前方の加勢を」

「承知」

答えて、庄林が機敏に馬を返す。

その間に火挟みを起こし火蓋を開いた筒を右手に構えた前衛隊が坂道の曲がり口に向かって駆け上がる。人声も梢を鳴らす風の音も、いっとき馬蹄の音にかき消された。が、それを圧して響くはずの銃声は聞こえない。

前衛の騎馬隊が大曲がりの向こうに消えて、十息ほど待つ。馬蹄の響きが途絶え、山風の唸りに人声の遣り取りらしきものが切れ切れに混じりはするが、長銃の音も味方の短筒の応射の音も、太刀打ちの音も聞こえない。

さらに十息も待つ頃合い、大曲がりに前衛の一騎が現れ、霜で滑りやすい下り坂をゆるく駆けながら帰ってきた。

「敵は」

騎乗のまま、殿が短く訊ねられる。

「十五、六人、角のすぐ先の窪地に布陣、御味方と筒先を向け合っております」

「佐藤は」

「膝を撃たれ、下馬して地面に座り、敵に対峙しております」

「何故攻めてこぬ」

「それが、敵の頭立《かしらだ》つ者が申しますには、合戦の前に殿に何やら口上を述べたいと」

「待ち伏せしておいての口上、笑止な」

殿は厳しい表情で坂上の曲がり角を睨み、次いで左右の樹林に目を配られていたが、馬上筒を持つ右手を上げて後陣の庄林を呼ばれた。すぐに庄林が来る。前衛からの報告を手短かに伝えて、指示された。

「儂は西山一人を連れて佐藤のところまで行く。御主は残りの人数を三つに分け、一隊は追尾の警戒、二隊は左右の林中の探索、できうれば敵陣の後方に出てくれい。この人数への攻撃としては何やら悠長な構え、他に伏兵もおるに違いない」

「伏兵に出会えば、戦うてよろしゅうござるか」

頭巾の下の庄林の両眼が底光りを帯びている。

「言うにや及ぶ。容赦なく討て。一人も逃すでない」

「承知」

馬廻りの残りを連れて、庄林が後陣に退がるのを見送ると、殿は前衛からの使者を促された。

「では、参ろうか。口上とやらを聞きに」

使者を前に、殿、次郎作の順で急な山坂に馬を進める。三人の手元から火縄の細い煙が流れ、冷たい山気にわずかな異臭が混じる。

「十五、六人と言うたな。中に見知った顔があったか。また年配の者は」

「いえ、気付きませぬ。その上、皆面を隠しております故。が、大方は若い者に見受けられます」

「であろう。長銃を持っておりながら、我らの短筒でも届く矢頃《やごろ》で筒口を向け合うておるとは。もの古《ふ》りた戦《いく》さ功者《ごうしゃ》はおらぬようじゃ。皆、掻き集めの若い雑兵であろう」

それだけの遣り取りで、右山側への大曲がりに差しかかる。せめてもの弾丸除けにと馬を寄せる使者と次郎作に、「無用」と低く一声、殿が制された。

角を折れたすぐ前方に、意外な光景が見えた。

旧くは木材の伐り出し口にでも使われていたのか、山側の急斜面を切り開いた窪地があった。その枯れ草の折り敷いた空地で、奇妙な対峙が行われていた。

崖側の根に十四、五人の敵、路沿いに味方の騎馬の者が、それぞれに筒先を相手に向けて睨み合っている。徒歩の敵の鉄砲は四、五挺か、陣の中央前面に立ち撃ちの姿勢。味方の前衛隊は馬上からの片手撃ちの構えをとっていた。間合いは八間弱、殿が言われたように銃身の短い馬上筒でも十分の矢頃《やごろ》である。奇妙なのは、ひと昔前の野伏せりの集団を思わせる敵の装束だった。首から上こそ覆面、手拭い、頭巾の垂れ布、面頬《めんぽう》などで隠しているものの、表着は普段の袷と袴、冬羽織を着ている者もあれば、猟師などの常用する毛皮の胴着《どうぎ》、腹当《はらあて》、具足の胴だけを着けている者もいる。陣の中心に据えた床机に腰掛けた一人だけは、兜から武者草鞋まで一応の具足一具に身を包んでいる。その頭分らしい男に正対する地面に、供頭の佐藤一之進が膝を組んでいた。

殿は左右に目を配りながら、佐藤の傍らに馬を寄せられた。

「大事ないか」

「ございませぬ。ただ戦機を損ないました事、お許し下さいませ」

正面の男から目を離さず、膝の上で馬上筒を構えたまま、負傷した供頭は軽く頭を下げた。

「よい。儂が最初に撃つ。それまで待て」

殿は佐藤と次郎作にだけ聞き取れる指示を下されると、その場に次郎作を留め、さらに馬を進められ、床机の具足武者の二間ばかり手前で初めて馬を止められた。

「加藤右馬允である。合戦前の口上があるそうな。聞こう」

具足武者は兜の眉庇《まびさし》を傾けて、殿を睨み上げた。

「無礼であろう。下馬せよ」

隠しようもない上擦った声が若い。

「合戦仕立てで待ち伏せておいて、無礼もなかろう。まず名乗れ」

「おう、我こそは主ら不義不忠の奸臣に御家を追われた玉目丹波守が一子、源太郎。従うは皆、故大殿清正公に御恩を受けながら同じく心ならずも御家を出された旧臣所縁《ゆかり》の者。故大殿の御怒り、祖父、父母、叔父らの遺恨を背負って、主を討つ。覚悟せよ」

具足武者はここぞと声を張り上げる。

「はて、丹波殿に御子息はおられなかったと存ずるが、孫殿の間違いではないか」

殿の御声も、窪地の敵味方一同に等しく聞こえるほどに高い。

「おのれ、愚弄するか」

具足武者が立ち上がり、同時に左右の火縄筒の筒先が殿に向く。

「愚弄ではない。確かめておるのじゃ。いわれもなき不義不忠呼ばわり、当然であろう。確かめついでに、もうひとつ訊ねる。主は故大殿清正公と言うが、御仏になられた故大殿を我らはもはやそのようにはお呼びせぬ。清正様の御法名を称えてみられよ」

殿の声が高々と響き、山腹の斜面に木霊する。

具足武者は答えない。ただ軍扇を摑んだ手が、怒りでぶるぶると震えている。呼吸《いき》五つばかりの間をおいて、ようやく口を開いた。

「国を追われて十数年の我らには、法名などより御生前の頃の名こそ慕わしい。知っておれども、主などに答える必要はない」

いかにも苦しげな言い訳に聞こえた。

「ほう、それは面妖。儂はこの十数年、罪を得て他国に出られた方々の消息をたずね、中には密かに訪ねて行った事もある。立場こそ違え、元は苦楽を共にした同じ家中、この儂と縁続きの者も少なくない。その方々は皆、故大殿の御位牌を飾り、御法名を唱えておられたぞ」

殿の御声を耳にしながら、次郎作は目前に展開する敵陣の中に二人の人物を探していた。どれも面体を隠し異装に身を包んでいるとはいえ、際立った長身の伊介、小柄な老人の左兵衛を見誤るはずはない。しかし、ほぼ横一列に並ぶ十四、五人の中に、山犬と老狐の姿は見当たらない。或いは、先刻殿が庄林に探索討伐を指示された二段目の伏兵として、樹林に潜んでいるのか。

「付け慣れぬ面頰《めんぽう》のせいで口が動かぬのでもあるまい。答えられぬのは、知らぬ、聞いた事もないということじゃな。或いは、そこまで教えてもらえなかったか。来島左兵衛に」

「来島とは、誰の事だ」

面頰の下からくぐもった声が漏れた。

「ほう、その名も知らぬか。主らの前で何と名乗っておるかはわからぬが、一見老いさらばえた狐の名じゃ。おそらく今度の事で主らを掻き集めた金主の名」

左手の樹林で鳴る銃声が、殿の声を断ち切った。間髪を入れず、殿の手綱を執られる手元で短く鋭い音が弾け、殿に近々と筒先を向けていた敵の一人がのけぞった。

すかさず、地面に座していた佐藤が、馬上から次郎作が撃つ。具足武者が軍扇を振り下ろした時には、窪地はすでに轟音に包まれていた。

味方の射撃に妨げにならぬように一旦後方に退かれる殿の横に馬を寄せて、次郎作も道際まで下がる。打ち物とっての闘いも始まっていた。

周りの樹林から伝わる銃声と太刀打ち、時折入る叫び声も繁くなる。庄林の分隊が、それぞれに敵の伏兵と遭遇して闘っているのだろう。敵中に左兵衛と伊介がいれば、庄林も苦戦を強いられるに違いない。

窪地での戦闘は、装塡の早い早合を用いる短筒の連射と馬上からの斬り込みを合わせた攻撃で味方がやや有利に進んでいる。敵の四、五人はすでに地に伏しているが、味方は、佐藤一人を除いて皆馬上にあった。その佐藤も、窪地の中央に依然として座し、矢声を発し、早合を塡め替えながら馬上筒を撃っている。

敵の伏兵も庄林らの隊もまだ姿を見せない。林中での闘いも盛っているに違いない。そちらへの気懸かりがつい色に出たか、戦況を監察しながら殿が訊ねられた。

「あ奴らの事か」

「はい、あの二人だけは、何とかこの手でと存じます。お許し下されば、某も庄林殿の加勢に」

「気持ちはわかるが、庄林に任せておけ。それに、あ奴らはおそらくここにはおるまい。あの古狐が出張っておるにしては、こ奴らの仕掛け様粗陋《そろう》に過ぎる。策と手当てを施したは、あ奴らに違いないが、こ奴らは寄せ集めの無頼。賑々《にぎにぎ》しく働かせて捨て殺しにするつもりであろう」

殿の言葉の終わらぬうちに、窪地の戦いは急速に終焉に向かっている。敵の半数以上が倒れ、何人かは得物を投げ出して逃げまどい、或いは両膝を地面に落として降伏の体《てい》。彼我《かが》の銃声も絶えていた。

殿が、佐藤の傍らまで馬を進められた。

「大事ないか」

「ございませぬ」

つい先刻と同じ言葉を掛け合い、次いで殿は大音を発せられた。

「武器を捨てた者は殺すな。一箇所に集めよ」

折から、傾斜地の上方の林中から庄林隊の徒歩姿が現れ、すぐに殿の馬側に走りよってきた。

「そちらも片付いたようじゃな」

「はい、二、三人は逃げましたが、都合十人ばかりの敵は皆討ち取りました。こちらに手負い討死はございません」

急斜面の林中で闘ってきた庄林の呼吸は、さすがに粗い。

「この春に伏見で御主が斬り合うた浪人と来島はおらなんだか」

「いえ。もしおれば、もうちいっと手間も掛かったと存じますが」

「であろうの」

次郎作にもわかるように、殿は大きく頷かれた。

倒れた床机の傍らに具足武者が仰向けに横たわっていた。おそらく佐藤の近距離からの弾を顔面に受けたのであろう、兜の眉庇《まびさし》と面頰《めんぽう》の間が裂けていた。

「その者の面《つら》だけは見ておこう」

殿の指示で、供廻りの一人が兜と面頰を外した血まみれの首を支えて、見参に供する。見知らぬ若い男の首だった。もちろん伊介ではなかった。

追尾を警戒して後陣に残っていた隊も呼び寄せられた。

「戦闘の間通る者がなかったのは幸いだが、この様子まだ余人には見せられぬ。二人ずつ街道の前後に人を出して俄関《にわかせき》をつくり、しばらく人止《ひとど》めをせよ。また、二人はすぐに鶴崎へ駆け戻り、番代に報告、穴掘りの道具を持たせた人数を送れと伝えよ。近くの百姓を集めるわけにもいかぬでな。それまでは、遺骸を窪地の隅に集めて枝草をかぶせ、鴉や山犬共が寄らぬようにせよ」

殿の指示は迅速に行なわれた。

しかし、死骸の収容には時間がかかった。ことに庄林隊が山中で倒した十体余りを窪地まで下ろすのは困難を極めた。その間に、傷の浅い者には応急の手当てが施され、助かりそうにない者は止めを刺された。

集められた遺骸の武器や所持品が改められた。野伏せりまがいの装束同様に雑多で、身元を示すものは、どれも身につけていなかった。ただ一点共通するのは、装束や野卑な顔付きとは釣り合わぬかなりの小粒や銭を懐中にしている事だった。次郎作はふと、伊介から預かったままになっている銭袋を思い出した。つい十日ばかり前までは、危険だが不遇でもある若い浪人との奇妙な繋がりを実感させる気懸かりな物が、今では何か不快な汚物のように感じられた。

具足武者の用いていた床机に腰を下ろし、書き役を次郎作に命じて、殿は鶴崎番代あての書状を作られた。「不当に領内に侵入した野盗を誅伐した。遺骸は山中に埋め、捕らえた五人は鶴崎に連行し、別命あるまで番所の牢に繋ぎ置け。穿鑿《せんさく》を加えても何もわからぬであろうから、それは不要。逃げた者も若干ある故、肥後街道の周辺、領境の監察を厳しくせよ」といった主旨の書状であった。

敵の遺骸と降人《こうにん》を監察し鶴崎から急行する在番の人数に引き渡すために、庄林隊が残る事になった。肥後境まではまだ五里はある。道中再度の敵襲を懸念して同行を乞う庄林に殿が言われた。

「こ奴らの戦さぶりを見たであろう。見映えばかりの待ち伏せじゃ。こんな大仕掛けも出来るぞと、失敗は百も承知で我らに思わせるだけの策よ。であれば、二段目はない。さらに、ここを上り切れば久住の高原地帯、見晴らしもきき、馬も存分に駆けられる。一刻近く時を損じたが、夜分には内牧にも入れよう。安心して後から来られよ」

ようやく膝の出血の止まった佐藤一之進も自力で鞍上にのぼり、供廻りを指揮する元気を示した。窪地を出立したのは午近く、幸いに久住の裾野に積雪もなく、夕刻には肥後領内に入った。

滝室坂を下りきり坂梨に入ると、冬の宵空を背に阿蘇の五岳の影が望めた。

「阿蘇路のかすみにはまだ程遠いがの」

馬を寄せて、殿が呟くように言われた。

師走十八日の午後、熊本城下に入った。

北方から迫り出す龍田山の山裾を白川の流れに連れ立って回ると、もう御城が見える。遠望するだけでも、他のどの城とも違う風趣を覚えさせる威容である。ただ猛々しいだけの巨大な戦さ城ではない。築城者故大殿の分の厚い御思いが火と水の天地にそのまま腰を据えたような風格。誰もが馬の足を緩めて、天守や高櫓の甍《いらか》が冬の薄陽を受けて淡く光る様を飽かず眺めやる。

「いつ、どこから見ても、見事な御城でござるな」

庄林隼人が馬を並べていた。庄林隊は昨夜遅く内牧の陣屋に着いた。野津原近くの山間の窪地で襲撃者共の遺骸と降人を鶴崎番に引き渡し、先行した殿の一行を追って夜の肥後道を駆け、そして今朝は早々の出立であった。一睡もとっていないであろう。心なしか、逞しい肩の張りが少し緩んでいるように見える。言葉を交わしたことも稀な藩内きっての剣士が自分の方から声を掛けたのも、その疲労と安堵の現れかもしれない。

「いかなる事があろうとこの御城をお護りすると、童の頃より心に決めており申す。この夏に死去いたした親父殿らと違うて直に故大殿様を知り申さぬ我らの務めと心してござれば」

「まことに」

次郎作は大きく頷いて応えるほかはない。

庄林の唐突とも思える私情の吐露の背後には、伏見の土手道での襲撃の折に平山伊介の口にした「城」の一語が点滅しているのに違いない。その一味一党と思われる集団と昨日闘ってきたばかりである。短筒を撃ち、太刀を振るいながら、庄林もまた伊介の姿を求めていたのであろう。果たして、その事を声に出した。

「あの男、今度《こたび》の一党にはおらなんだが、いかがいたしておりますかな。剣に頼る者は一度刃を交わした相手は、生涯忘れぬもの。次に出会う時には必ずや雌雄を決しとうござる」

旅塵を払わぬままの頬に猛禽の気配を一刷け湧かせて言うと、庄林は馬を離して隊列の後方へ去った。いくぶん張りを取り戻したその肩を見送りながら、伊介が袖をまくって見せた上腕の刀疵を思い浮かべる。その折の、何やら嬉しげな表情も。あの山犬もまた同じ剣士の執念の炎を燃やしているはず。その執念の引き合いだけでも両者は遠からず相見《まみ》えるに違いない。妙に重苦しい予感が、次郎作の胸中を横切った。

大手門の手前で、殿が次郎作を呼ばれた。

「其方は今度の臨時の供。この先儂と共におる事はない。歳旦に八代にて会おうぞ。それまでは親父殿の家に留まり、短い間だが孝養を尽くすがよい」

本藩の筆頭家老の容儀ではなく、次郎作にはこの上なく親しい八代御城代の声音で告げられた。

突然の帰郷に、両親は驚きかつ喜んだ。およそ一年半ぶりの帰郷である。父も母も白髪が増え、面の皺も深まっていた。

その夜は、釈将寺の豪信僧都《そうず》もお呼びして、簡素ながら心尽くしの内輪の宴が開かれた。

「外はまだ極月《ごくげつ》の日数も残る旧年の内じゃが、ここだけは新春の先取り。まずは目出度い」

僧都様の老顔が輝き声音も若やいでおられるのは、口にされた御酒のせいばかりではなかった。

「この春の八代の殿との『両吟千句』興行の成功、こちらの風雅好みの間にも知れ渡っておりますぞ。里村昌琢様の批点をお受けなされたとか。大したものじゃ。これで、豊一殿、いや西山宗因殿もこの道で立派に一人前になられた。思えば、愚僧が難波津《なにわづ》の道の手引きをなし、八代の殿がいち早く其方の天稟《てんぴん》に目を付けられて手ずから筑波の道に導かれた頃が夢のようじゃ。善哉《よきかな》、善哉」

僧都の心からの祝福を真正面に受けて面映ゆいながら、思いは次郎作も同じだった。岩立の釈将寺までは近い。幼童の頃から元服前までの六、七年、小倉道の通る京町台を西に下る急坂を通い路に、和歌と書と古典を僧都に学んだ。間に三年の八代住まい、十年にも及ぶ京での修学を挟むとしても、あの頃の明け暮れが数世を隔てたようでもあり、つい一、二年以前のようにも思われる。懐かしい人々を前に盃を口に運んでいる己が夢の大路の辻に立つ影法師のような気にもなる。たかだか三日前に馬上筒を握って敵を撃った同じ手に盃を執っているせいなのか。こよなく幸せであり、何処か危うい妙な気分だった。

「今度《こたび》の急な下国は何故じゃな。いつまで肥後におられるのじゃ」

父の問いに、ふっと我に返った。皆の眼差が己に向けられている。危うい気分の方を表に出せる訳がない。来春府内でお受けする予定の源氏講読伝授の事を口にする。改めて歓声が上がった。

「何と、早々と源氏の御伝授とな。古今の伝授にも匹敵する風雅世界での秘事ですぞ。其方だけではなく、我らの名誉、いや、肥後一国の名誉と言わずして何と言おうぞ。善哉、善哉」

豪信老師が手放しで喜べば、謹直な父は父なりに祝儀の言葉を添えてくれる。

「何よりの事じゃ。したが、それもこれも皆、八代の殿の並々ならぬ御力添え、またここにおられる御老師、京の昌琢様の御指導と御厚意の賜物であることを忘れてはならぬ。心してさらに修行に身をいれ、殊に殿への御奉公に励めよ」

ずっと昔、同じ父の口にした「もはや武の道だけの奉公の時代ではない」との訓戒を思い出す。目頭を熱くして父の言葉を聞きながら、その訓戒を脅かす危うい棘が己の進路に立っている幻を見る。「相生の潰え」と言われた殿の御言葉も。

天は晴れ、空気は冴え冴えと冷え澄んでいた。

遠く霞むはずの雲仙岳が、馬で駆ければ一息で行けるかに近々と見える。右手から延びる宇土の山々。その端にひときわ聳える三角岳はそのまま天草の島影に重なり、ひと繋がりの陸地さながらに左手の視界ほぼいっぱいまで延びている。その長い腕に抱きこまれた不知火の海は、大きな湖か南方から切れ込んだ入江にしか見えない。

ほんの少し眼差を手前に寄せれば、両外に広々とした畑地を控えて静もり収まる八代の町。町中を貫流する球磨川の河口に近い順に旧城地麦島、新城地徳淵、松江、そして古城地古麓と、海岸から山手に向かって広がる新旧の城下の佇まいが一望できる。

八代に住んだのは三年に過ぎない。その間に、ここ悟真寺の山門から、何十度この景色を眺めたことか。それ以後も年に一度、二年に一度京から帰国する毎にここに来て、人々の営みと長い時の流れとを過不足なく湛えて広がる四季折々の風光に、飽かず接してきた。

思えば、殿に連れられて山門の石段を初めて登ったのは、御奉公早々の元和五年の秋。一目で魅了された絶景の中に、しかし御城の姿はなかった。その年の春に肥後一円を襲った大地震で、前代の小西殿によって築かれた麦島の城は、完膚なきまでに崩壊したのだった。城下の建物も大方は毀《こぼ》たれ焼けて、足下の古麓から海辺まで一面、ただ土の色だけが目立つ廃都の様を呈していた。しかし、復興の動きは目ざましかった。城地を麦島から徳淵に移しての新城築城、御城下の整備、球磨川の改修などの困難な工事が着々と進められ、次郎作が京へ旅立つ三年後には、早くも新城の竣工を見、新城下の様子もほぼ現在の形に整えられていたのである。すべて、縄張りから諸工事の監督まで陣頭に立たれた殿の、鬼神もかくやと思わせる御苦労と御精励によるものだった。その、より明媚な姿に向かう急速な復興の刻々を次郎作は我が目で見てきた。いま目前に広がる八代の景物の一切が、城も町も川も郊外の田畑も、我が殿、八代御城代加藤右馬允正方様によって作られ、愛育されてきたものの感が強い。

元日、御年賀奏上に登城した。

ひっきりなしの客がようやく途絶えた夕刻、本丸御殿の書院で、殿は次郎作に歳旦吟を見せよと命じられた。その朝苦吟した句を懐紙に書いて差し上げた。

「万代やうちはへ春の花の宿。かくありたきものよ。我が胸のうち、よくぞ察してくれた」

声に出して詠まれ、有り難い御言葉まで添えられた。

その殿も、松も明けぬ正月八日、江戸へ向けて八代を発たれた。豊後府内の寛佐法印殿からの消息を待つ、役立たずの己だけが八代に残った。

寛永九年春・異郷

一

寒さで目が覚めた。

外はまだ暗い。鳥の声も風の音も聞こえず、賀茂の川瀬の音がさやかに鳴っているばかり。今朝が歳旦であることは、つい先刻いっとき眠りを妨げられた除夜の鐘で知っていた。

ここは京の寺町外れ、近く遠くあちこちで撞《つ》き鳴らされる鐘の響きは、掌で耳を塞《ふさ》いだくらいでは防げない。さすがに、去年の春に伏見の陋屋で息を引き取った母の病み窶《やつ》れた顔が浮かんだ。だがそれだけの事、格別な悲痛も感慨も湧いてはこなかった。共に暮らしてきた唯一人の人であるはずなのに、慕う気持ちも悼む心も日毎に薄らぎ、いまではそのような人がいたという記憶さえ遠退いた事に、改めて気付く。記憶が薄いのは、母がずっと病気がちで、極端に口が重かったせいばかりではない。生前の言葉で思い出せるのが詫び言でしかないように、母は伊介に対してどこか他人行儀の遠慮を通していたように思う。厳しく叱られた事も心から褒められた事もなかった。左兵衛叔父からの時折の捨て扶持に頼り、流浪に等しい暮らしを続けながら、そのことへの疑問も不安も母は表に現さず、一人息子の伊介と共に悩む事もなかった。伊介の思い余っての質問にも、「叔父上にお訊ねなされ」「叔父上の言われるように」以外の答えはなかった。それ故に伊介は、叔父に従ってきた。

　言われるままに、ひたすら木刀を振り、命懸けの野試合に出て腕を磨き、見も知らぬ人を斬ってもきた。父の記憶はないに等しく、母の記憶は、冬の薄日に消え残る陽炎のように淡々としていた。鐘の五つも鳴るも待たず、母の顔は消えていた。

　横になったまま、首と両の肩を動かしてみる。痛みも痺れもない。それを確かめて起き上がった。

　この夏秋はほとんど臥せたままだった。どうにか立って歩けるようになったのは三月前。秋も終わりかけた頃にようやく木刀を振れるようになった。何とか以前同様に扱えると思ったのは師走に入った頃か。それでもまだ不安があった。つい疵付けた左肩左腕を庇って、右肩右腕に余計な力が入る。振り込みの刃筋がわずかに狂うばかりでなく、嫌な疲れと痺れが首と腰に残る。それが消えてしまわねば、完治したとはいえなかった。

　春に庄林から受けた右腕の刀疵は十日もすれば癒えた。だが、夏に柏崎大蔵の馬上筒に撃たれた左肩口の銃瘡は、そうはいかなかった。退き口に待機していた左兵衛叔父の川船に無事駆け入ったものの、高瀬川を遡《さかのぼ》っているうちに、左腕が動かなくなった。痛みも出血も大した事がなく高を括っていたが、弾丸を肉の中に収めたままで時を移したのが悪かったか、下り時《じ》の三倍もの時を費やして京に戻り、堀川伝いに現在の住居に辿り着いた頃には、左腕はおろか首のところまで腫《は》れ上がり、まったく感覚がなくなっていた。

　古坊に着くとすぐに、叔父は伊介を横にならせ、寺男に湯を沸かさせた。寺男が再び現れた時、湯気の立つ茶釜と何やら小さからぬ箱を提げていた。

「残っておる弾丸を抜く。このままにしておくと腕も肩も腐るでな。多少痛むが、我慢せよ」

ぼうとした目で、伊介は叔父が我が物顔に箱を開け、中から薬壺らしき物や晒《さらし》、小刀や鋏《やっとこ》様《よう》の物を取り出すのを見ていた。同時に、これも熱の昇った頭の片隅で、用意のよすぎる叔父への妙な不審も覚えていた。

銃瘡の周りを湯に浸した布で拭き、叔父が寺男に顎をしゃくった。寺男は黙って伊介の両腕を押さえ付ける。それも不思議だった。急事に諸々と叔父の意に従う、この男も左兵衛叔父の旧知の一人だったのか。

「煙硝で疵口を焼く。毒を消すためじゃ。これは応える。遠慮なく、気を失せよ」

いつの間にか火の点いた火縄を手にした叔父が言った。すぐに自分の肩口でジュッと嫌な音がし、白い煙が立ったまでは覚えている。

気が付くと、上腕から肩口まで晒で巻き固められており、円座の上で叔父が茶を啜っていた。寺男の姿はなく、老いた鴉が溜り水を飲んでいるような顔付きだった。

「飲むか」と訊ねられて頷くと、叔父は別の茶碗に煎茶を注いで、床脇に置いてくれた。

右手を床について上体を起こし、同じ手で茶碗を取る。左肩の猛烈な痛みで顎が震え、ほとんど茶の味はしなかった。

「肩は砕けておらなんだが、疵口は広く深い。その上、時候がよくない。たぶん膿《う》むじゃろう。鉄砲疵は、もともと治りがおそい。剣を扱えるようになるには、半年はかかろうの。釣り合わぬ仕事になったものよ」

叔父は薬師《くすし》のような声音で言った。最後の文句が、熱に冒された頭を刺した。

「あの年寄りは、本当に柏崎大蔵ですか」

「確かめたのであろう」

「名は同じでも、違う人物という事はありませんか。確かに短筒を持ってはおりましたが、叔父上の言われたような利れ者には見えませせなんだが」

痛みで引き攣《つ》れた口を動かして、ようやくそれだけを吐き出した。

「儂が間違うたとでも言いたいのか」

薬師の声音ではなかった。黙って首を横に振るよりほかはなかった。

叔父はいっとき針の眼差で伊介の顔を見下ろしていたが、

「それだけの手疵を負うたのじゃ。気も昂ぶり疲れておるのも無理はない。いまはゆるりと養生に励め。日頃の手当ては、寺男の三郎次に頼んでおいた。みふゆにも訪ねるよう伝えておこう」

最後にそう言い置いて、古坊を出て行った。

最初の一月は身動きもならなかった。

叔父の予告どおり銃瘡は盛大に膿んだ。左の肩と腕は赤紫色に腫《は》れ上がり、疵口から止めどなく膿が湧き、眠ろうにも眠れない疼痛と高熱が続いた。肩から先がこのまま腐れ落ちるのではないかと思われた。手当てといっても、寺男の三郎次が疵口を湯で洗い、膿《うみ》を掻き出して金瘡《きんそう》を塗り込み、晒を巻き替えるだけ。折からの残暑、伊介は、古坊の破《や》れ縁際に敷き直してもらった薄布団の上で、輾転《てんてん》もならず息も絶え絶えにただ寝ているほかなかった。

それでも、秋風の立つ頃には、多少は腫れも退き、膿の湧き方も少なくなり、痛みも熱も穏やかになった。だが、左腕はやはり動かなかった。無理に動かそうとすると、激痛が走り、翌日から確実に発熱した。だが、無事な足腰と無疵の右腕だけは鈍らせるわけにはいかない。気分の好い日には出来るだけ床を離れ、寺の庭を歩き回り、右手一本で大木太刀をゆるゆると振った。左手が利かなくなる危惧は消えてはいなかった。

左兵衛叔父は十日に一度ばかり顔を見せた。疵の具合と伊介の顔色を見分し、持参した薬や食糧、当座の遣い分の銭を寺男に渡すと、あまり話もせずに帰って行った。


叔父の来訪が間遠くなるに従って、みふゆ殿の見舞いが繁くなった。

最初に肩口の銃瘡を見た時には、みふゆ殿もさすがに眉を顰《しか》めた。しかし、大方の事を叔父から聞いていたのか、さして驚くふうもなく、被弾した事情についても何も訊ねなかった。三郎次に代わってしてくれる手当ては手際よく、何より手厚かった。

みふゆ殿は来る度に弁当を持参した。いつぞやの藤蒔絵の提げ重ではなかったが、より大きく、中身もたっぷり入った重箱だった。日頃伊介の世話をしてくれている寺男への心遣いもあったのだろう、みふゆ殿は三郎次にもしきりにすすめる。

「御坊と来島様に叱られますので」と、初めはたどたどしい口調で固辞した三郎次も、二度目からは午食の席に加わっていた。

秋も深まった頃、みふゆ殿に衣類一重ねを贈られた。肌着や稽古着はともかく、暑い時期の単《ひとえ》と寒い折の袷《あわせ》各々一枚の、もともと着る物には無頓着の身にも、時候柄有り難い頂き物だった。初めは叔父からの託《ことづ》け物と思った。その事を訊ねると、みふゆ殿は顔を少し赤らめて答えた。

「いいえ、これは私からのささやかな志でございます。御持ち合わせの御着物はどれも傷んでいるとお見受けしまして、勝手ながら仕立てさせていただきました」

伊介は赤面して、言葉を失った。ひたすらの恐縮と感謝の念が、肩の痛みを忘れさせた。無性にうれしかった。

頂き物の中に稽古肌着が一領入っていた。

霜月も半ばを過ぎ、ようやく両手で大木太刀を振れるようになった朝、初めてそれに袖を通した。貰った時から、そう決めていた。

丁寧に畳まれたその稽古着を取り上げた時、前襟の間に挟んであった小さな折り紙が落ちた。開くと、「祈、御武運」の文字が見え、脇に「御武道の具を女の手で仕立てますこと、憚りもございましょうが、お許し下さいませ」と添えられ、末尾に「深冬」と書かれていた。幾度も読み返しながら、伊介は涙ぐんでいた。五体を流れる血の川に、発熱とは違う熱い潮が満ちてくるようだった。そのえも言われぬ暖かみは、それまでの戸惑いも不審も、過分の厚意への応え様もわからぬ情けなさも瞬時に溶かしてしまう力があった。

小さな刺し子の密に入った筒袖を着込み、共に添えられた稽古袴の前帯を結び終えたとたん、伊介は己がまるで違う朝に目覚めた事を知った。

木太刀を提げて外に出ると、浅い霜が下りていた。見馴れた古寺の裏庭の寂《さび》れた広がりが、初めて目にする光景に映った。

左肩と腕に急激な負担がかからぬよう気を配って、大木太刀をゆっくり振り上げ、振り下ろす。懸念していたほどの痛みもぎこちなさも感じない。みふゆ殿の白い顔を思い浮かべながら、振る。物言いと立ち居振る舞いの隈々を胸に思い刻みながら、振る。修行稽古の煩悩とならばなれ。むしろその煩悩を知った喜びを糧として、振る。この回復しつつある肩と腕とを煩悩を護るために使う、その決意にさらに血を湧き立たせながら振った。

師走に入っても、左兵衛叔父は現れなかった。代わりに十日に一度ほどの間を置いて、みふゆ殿が姿を見せた。相変わらずの弁当持参。近頃では寺男の三郎次も待ちかねた様子を隠さず、午どきには呼ばれずとも決まって相伴にあずかっていた。耳は確かに遠いが、口の方はさほど不自由でもないらしい。午飯が済んで茶を飲んでいた折、訊ねてみた。

「以前から我が叔父御を御存知か」

最初は聞こえぬふうだった三郎次は、再度の声を大きくしての問いに、交互に二人の顔を伏し目がちに見遣って頷いた。

「どのような御縁ですかな」

重ねて訊ねた。

「童《わらわ》の時分に江戸にて拾われ、前の御住職と御識り会いとの御縁でこの御寺に入れていただきました。したが、この事、なにとぞ御内密に」

渋々に答えると、寺男はそそくさと席を立った。

童の時分に江戸にてと呟きながら、事情は異なるもののどこか己と似ていると、伊介は思った。母と二人西国の城下の片隅を経巡った日々が切れ切れに思い出された。ふとみふゆ殿に目を向ける。みふゆ殿の眼差も曇っていた。

二

　年が明けて三日の夕刻、左兵衛叔父が来た。およそ二月《ふたつき》ぶりの来訪だった。

「治り切ったようじゃな。顔色も撃たれる前よりかえって好くなっておる。みふゆの差し入れがよほどに効いたらしいの」

　例の憎体《にくてい》な物言いに、さらに小骨の数が増えている感じがする。

「はい、このように衣裳まで整えていただきました。おかげで疵の治りも早く、不自由なく年を越せました。叔父上もお変わりなく」

　目敏《めざと》い叔父のこと、当然気付いているものと察して、素早く伊介は応えた。

「それは目出度い。じゃが、目出度いのは主《ぬし》ばかりで、儂《わし》の方は悪運続きじゃ」

　伊介の着ている袷をじろりと見遣ったが、その事にはそれ以上触れず、叔父の顔付きは笑いを消した翁面に戻った。

「西山は来なかったろうの。師走の十日時分にみふゆは、前の家で西山に会うたと言うておったが、ここを嗅ぎ付けた気配はないか」

「ございませぬ。某《それがし》もこの半年ここから一歩も出ておりませぬ故」

　答えながら、島原近くの飯屋で共に鰻を食べた一件は叔父に話していなかったのを思い出す。一方、残していた家財を引き取りに出向いたみふゆ殿が西山に行き合わせた事は、みふゆ殿から直《じか》に聞いていた。あの黒目がちの律儀な男が現在なお懸命に自分を探し続けている事を知らされ、安堵すると同時に、いささか気の毒にも思った。

「みふゆが会うた後、西山は江戸から下国する右馬允に従って肥後へ帰った。いつまでかはわからぬが、当分は京に戻るまい。一方、主が柏崎を刺して以来、伏見の加藤屋敷では警戒を厳重にしておる。屋敷の内外はもちろん、この京はおろか大坂にまで人を出して一件の探索に目を光らせておる。それは儂の見込みどおりで、右馬允を揺すぶるのに効《ききめ》のあった証拠であろう」

寺男の三郎次が茶を運んできた。丁重に辞儀はするが無言。二人の前に茶を配ると出て行った。

「そこでじゃ。回復早々じゃが、主に仕事をして貰わねばならん。この半年、主抜きの仕掛けで上手くいった試しがない。主が頼りじゃ。しかも時がない」

いつもながらの叔父らしい言い様だったが、今日は何故か大人しく聞けなかった。

「何のための時ですか」

茶碗に手を伸ばしかけた叔父の目が少し光った。

「このところ、差し出口が多くなったようじゃの。それもみふゆの世話のおかげか。知れた事、主の仇加藤家に揺さぶりを掛けるその期限じゃ」

「しかし、叔父上がたった今言われたように、右馬允は肥後に在国中でござろう。某に肥後に行けと言われますか」

「肥後には遣《や》らぬ。肥後に行くのは最後の最後じゃ。急ぐ理由は別にある」

「別のとは、何です」

「それはまだ知らずともよい。ともあれ、この肝心な折に、奴らは巣穴に引き込んでしもうた。であれば先ずそこから引き出してやらねばならぬ」

「何をせよと」

「柏崎大蔵の伝じゃよ。奴らに所縁《ゆかり》の者をもう一人消して奴らの心胆を寒からしめ、表立った反撃を煽《あお》り、加藤家に問題ありとの風聞を天下に広める術《て》じゃよ」

嫌な予感がした。柏崎を襲った雨の夜に刻々と募っていった「何か違う」という違和感と不審がよみがえる。柏崎が叔父の言うとおりの相手だったにせよ、彼を刺し殺した事で、右馬允や加藤家にどれほどの打撃を与えたというのだろうか。時折いまだに鈍く痛む肩の銃瘡に見合う成果があったがどうかさえ、伊介にはわからなかった。

「迂路《うろ》に過ぎはしますまいか。それより、別の理由は知らず、事を急ぐのであれば、某を肥後に潜入させて右馬允を狙うか、親父殿が果たせなかった城への放火を試みる方が、よほどに近道と思われますが。某は、その事だけを念じて、叔父上に従ってまいりました故」

叔父の眼差が底冷えているのがわかる。

「言うたであろう。それは最後の手じゃと。その決着を最大限に効あらしめんがためにも、今度《こたび》の仕掛けが必要なのじゃ。しかも、主でなければやれぬ」

抗《あらが》っても、叔父の意向は変わるまい。本気で最後まで抗った事もなかった。

「相手は誰です」

「大宅甚右衛門宗隆、元は藤堂家に仕えた歴とした武士じゃ」

「存じませぬな。その加藤家にも係わりのない相手へ差し向けるのに、何故に某を」

「五条大橋下流辺りの藪中に小屋掛けして住む素然といえばわかるであろう。大宅は彼の俗名」

あまりの意外さに、伊介は言葉を失った。

「あの男、加藤家との縁は確かにないに等しい。右馬允の家来の西山の知人というだけじゃ。が、今度はそれで十分なのじゃ。我らの手がそこまで延びておることを痛感させれば、それでよい。素然が殺されたと知れば、西山は飛んで京に戻る。戻れば大童《おおわらわ》で、我らを探す。堀尾屋敷へも押しかけるじゃろう。主人の右馬允も当然上洛し、我らの探索と討滅に奔走するはず。騒ぎが広がれば、我らとの遣り取りはもはや秘事ではなくなる。そこで、合戦を仕掛ける。文字通り、人数を繰り出しての打ち込みじゃ。伏見屋敷でもよし、大坂の蔵屋敷でもよし。むかし加藤家を追われた元家臣の子や孫を中心にしてじゃ。その手筈もようやく整い、豊後境で実戦鍛錬もすでにやった」

伊介は呆然と聞いていた。聞きながら、「何かが違う」という漠とした違和感が確かな輪郭をとってくるのを覚える。柏崎邸の簡素な佇まい、当て身をくれた女の驚き様、短筒を構えていたものの老学者然とした柏崎大蔵の物言いが脳裏に点滅する。かろうじて、口を挟んだ。

「素然は世捨て人ですぞ。ただの風流好きの年寄りですぞ」

「西山の識り人であろう。それだけで十分というたはず」

左兵衛叔父は、冷然と切り返した。

「したが、それではあまりに理不尽」

言ってから、自身で驚いた。叔父への真っ向からの反発、しかも理不尽などという言葉を己が使うとは。違ってきたのは、変わってきたのは、己なのか。

「ほう、理不尽とな。主の仇討ち成就の手助け専一を心懸けて幾年月養い育ててきた者への、それが物言いか。儂は、そのような屁の突っ張りにもならぬ理屈を教えた覚えはないが。さしずめ、足腰立たぬ廃《すた》れ学者を斬っての仏心か」

叔父は間違えた。そして、素早くそれに気付いた。

「今だから明かすが、主が伏見で刺した柏崎大蔵も右馬允のただの旧知、識り人の一人にすぎぬ。柏崎の経歴や隠し目付の役割などは他の人間のを借りて取り付けたもの」

「嘘だったのですか。何故そのような嘘を」

「嘘も方便というからの」

「何のための方便でござるか」

「一《いっ》に、主《ぬし》の働きを仕易くするためよ。主に十分な気組みを与え、油断なく仕遂げさせるための気遣いと思え。さすれば、それは敵に確実な打撃を与え、心痛懸念の種を育て、やがては大きな失態を招く動揺をきたさせることとなる。すべてこれ、主が積年の思い、仇討ちの宿願を成就させんがための策。敵の理不尽には理不尽をもって応える、これまた理というものじゃ」

違う。そのような理には従えぬ。己の仇討ちのみなら、去年の春、伏見の土手道で加藤右馬允を討ち取っておれば、願いの大半は成就したはず。その時も叔父は、「襲え、だが殺すな」と命じた。不審はあの折に芽吹いたか。

「であれば、素然を斬れ。面体《めんてい》も住居もよう知っておるはず。面倒な支度もいるまい。明晩に出向いて仕遂げよ」

黙っていた。返答をしないことで、不審と拒否を露《あらわ》にするほかなかった。

「病み上がりで気が入らぬと見ゆるの。是非にも主にと思うが、主が行かぬのなら、時を急ぐ故、他の者を遣らずばなるまい。が、そうなれば、主もただでは済まぬぞ。先ずみふゆもここへは来させぬ」

いっとき伊介を睨んでいた叔父は、立ち上がりざまに言った。冷え錆びた声音だった。

「みふゆ殿には係わりなき事」

思わずに言葉が口をつく。

「主が知らぬだけじゃ。あの女も加藤遺臣の縁者ぞ。しかも、本来なら主など足元にも寄れぬ大身《たいしん》のな」

言い捨てて、左手に佩刀を提げた骨ばった背を見せた。

見送らなかった。見送りに出てもう二言三言交わせば、是非に及ばず叔父の命に従うことになる。大概の事には従おう。しかし、素然は斬れないと思った。

ただ一度顔を合わせ、夕餉を馳走になり、長くもない話を交わしただけの相手だが、あの一夕の情景は奇妙に懐かしく、小さな燠火《おきび》のようにいまなお胸の奥に残っている。兵法者の生死にかかわる拍子についての淡々とした語り口も、鮎田楽の香ばしさと共に覚えている。あの老人は斬れぬ。

だが、己が手を下さなくても、左兵衛叔父が決めた事、誰かが仕てのける事は必定。黙って見過ごせば、素然は死ぬ。しかも、叔父は明晩と言った。抜かりなく素然の所在を確かめてのことであろう。時間がない。金輪際できぬ相談ながら共に素然を識る西山は九州に去り、ただ一人苦衷を訴えるべきみふゆ殿の住居も知らなかった。

ずいぶん遅くなって、三郎次が夕食を運んできた。無口はいつもの事だが、今夜はことに表情が固く、辞儀も会釈もない。上がり框《がまち》に、飯と汁と漬物だけをのせた膳を置いて去ろうとするのを呼び止めた。

「いっとき上がらぬか。飯はすぐに済む。冷える晩に、また膳を引きに来てもらうのも気の毒なれば」

下手な引き止め様は承知で言った。

三郎次は黙って首を振る。振りながら、しかし、壁に立て掛けた大木太刀の方を見ているのに、伊介は気付いた。この古坊に来て以来、朝夕のひとり稽古をこの寺男が熱心に見ているのを知っていた。童の頃におそらく似たよう事情で左兵衛叔父に拾われながら、耳の不自由な三郎次は剣を扱う習練とは無縁に育てられたのであろう。木刀を振る伊介に向ける眼差には、子供のような好奇と羨望の色があった。

「あの木太刀を進呈しよう。ちょうど某の手に合わぬようになった故」

声を大きくしての誘いにも、しかし三郎次は乗らなかった。代わりに口籠もった声で、「実は」と言った。

「夕方こちらからのお帰りがけに来島様が庫裏《くり》に寄られて、今後其方様への食事の世話は無用と言われた。で、これは儂の志。が、度々はできませぬ。膳は戸の外に出しておいて下され」

叔父の本気と苛立ちが強烈に臭った。

三郎次の志を腹に収めたとたん、重苦しい予感がした。三郎次が伝えた左兵衛叔父の「今晩より食事の世話無用」の文句が、たったいま胃の腑に落とした冷や飯のごろりとした感覚に重なる。

叔父は、明晩素然を斬れと言った。そして、己の拒否に合い、それを確かめて去った。三郎次へのこれ見よがしの指令は、「もはや主は無用」の宣告、一時の怒りに任せての八つ当たりなどではない。

叔父が去ってからすでに二刻は過ぎていた。戌《いぬ》の刻に近い。一度決定した策の実行は容赦なく速い叔父の遣り口を、伊介は誰より知っている。伊介には明晩と言ったものの、邪魔の入らぬ前に、つまり今晩仕遂げるつもりではないか。すでに叔父に命じられた刺客が素然の小屋に向っているのではないか。

冷えた汁の残りを一息に喉に流し込んで立ち上がり、身支度にかかる。叔父の意向に真っ向から逆らう以上、もはやここには戻れぬ。みふゆ殿からの頂き物の大半を身に着ける。稽古肌着の上に袷と袴を着け、さらに羽織に袖を通した。

刀、脇差を腰に差す。半年前の柏崎襲撃以来実用から遠ざかっているとはいえ、日々の手入れに怠りはなかった。刃は十分に立ち、目釘もしっかり締まっている。

ずいぶん以前に叔父が置いていった金袋《かねぶくろ》を懐に入れた時、西山の顔を思い浮かべた。去年の夏の夜に押しつけたあの金袋を、西山はまだ持っているだろうか。であれば、さぞ持て余しておるだろうと思った。その西山のためにも、素然は斬れぬ。いや、殺させてはならぬ。

灯を消す前に、壁にかけた木刀を見た。わざわざ前の住居から持ち帰った大木太刀だが、また置いて出なければならぬ。しかし、それは先刻一度は進呈すると口にした物、寺男の三郎次が振り回してくれれば、それでよい。

外に出ると雪が舞っていた。積むほどの降りではないが、冷えは厳しい。着込めるだけ着込んできたのが幸いだった。体の筋が冷えれば存分に働けぬ。行き着くまでには十分に暖まり、筋の強張りもほぐれよう。

正月三日の夜中、都の市中もさすがに人影が絶えていた。それでも大路を行くのを避け、鴨川沿いの土手道を急いだ。

思えば、寺の外へ出るのは柏崎襲撃で伏見へ出向いて以来。しかし、その折には往き帰り左兵衛叔父の漕ぐ川船を使った。襲撃の手配りも支度も退き口での落合い方も、すべて叔父の指示に従った。あの折ばかりではない。これまで白刃を用いる場では、背後に必ず叔父がいた。が、今夜は違う。いるとすれば、己の後見としてではない。暖まりかけていた体の芯に一瞬、刃に貫かれるような戦慄が走った。

間に合わなかった。

素然の小屋は一度訪ねた時のまま、粉雪の舞う雑木林の中にひっそりと建っていた。戸口に立ち、二、三度低く声を掛けたが、応答がない。羽織だけは脱いで軒下の古桶の上に置き、左手を鯉口に当てて、引き戸を開けた。

土間と板間の一間きりの小屋内は、板間の中央に仕切られた囲炉裏の残り火でぼうと明るい。素然は、その囲炉裏の傍らに横になっていた。眠っているのでない事は、戸を開けてすぐわかった。真新しい血の臭いがした。

武者草鞋《わらじ》を履いたまま板間に上がって近付く。

首を刺された素然は、すでに息絶えていた。着衣や傍らの物に乱れはなく、争った跡は見当たらない。素然の床板に落ちた頭の傍らに、端を血に染めた二つ折りの懐紙が一枚。取り上げて開き、炉の熾を掻き立てる。

掻き立てるまでもなかった。太々とただ「斬奸」の二文字。左下方に見慣れた手で「京住、平山伊介」。思わず、伊介の口から唸り声が漏れた。

戸に人の気配がした。振り向くと、黒ずくめの覆面が一人。くぐもった声音を浴びせてきた。

「手向いせねば、主には手は出さぬ。書き付けはそのままにして、去《い》ね」

「叔父の差し金か。何処におる、来島左兵衛は」

懐紙を懐に推し込むと、伊介は唸り返した。

「叔父じゃと。そんな者は知らぬな。やがて所司代の配下が来る。ここで死にたくなければ、言うとおりにして去ね」

長身の伊介は、狭い小屋内で闘う愚を避けた。中腰のまま框《かまち》を越えて土間に下りるや、脇差を抜きその姿勢を保って戸口に突進する。

まだ抜刀していない覆面は、周章《あわ》てて戸外へ跳び退いた。

そのまま走り出て立ち止まり、振り向いて敵に正対した時には、脇差を刀に代えていた。

粉雪を撒く雲の上に月が照っているのか、周りは妙に仄明るい。

敵は三人いた。戸口にいて声を掛けてきたのが頭分《かしらぶん》か、左右の二人がすでに抜刀していたのに、その男は伊介に正対して始めて刀を抜いた。

「もう少し遅れて来ればよかったものを。我らの退き際に現れおって」

口をききながら間を詰め、いきなり横薙ぎの初太刀を送ってきた。半歩退がって避ける。

閃くものがあった。あ奴か。西山に連れられて素然を訪れての帰途、前の住居の枝折戸際で待ち伏せを仕掛けた三人の一人。二、三合撃ち合って逃がしたあの男。あの折は無言。しかし、いまの太刀行きの速さで思い出した。ならば、容易ならぬ敵。

左側の敵の剣先が心持ち上擦《うわず》っていると見て、一歩詰める。誘いに乗って突っ掛けてくるのを、擦れ違いざまに胴を薙《な》ぎ、そのまま左に走る。右側にいた敵が迫ってくる。

「追うな」

頭分らしき覆面が声を発した。が、追尾する敵がその警告に従う寸前に伊介は踏み止まり、逆に激突する近さまで駆け戻って間を詰め、下から剣先を撥ね上げた。首筋を断たれて短い絶叫をあげながら抱きついてくる敵を突き返し、今し方離れてきたばかりの位置に戻る。この覆面だけは、今度こそ逃がさない。素然を刺したのも、手際《てぎわ》から見て、定めしこ奴。

「似ておるの。あの折に」

ゆったりと、だが寸分の隙もなく八相に付けた覆面が、自分の方から言った。よく喋る男だった。よほどの自信か。或いは、うろめかしの術《て》か。

「あの折は、口が利けずにさぞや苦しかったであろう。だから逃げたか」

不得手を承知で、伊介はその術に乗ってみる。

「なに、闘う振りだけして殺すなと言われていたからよ。だが、今夜は違う。拠《よんどころ》なければ切り刻んでも構わぬとの許しをもろうておる。でなくとも、今度は殺す。あの折に二人、今も二人、目の前で手下を殺されておるからの」

「言われたとは、叔父にか」

「さて、それは知らぬ。そうかも知れぬ」

「何故だ。何故に殺すなと言われた」

「知るか。主には主の、別の使い道があったのでもあろう。その叔父御にはの」

一瞬、目眩《めまい》を覚えた。そうであったか。あの後に、柏崎殺害の命を受けた。それに導くための、こ奴らへの待ち伏せ指令であったのか。

「そろそろ死んでもらうぞ。所司代の五条番所にも報せが届いたはず。その前に、主が懐に入れた書き付けを取り戻し、新仏の傍らに戻しておかねばならぬでの」

少し密になった粉雪の舞いの向こうで、黒ずくめの五体が心持ち膨らんだ。来る。

八相からの激しい撃ち込み。避けきれず、かろうじて敵の刃を物打ちあたりで弾く。即座の反撃の余裕はない。

跳び退《すさ》ろうとして、敵の体が少し崩れる。足を滑らせたか。相手の足元をちらと見る。普段の草履を履いている。粉雪で湿った地面。こちらは、底に鉄鋲を打った武者草履、踏ん張りはきく。

二撃目を待つ。覆面も用心して、仕掛けない。間境《まざかい》ぎりぎりまで詰め、少し剣先を上げて誘う。来た。

真正面に受ける。体が当たり合い、互いの鐔元で嚙み合った敵の刃先が頰まで五分《ぶ》。押し合う。離れ際の返し刃に勝機を賭ける。

押す。押し返す。敵の上体にひときわ力が入り、その分だけ足元が浮く。

思い切り押し返す。それに応える端《はな》を、引き外す。敵の上体がわずかに泳ぐ。覆面まで目の先五寸の近間。その首筋に、短く回した刃を押し付けて引き、血の吹く前に跳び離れた。

小屋に戻り、素然の枕辺に座った。

囲炉裏の熾火が衰え、小屋内は外の雪明かりよりも暗い。その橙色のあるかなきかの明かりに、薄目を開けた年寄りの顔がぼうと浮かんでいる。鼻と口のまわりの血が乾きはじめていた。

ただの一度しか会わなかった老人だが、何故かこよなく懐かしい。遅れたことが悔やまれた。もう小半刻早くここに着いておれば、己の身に代えても死なせることはなかったものを。この老隠士の拍子を狂わせたのは、他でもない己。連れて来たのは西山であり、手を下したのは左兵衛叔父の配下だとはいえ、己が間にいなければ、この老人の余生の拍子が狂うこともなかったはず。自身で方丈と呼んだ鴨川沿い林中の寂び小屋でいずれ静かに息を引き取ることもできたはず。「方丈の栄華を添ふる夕陽影」、たしかそのような句だった。当時は冷《せせ》ら笑って聞き流していたはずの、西山と素然とのいかにも楽しげな句の遣り取りが思い出された。このままにしては行けぬ。

部屋内がいちだんと暗さを増した。

囲炉裏をのぞくと、灰を厚く湧かせた小さな燠火が二つ、三つ。掻き立てたところで明かりにはなるまい。身近に焚き付けになる物を探す。懐で乾いた音がした。取り出して再び開き、乏しい燠火に近づける。これ見よがしの叔父の筆跡。左兵衛叔父の針の眼差と口辺の薄笑いが、凶々《まがまが》しくその文字から立ちのぼる。頃合いを見て番所に通報、駆けつけた番士か町役人の目に晒《さら》す手筈だったのに相違ない。

間もなく人が来るは必定。素然の遺骸は、戸外で伊介が斬った襲撃者の三体と一緒くたに検分され、どこかの無縁墓地に埋められるのが関の山。小屋の内外も踏み荒らされて、朽ち果てるまで放置されるだろう。そして、それは日ならずして、加藤屋敷を通じて西山の耳に入り、西山の黒々とした目は悲痛と憤怒に張り裂けるであろう。すべてこれ、叔父の策と思惑。せめて素然の方丈の夢をこれ以上余人の手足で踏み破らせぬためにも、叔父の思惑にいささかなりとも抗うためにも、このままにしては去れぬ。時がない。できる事は一つしかなかった。

林中の小路の出口で、こちらに駆けて来る四、五人の人影に気付いて木立の蔭に身を隠す。

背後の小路の奥で、素然の小屋が燃えていた。火炎の盛りであろうか、火柱の頭《かしら》は木々の梢の上にまで伸びている。燃え易い物は手当たり次第に、急いで整えた方丈の旧主のまわりに積んだ。口火は、已の名の書かれた懐紙に消えかけた熾火を移して点けてきた。一間きりの小屋、いま目の前を駆けていった者共が着く頃には焼け落ちているに違いない。

不意に、粉雪の向こうの火に、もう一つの火が重なった。

帰るところがなかった。

一刻半ばかり前に出てきた寺町外れの古坊には、もちろん戻れない。戻る気もなかった。寺男の三郎次には黙って出てきたが、素然の小屋での顚末を知れば、すぐに叔父の手が伸びる。今夜のうちに討っ手を向けてくるに違いない。

堀川端の前の借家は、すでに人手に渡っているだろう。そうでなくても、そこは叔父の出入りする堀尾屋敷と目と鼻の先、或いは別の配下が入っている事も考えられる。しかも、西山も見知っている場所、加藤家による探索が始められれば、先ずそこから手を付けるは必定。自分の名の書かれた凶々しい懐紙は焼き、三人の襲撃者の死体は打ち捨ててきたものの、抜かりない叔父の事、素然殺しの下手人が平山伊介であるとの風聞は他の遣り方でも流しているに違いなかった。

行き先の当てもなく、鴨川沿いの脇道を下る。京の市中から、とにかく遠ざかることしか頭になかった。

粉雪混じりの寒風に吹かれながら、いよいよ孤りになったと思う。が、もともと縁者知友の乏しい身、ことさらに寂しいとは感じなかった。

去年の春に母が死に、唯一の親族縁者であり師でもあった左兵衛叔父とは、今夜限り敵味方に分かれた。会えば、口をきく前に互いに刀の鯉口を切る事になるだろう。一方で敵対しながらも妙な懐かしさを覚えてもいた西山次郎作との仲も、素然の死でいっそう厳しく裂け絶えた。もはや再び、「無事か」「おう」などと声を掛け合う事はあるまい。みふゆ殿は叔父所縁の者、叔父が止《と》めれば二度と顔を合わせる機会もあるまい。訪ねようにも、住居も奥勤めの奉公先も聞いていなかった。愛憎の有無深浅はともかく、生きて思い浮かぶのはその三人のみ。その三人とも絶えた。

淋しくも侘《わび》しくもない。ただ、世間との繋がりの一切が絶えて、孤りになった実感だけが、冷えた刃のように五体の芯を刺す。行く当ても何事かをする手立てもなく、何をしたものかもわからない。雪は降り已《や》まず、寒さの募る夜道をひたすら歩いた。体を暖めるためだけにただ歩いた。

知らずに伏見口に来ていた。後を振り返る。素然の小屋の焼ける火が見えるはずもなかった。ただあの時に脳裏に一瞬重なって見えたもう一つの火炎が、まだちろちろと燃えていた。現実の火ではない。熊本で死んだ親父が焚こうとして焚けなかった火。胸中にあったわずかに熱いものといえば、物心ついて以来二十年、それだけではなかったたか。

足が自然に伏見へ下る道へ向いた。母を無住の古寺の一隅に埋葬して以来、田町の陋屋《ろうおく》を訪ねた事はない。とても人の住めるような並大抵の破れ小屋ではなかった。朽ちて自壊していなければ、無人のまま残っているかもしれないと思った。

戸や壁は破れ、柱は傾き、狭い軒の大方は落ちていたが、元の場所に家はあった。吠えかかった野良犬を追い出して中に這入ると、黴と埃と獣の臭いが鼻を突いた。

置き去りにしていた夜具や鍋、釜の類は、不思議に残っていた。死人の出た貧乏所帯を忌まれて、誰もが手を付けなかったのだろうか。とりあえずは福としなければならぬ。粉雪の降り込まぬ一隅を選んで横になると、自然に瞼が下りる。思案を始める前に、深い眠りが来た。

翌朝、雪は已んでいた。

食う事から始めねばならなかった。霜を踏んで、以前にならって近くの百姓家を訪ねた。怪訝《けげん》そうな顔をしながらも、百姓の女房は黙って若干の米と野菜を分けてくれた。すぐ軒下を流れる小川で、一年分の汚れにまみれた鍋釜や食器を洗い、米を研いだ。何の当ても目途も立っていなかったが、孤りになった気分の、暗く湿った窪みが少し澄んでいた。

家は、昨夜焼いてきた素然の小屋と大差ない土間と段上がりの板敷間があるだけ。寝て食う広さを取り片付け終わると、後はやる事とてなかった。昨夜散々に遣った刀の手入れをし、削りかけの古い大木太刀があったのを思い出して埃を払い、改めて削りを入れる。

田町自体が伏見城下の外れ、伊介の小屋はさらにその外れ、畑地と雑木林の混在する在《ざい》との境に位置している。近隣の人家も離れており、小屋の前の小路を通る人とて滅多にない。午後は、小屋裏の狭い空き地で、仕上げに近い木刀を思うさま振って過ごした。銃瘡の痛みの名残りも、昨夜の三人相手の斬り合いの疲れも感じなかった。振り込みを続けているうちに、また火が見えてきた。昨夜よりも炎の丈がいくぶん高くなり、招き寄せるかに時折、明暗と輪郭を変える。肥後熊本へ行く。その思いが漠然と、しかし次第に鮮明に、胸中に形をとり始めていた。

夕方、母の墓に詣でた。冬枯れの野に花はなく、供えるべき物はなかった。己一人で土を掘り、遺骸を埋め、土饅頭を築いた墓である。墓石も卒塔婆もなく、雨露に削られていちだんと低くなった土饅頭が、霜枯れた苔をのせているばかり。手を合わせると哀れさと申し訳なさに一瞬涙ぐんだ。病み疲れた老顔と「済まぬな、伊介殿」の詫び言だけが遠い耳鳴りのように蘇る。何故、母はその一言しか口にしなかったのか。何故に、父の惨死の事情や己の幼時の事共を語ってくれなかったのか。片言でもよい、いまこそ喋ってほしかった。さらに、どのような因縁で、自らの甥に平然と刺客を向けるような兄に長年黙って頼り従ってきたのかも。土を掘り起こし、崩れる骨を揺さぶりたい激しい思いに駆られながら、日が暮れ切るまで伊介は貧しい墓前に立ちつくしていた。

誰も訪ねて来なかった。

薪を採りに入る雑木林や米野菜を買いに通う百姓家への田舎道で時折顔を合わせる町や在の男女はいたが、特に不審の目を向ける者にも出合わず、半月が過ぎた。もちろん、こちらから伏見の城下にも市中にも近付く事はなかった。

幸運もあった。小屋裏の空き地で薪を割っている時、声が掛かった。中斧を持つ手を休めて振り向くと、町人らしい中年の男が小腰をかがめた。

「通りがかりの者でございます。御見事な薪の作り様に、失礼を顧みず、先程から拝見させていただいておりました」

そう挨拶して言うには、自分は田町の瓦屋だが、瓦を焼くには大量の薪が要る。それも均等に手早く割られたものが最適。ところが、近頃、同業が増えて、近在のよい薪を集めにくくなった。今日も近くの山師や百姓を訪ねての帰りだが、通りがかりに薪を割るよい音にひかれて、つい覗き見をさせていただいた次第。ついては、お差し支えなければ、薪作りの手助けをお願いできまいか。お見受けするに御浪人。失礼ながら、相応の御礼はさせていただきます。

渡りに舟の申し出だった。金袋の中身も乏しくなっていた。一方で、胸中次第に濃さを増す肥後潜入の望みがあった。野宿を重ね、間道を選んで歩くとしても、飲まず食わずというわけにはいかぬ。また、京から九州肥後熊本まで二百余里、しかも浪々の身にとって行路のすべてが他国。拠《よんどころ》なく城下や市中を抜けねばならぬ事もあろうし、大河や海を渡らねばならぬ。当然、路銀が要る。それをどうするか。これまで真剣に考えたこともない金策の悩みが頭を過《よぎ》る此の頃でもあった。

引き受けることにした。ただし、余所《よそ》で余人を混じえてはやらぬ。ここに薪材を運び、一人で作業する条件を付けた。それでは手間がかかって間尺に合わぬと瓦屋は渋ったが、終いには承知した。

早速、翌日から仕事を始めた。朝早いうちに薪材を積んだ荷馬車が来て、小屋裏に置いていく。一日かけて伊介がそれを割り、夕方同じ馬車が来て、薪に変わった木の束を積み込んで町中の瓦屋へ運び帰る。雨露の心配のない晩には、夕方来る馬車が翌日分の材を運び置いていく事もあった。

木刀を振る時間が減った。当初は手筋の変わる懸念があったが、刃も毀《こぼ》れ柄も朽ちかけた中斧を見かねて瓦屋が用意してくれた幾種かの斧や鉈を振っているうちに、これまた新たな手筋と感じられてきた。何より、一振り一打ちごとに、物を断つ手応えが伝わってくる。刃筋の立て様は、真剣の振り込みにも通じていた。有益な仕事だった。

雇い主の瓦屋は、三日置きに賃払いに顔を見せた。その度に、「おひとりで御不自由でしょう」と言って、何かと食い物を持参する。それも有り難かった。

三

正月も晦日の宵に、板戸が鳴った。瓦屋に貰った干魚と蕪の漬物を菜《さい》に夕餉を終えた時だった。夜風の悪戯《いたずら》ではない。人の拳《こぶし》が、しかも忍んで叩く音。

伊介は、刀を引き付けて、戸の脇に立った。

三度目の音で、突っ支《か》い棒を外す。破れ板戸が外から引き開けられ、乏しい灯影のようやくとどく戸外に、寺男の三郎次が立っていた。

「主《ぬし》か。何故、いま時分に」

三郎次は答えず、わずかに体をずらした。その腋の下をすり抜けるようにして、左兵衛叔父が姿を現し、そのままの足取りで戸をくぐる。すでに刀を腰からはずし、無造作に左手に提げていた。

「やはりここにおったか。ずいぶんと探したぞ」

伊介の顔をちらと見て、後は屋内を検分するように見回し、さっさと履物を脱いで框《かまち》を越え、今し方まで伊介が座っていた藁座布団に腰を据えた。ついで、左兵衛は戸の外の三郎次に中に這入って戸を閉めるように命じ、刀の鯉口に指を添えて土間に突っ立ったままの伊介の方にはじめて細い眼差を向けた。

「そう怖い目で睨むな。三日の件は済んだ事だ」

飼い犬の葬式でも終えたような口調だった。

「何故に素然を殺させた」

伊介は歯の間から唸り声を押し出した。

「それは縷々《るる》述べたはずじゃ。また、主がやってくれそうになかった故、他の者にやらせた。その者らは皆、主が殺してくれたがの」

「何故に某《それがし》の名を残された」

「あの書き付けの事か。素然殺しには手を貸さずとも、それくらいの手伝いはしてくれてもよかろう。主の名を出しておかねば、それこそあの風流坊主の死が無駄になってしまうからの。それもこれも、何度も言うたように、主の仇討ちを仕遂げるための細工であればよ」

予想どおりの答えが、いつもどおりのいけしゃあしゃあとした口調で返ってくる。もはや信じてはいない。だが、言葉では抗えぬ。叔父の下知、依頼に従わぬことでしか対抗できぬ事は、わかっていた。再び顔を合わせるなどとうていできそうもない厳しい仕儀で別れたにかかわらず、叔父の方から探し当てて訪ねてきた。必ず魂胆があるはず。それには、従わぬ。伊介は黙って、橙色の紙燭の灯に浮かぶ叔父の老いた鼠のような顔を睨んだ。

「瓦屋の賃仕事をしておるらしいの。実はな、あの瓦屋宗三も儂の旧知の一人での、主がここに逃げ込んだのも、半月前からわかっておった。主の懐具合も承知しておった故、宗三に指示して薪割りに雇わせたわけじゃ。気難しくておっかないが、よい仕事ぶりと褒《ほ》めておったぞ」

思い知ったかといった声音を隠しもせずに来島左兵衛は言った。

伊介は唇を噛んだ。瓦屋に声を掛けられたのを思わぬ幸運と喜んだ己が心底情けなかった。すべてが見透かされている。己の抗い心も抗い方も一切が、この老鼠の小さな掌の上でのさらに小さな動きにすぎない。口惜しかった。金輪際叔父の下知には従わぬという折角の決意が、その下知を聞く以前に崩れてしまいそうになる。

ただ唇を嚙み締めることで耐えた。唇の端が切れ、口中に血の味と臭いが満ちた。

「突っ立っておらず、まあそこに座れ」

左兵衛叔父のそれだけの言葉が、重大な下知のように聞こえる。とにかくそれにも従わなかった。土間にたったまま、鯉口に指を添えた刀を提げたまま、叔父の顔を下から照らしている紙燭の小さな灯を見ていた。その頼りない火は最初素然の小屋を焼く火の柱と重なり、やがて、もう一つの火炎と重なった。今度は、それを力に耐えた。

「ならば、そのまま聞くがよい。敵への仕掛けが大詰めに近付いておる事は、この間話したの。素然殺しもその一つじゃったが、これは主の妙な邪魔立てのおかげでもう一つ効《ききめ》が上がらぬ。方々に手を尽くして触れ回ったが、いまだに右馬允にも西山にもしかと伝わってはおらぬようじゃ。それが証拠に正方は八代から蜻蛉《とんぼ》返りして江戸にあり、西山は九州に留まっておる。ここ伏見の加藤屋敷にも際立《きわだ》った動きも見えぬ。本来なら奴らの動揺を見た上での策じゃったが、そうもいかなくなってしもうた。最後の手を打たねばならぬ。先日言うた加藤屋敷への打込みよ」

「何故に、そう急がれる」

従わぬと胆を据えた上でやはり訊かずにはおられない。

「そうよの。江戸の御方の御寿命が尽きかけておる。あるいは、もう果てられたか」

「江戸の御方とは。また、その人の生死が何故に我らの仇討ちに係わりがある」

短い言葉を押し出す度に、嚙み切った唇の血が口辺に滴《したた》った。

左兵衛叔父はいっとき黙った。だが、框に腰を下ろしている三郎次にも細い眼差をくれて、再び口を開いた。

「やれやれ、主との繫がりも何やら小難しくなったものよ。が、その辺の事情を言わねば、得心しまいの。江戸の御方とは大御所、前《さき》の将軍家のこと。昨年の夏頃から老病が進み、秋の暮れにはいつ果てられてもおかしくない状態になられた。大御所御逝去となれば、当然現将軍家の御親政が始まる。問題は、公儀の加藤家への処遇が一変するという事じゃ。いずれ取り潰す大筋の方針は同じでも、大御所様の目の黒いうちは、まだそれなりの配慮があった。加藤家の自壊を待つ、あるいはそれに乗じて潰すという配慮がな」

「清正の急死、さらに大坂両度の陣後の内紛という危機を経験してきた加藤家でも、その事への危惧は当然に深い。ことに利れ者の右馬允正方は万事油断なく構えて、若い二代目忠広をよく補佐して公儀への忠勤怠りなく、一方で家中自壊の裂け目を懸命に塗り繕って、とにかくも今日まで大所帯の加藤家の屋台を保ってきておる。ところが、まだお若く、しかも御英気満々の将軍家となれば、そうはゆかぬ。大御所という重石《おもし》がとれた後の三代将軍としての武威を天下に示す必要がある。が、大坂戦で豊家を壊滅させて以来、天下は幕府の武威の下に治まり、もはやどこにも合戦の兆候はない。であれば、合戦の勝利に代えて武威を示そうとなれば、有力な大々名家の改易こそもっとも有効な手段《てだて》。御先代、つまり大御所様もそれをなされた。全国の諸大名が首をすくめて震え上がるほどに猛烈になされた。で、残るは数家。中でも、大御所様の御配慮が働いていたとはいえ、加藤家が今日まで保たれたのは幸運というてもよい」

来島左兵衛のいつにない熱の入った講釈を耳にしながら、伊介は奇妙に冷えた空気が胸中に積んでくるのを感じていた。それは、口中の血の味とも滾《たぎ》り立つ抗《あらが》いとも違う、何か空々しく無意味な、そして寂しい感覚だった。天下、大御所、将軍、大名家の改易などという事柄への遠さ、縁の薄さから生じるのでもない。ただ、低い錆声でしかし滔々と喋る叔父その人の五体が次第に透けて遠ざかっていくような不思議な感覚だった。

「じゃが、今日明日からは違うぞ。もはや自壊を待つほどの配慮も悠長さもなく、また藩主の不行跡や仕置きの不備を理由にするでもなく、つまり一切の遠慮会釈もなく、将軍家の小指一本の動きで加藤家は潰されるであろうの」

「しかし、それは叔父上のかねての目論見《もくろみ》どおり、手間も省けて好都合ではござらぬか」

自分のものではない声が漏れるのを、伊介は聞いた。血の臭いだけは己のものだった。

「ん」という顔付きで、叔父は一瞬息を詰めた。

「主はそれでよいのか。御公儀の手だけで加藤家を潰《つぶ》せば、主の仇討ちはどうなる。直《じか》に一撃も加えずして憎い敵《かたき》が崩れ消え失せて、それで気が済むのか。今夜、儂はその一念を晴らさせる最後の機会を与えるために、ここに来たのじゃぞ」

叔父の顔に珍しく薄く血の気が差している。

「急ぐのも、そのためじゃ。この四、五日、京の藩邸に立ち寄るのも早々に往来する西国諸家の侍が目立つ。先程も言うたように、あるいはすでに、江戸城西の丸にて大御所様が果てられたのやもしれぬ。であれば、ますます急がねばならぬ。打込む先は、ここ伏見の肥後殿橋際の加藤屋敷。期日は明晩。手筈はすべて整うておる。今度こそ、間違いなく働いてくれるであろうの」

針の眼差を光らせて左兵衛は言った。

「明晩打込んでも、右馬允はおりませんぞ。留守居と詰め侍の何人かを斬って、屋敷に火を掛けたとしても、大した打撃にはなりませんぞ」

今度は、血の味と同じく己の声がした。

「それは、もはや一向に構わぬ。遺臣所縁《ゆかり》の者らによる旧主家への打込みじゃ。仇討ちの面目も立ち、早晩公儀によってなされる加藤家潰しの先駆ともなれば、それでよし」

冷めた気が胸中を満たし、頭まで這い上ってくる。これまで朧《おぼろ》だったものが鮮明な形をとってくるのがわかる。己の思いと叔父の策略とが両刃の刀のように交錯する。

「どれほどの人数で打込まれる。屋敷には上下五十の侍が寝泊りしておりますぞ」

「主を入れて十三人」

「皆死にまするぞ」

「意趣晴らしの打込みであれば、それは覚悟の上であろう。が、死ぬとは限らぬ。例によって退《の》き口の手筈にも抜かりはない。ひと暴れして、それぞれに散ればよい」

「連署記名の口上書きを残してでござるか」

とたんに、隙間風よりも厳しく凍てた風が板間の上から吹き付けてくる。

「下手な抗いもそのくらいにしておけい。よいか、平山伊介。これまで誰のおかげで生きてきた。誰の力で、どこぞの路辺で野垂れ死んでもおかしくない命を長らえて、剣も覚え、読み書きもできる身になったぞ。しかも、宿願を晴らす舞台まで苦労して設《しつら》えてやった者に対して、何たる忘恩の言い草。許さぬぞ」

頭蓋の中に積む冷めた気が、いっそう冴えてくる。代わりに怯《ひる》みも消えている。

「忘恩も、許されぬ事も、もとより承知。したが、得心のいかぬ事には従えませせぬ」

「どこが、得心いかぬ」

「叔父上の言われる策では、我が意趣は晴れませぬ。加藤家の侍を何人斬っても、たとえ右馬允を斬ったとしても、同じ事。また、それが加藤家壊滅を早めたとしても、某の意趣とは係わりなき事に思われます」

「ほう、では、ほかに術《て》でもあるというか。いや、それより主の意趣とはそもそも何か」

「死んだ親父殿が放とうとして放てなかった火、果たそうとして果たせなかった親父殿の無念。であれば、我が意趣返しは、親父殿に代わって熊本の城に火を掛ける事以外にござらぬ」

「親父殿を殺したのは加藤家の侍ぞ。しかも、右馬允に連なる幕府恭順派のな」

「しかし、誰であるかわからぬと、叔父上は言われた。また、多勢を相手に闘死したとも、或いは寄ってたかって嬲《なぶ》り殺しに合ったとも。であれば、加藤家の侍という侍を重臣番士にいたるまで皆殺しにでもせぬ以上、それはできぬ事」

左兵衛はしばらく黙った。黙って、滅多に瞬きをせぬ両の目を伊介に向けていた。が、やがておもむろに言った。

「主の親父殿は、何故に熊本の城に火をつけようとしたのじゃな」

むしろ童にでも訊ねるような口調だった。

「それも、幼き時分に叔父上に教わった事。故大殿清正様が御逝去の前に、御鑓《やり》持ちの末席にあった我が父に秘かに漏らされた御遺言によると」

何を今更と思いながらも、伊介は答えた。

「どのような御遺言じゃったかの」

「『儂《わし》が死んだら城を焼け。その時に適《かな》わずば、豊家が滅んだその折には必ず』と。それで、父は、大坂落城の報が熊本に届いた直後に、火付け道具を手に城に走ったと」

「そうであったの。が、御遺言の三番目を忘れてはおらぬか。御自身の死去、豊家の滅亡、さらにその次の城破却の時期の御指定よ。清正様はこう言われたそうな。『前の二つが適わずば、我が加藤家がこの肥後の地より追われるその時こそ、我が身魂を尽くして築きしこの城、城地諸共に跡形もなく焼き毀《こぼ》てよ』とな。或いは主がまだ余りに幼かった故に儂が伝えなかったのかの。ともあれ、主の一念の根底、ようわかった。さらに、故大殿の御遺志に従って主の意趣を晴らす時期がまさに近づいておることとも、改めて思い知らされたぞ。必ずやその一念を晴らさせてくれよう」

目尻の皺を伸ばすようにして、来島左兵衛はそう言った。

「金が要るの。肥後熊本までは遠い。船を用いるにせよ、陸路をとるにせよ、早くて片道半月はかかろう。さらに肥後境の守りは厳しい故、関を抜けるのも一苦労じゃ。また、生国とはいえ離国して二十年近く、事情も大いに変わった城地に、しかも訳あり浪人の主ひとりを遣るわけにもいくまいからの。城下や城内の諸事に通じておる者、さらには火付けの術や道具に明かるい者らも付けてやらずばなるまい。加えて、着いて四、五日で成せる事ではない。短くとも一月は隠れ住む忍び宿も設けねばならぬ。路銀も入れて、かなりの大金が掛かると考えねばならぬな。じゃが、その辺りについて、主の懸念は無用。金策及び諸々の手配り一切合財、この儂が引き受けようぞ」

いくぶん声音を高くして言う叔父の魂胆は知れていた。果して、再び切り出した。

「そこでじゃ。その主の一念を成就させるためにも、明晩の打込み、何としても主に働いてもらわねばならぬ。大方の手筈に抜かりはないが、この半年腕達者の同志を大分失ったおかげで、正直申して手利きが足りぬ。主が頼りなのじゃ。加勢してくれるであろうの」

腕達者の配下損失の責の一端は伊介にあるとでもいうような口ぶりだった。

乗ってはならぬ。乗らぬぞと胸中で呟きながら、したり顔に戻った叔父の脇にある紙燭の灯を見る。小さな一筋の炎は、すぐに別の火炎の影を呼び覚ました。しかし、その火炎を実現するには、叔父の言うとおり大変な金子と手配りが要る。そして、己にはそれを用意する力がない。今度は、伊介が黙る番だった。

故大殿の城破却の三番目の時期については、初めて聞いた。叔父がたった今、即座に捻り出した嘘に違いない。明晩の打込みに誘うのに金策の餌に添えて実《まこと》しやかに捏《こ》ね上げた嘘にすぎまい。もはや、そのような策には乗らぬ。そう思い定めながら、だが、己の手に余る大金と様々な手配の要る困難な現実は変わらない。

「ともあれ、その手の刀を置くなり腰に差すなりせぬか。明晩の事、さらに今し方儂が請け負うた主の熊本行きの件など、話しておかねばならぬ事共は多い。瓦屋ではないが、そのような剣呑《けんのん》な顔付き、身構えでは、話もようできぬわい」

刀を置いて腰を下すつもりはない。それでも、叔父の言を潮に、左腰に引き付けていた刀を腰に差す。前帯をくつろげる手が脇差の柄元に触れた。

とたんに、最後に会った折の西山との会話が浮かんだ。と同時に、目のくらむような疑念が頭蓋の底を横切る。故大殿の御遺言も親父殿の惨死も、すべて嘘ではなかったのか。ほとんど無意識に、脇差を鞘ごと抜き取っていた。

「この同田貫の脇差、童の頃に叔父上よりいただいたものでござるが、只今お返しいたしたい」

紙燭の灯影に向けていた眼差を叔父の顔に戻して、伊介は不意の思い付きを口にした。

「ほう、何故じゃな」

はてといった顔を作って、左兵衛は訊ねた。

「もはや叔父上の下知、御意向に従えませぬ故。明晩の打込みにも同道いたしません」

西山が叔父から聞いたとおりなら、脇差が死んだ父の形見に間違いないのなら、叔父は必ずそう言うはず。その事を種に不心得をたしなめ、さらに下知に従うことを強いるはず。

だが、左兵衛は言わなかった。言わぬばかりか、激怒する素振りも見せず、二人の遣り取りを見守っている三郎次に向かって、黙って顎をしゃくっただけだった。三郎次が立ち上がっておずおずと近付き、伊介の手から脇差を受け取った。

「恩を仇で返すその上に、肥後行きの金も手助けも要らぬという返事じゃな。だが、明晩だけは、どうあっても行ってもらうぞ。でなければ、先刻主も言うたように、何の働きもせぬうちに皆死ぬでな。加藤屋敷の侍せめて四、五人は斬らねば、一騒ぎにもならぬでな。ここにおる三郎次も行くのじゃぞ」

自分の名が耳に入ったのか、脇差を両手でかかえ持った三郎次がびくりと頭を上げた。

「三郎次は剣も扱えねば、耳も不自由。しかも、加藤家とは何の係わりもない者」

伊介は思わず声を荒げた。

「であっても、この者は行く。儂への恩義に報いるためだけにな。屁理屈を覚え始めた誰ぞと違うての。さらにじゃ、これが肝心な件じゃが、主の知り人がもう一人行くぞ。こちらは歴とした加藤家遺臣の所縁《ゆかり》、負け組の頭領であった加藤美作殿の外孫に当たる姫君じゃ」

夕餉に食ったものが喉元にこみ上げてくる。それを懸命に抑え、伊介は腰に戻した大刀の鯉口に再び指を添えた。

「騒ぐな」

左兵衛が一喝した。声に応じて三郎次の大きな体がのっそりと伊介の前に立ちはだかる。乏しい灯影に遮られて、顔付きも眼差も定かでない。ただ黒いその首が、懇願するように横に揺れた。

「察しが遅いぞ、伊介。その事は主にもそれとなく言うてきたはず。仇討ちの同志でなければ、みふゆを主などに引き合わせはせぬ。その主ら二人が妙な気を持ち合うておるらしい事も知っておる。不都合な事じゃが、渋々でもそれは許そう。なにせ儂は主の叔父、みふゆの養い親であればの」

三郎次の向こうから、左兵衛のしわしわとした声が伸びてくる。

「で、そのみふゆも女具足に身を包み白柄《しらえ》の薙刀《なぎなた》を抱いて一同の先頭に立つが、それでも主は行かぬか。腕の立つ主が出向き存分に働けば、皆が無駄死にする事はない。加藤屋敷に効《きき》めのある一撃を加え、みふゆをはじめ何人かは儂の控えておる退き口まで落ちてこれよう」

反吐《へど》が出そうになる。

「みふゆ殿はどこにおる」

噛み締めた歯の間からようやくそれだけ吐き出した。

「それは言えぬ。主が心底行くと承知した上でなければ、明晩落ち合う時刻も場所も言うわけにはいかぬ。ただみふゆは主もいくものと信じて、今頃は打込みの支度に大童であろうの」

「主は誰じゃ。某の叔父などではない。いったい誰なのじゃ」

口にして初めて、伊介はそれこそ己がもっとも訊ねたかった疑念だった事に気付く。何時兆したかの覚えはない。しかし、五体の奥に、脳髄の底に、それはずっとかぐろい蟇《ひき》のようにうずくまって身じろぎしていた。己は誰なのかという厄介な疑念とひとつになって。

「頭を冷やせ、伊介。主の決める事は一つしかないはずじゃ。ここで儂に逆らっても、たとえ闘って殺しても、みふゆは救えぬぞ。明晩だけの事じゃ。明晩の打込みが済めば、主は本願どおり熊本にも行けよう。みふゆを伴うこともできよう。例によって時がない。肚《はら》を決めよ」

背後で板戸が鳴った。

今度も風の音ではない。伊介は板戸の脇まで一歩退がり、鯉口を切って柄に右手を添える。

「大事ない」

板間から左兵衛の声が湧き、顎で指示された三郎次が板戸を浅く引き開けた。

月代《さかやき》を剃った旅装の武士が、凍てた夜風と共に土間に入った。手に笠を提げている。

伊介と眼が合う。とたんに、笠を土間に落とし、手が腰に伸びる。

「大事ない。仲間じゃ」

再び左兵衛が声を掛け、立ち上がって土間に下り、「すぐに戻る。大人しく待っておれ」と伊介に言い置くと、武士の肩に手を添えて戸外へ連れ出した。

二人の姿が消えるやいなや、伊介は戸を閉じた三郎次に近寄り、耳元に口を近付ける。

「みふゆ殿はどこにおる」

三郎次はただ首を横に振った。

「明晩、一同の参集する場所と時刻は」

これにも怯《おび》えた目をしばたたかせて首を振るばかり。息三つ分だけ思案した伊介は、外に出た二人の気配が小屋裏へ向かうのを確かめて、三郎次の肩を軽く叩いた。安心せよ、騒ぐなよとの合図のつもりである。次いで、土間の隅に行き、壁の大きな破れ目を塞《ふさ》いでいた伏せ板をそっと外す。外は薪材の積んである小屋裏の空き地、材の中に樟が混じっているのか、寒風に木の香が強い。

小山をなす薪材の陰に身をかがめると、すぐ近くで人声がした。

「それで、掻き集めた連中の始末はどうつける。妙な後曳《あとび》きが残らぬようにせねばならぬが」

「なに、手筈《てはず》どおり加藤屋敷の詰め侍共に任せればよかろう。万が一逃げのびる者がおればこちらで処分するだけ」

「内におった遣えそうな浪人、何やら難しげな様子だったが、あれも行くのか」

「あ奴も飼い犬の一匹、当然行く。嫌でも行かねばならぬ糸は幾重にも張ってある」

「江戸の頭領も一目置かれる先達の御手配に抜かりはござるまい。ところで、明日が終われば、どうなさる。江戸へ戻るか、それとも伊賀で余生でも送られるか」

「江戸の御指図次第よ。出雲の件もあるでな」

密談が済んだ気配に、伊介は薪材の山陰を離れて小屋壁の破れ目に滑り込む。伏せ板を立て掛けて土間の先程の位置についた瞬間に、表戸が開き左兵衛が這入ってきた。三郎次に声を掛ける暇はなかった。幸いに左兵衛は一人だった。

「外はよう冷《ひ》ゆるわい。ところで、主の頭の方は冷《さ》めたか。肚は決まったか」

板間に上がらず、土間に立ったまま左兵衛は、三郎次の肩ごしに伊介に訊ねた。

「今の侍は何者。何用あってここに来た」

先刻の姿勢と剣幕のまま、伊介は左兵衛に問い返した。二人の密談の一端を聞いて、身内の沸騰はさらに高まっている。それを抑えに抑える。

「旧知が多いと言うたであろう。あれも江戸におるその一人よ。案の定、西の丸様は六日前に御逝去なされた。その事を態々《わざわざ》報せに来てくれたわけじゃよ。我らの一挙にとって何より大事な報せじゃからの。儂がここにあるは主も昵懇《じっこん》の瓦屋に聞いての事。それで腑に落ちたか」

「江戸の頭領とは誰じゃ」

暗い灯影の中で左兵衛の顔付きがちょっと歪むのが見えた。

「ほう、盗み聴きをしておったか。油断のならぬ奴じゃな。教えてもおらぬのに、忍びの術まで身につけておったとは。いや、見事。それに引き代え、三郎次、主は役に立たぬの。こ奴を見張っておれと命じておったに」

細い眼差を伊介に据えたまま、左兵衛は三郎次の方へ半歩分寄った。三郎次は竦《すく》んだように動かない。

「主の頭領とは誰かと訊いておる」

「それは言えんな。愛弟子の主にも」

左兵衛の小さな影が三郎次の小肥りの身体の向うに完全に消えた。とたん、三郎次の身体が一間弱の近間を飛んできた。

不覚。背後は板戸脇の壁、左手に水桶。わずかに余裕のある右手に避けようと身体を捩じったが間に合わなかった。三郎次を抱き留める形で、背後の板壁に縫い付けられた。

「そのまま、しっかり摑まえておけよ。三郎次。主は力だけは強い。しっかり摑まえて、そ奴を動かすでないぞ」

三郎次を突き飛ばした左兵衛が大声で命じた。己が先刻手渡した脇差を鞘ごと握った三郎次の左腕が、伊介の腰の後ろで右手と合わされようとする。怖ろしい腕力である。己の刀の鯉口に指の掛かった左腕は締めつけられて自由が利かない。

「離せ、三郎次。離さぬと主も死ぬぞ」

伊介も大声で喚く。鼻突き合わせた三郎次の息が荒い。充血した両眼を宙に据えている。

「よし、よし。養い甲斐のある良い子じゃ。役立たずと罵ってわるかったの」

三郎次の肩ごしに左兵衛の声が届く。聞き馴れた、あやすような、いたぶるような、呪《じゅ》に掛けるような声音。

「較べて、伊介よ。主は恩義を仇で返す悪い子じゃ。悪い子には罰を下さねばならぬの。養い親として、叔父としての」

「養い親でも叔父でもない。主はさっき我らの事を飼い犬と言うておったぞ。三郎次もみふゆ殿も皆始末するとな」

三郎次の耳に捻じ込むように、伊介は喚いた。

三郎次の腕は緩まない。だが、宙に据えた空ろな瞳に、あるかなきかの光が兆した。そのように見えた。伊介は三郎次の顎を突っ張っていた右手の力を抜いてみた。締めが強まることはない。

「それも聴いておったか。なるほど、儂は主の叔父ではない。序《ついで》に、主が心底がっかりする事を教えよう。主の親父殿の事じゃ。あれはすべて嘘じゃ。熊本の城を焼けなどという清正の遺言はなかった。儂が作り出し、先代伊介に吹き込んだ真っ赤な嘘じゃよ。愚かな伊介殿はそれを信じ、儂の指図と手配りに従って城へ走り込み、番士に化けた儂の配下に殺された。火付け道具の袋を開けたとたんにな」

身体が硬直する。ただ右手だけが無意識に動いて刀の柄を探る。が、三郎次の腕に締め込まれた左手までは届かない。

「何故にそのような。父に恨みあっての事か」

言葉にするのが苦しい。こ奴を殺す、その一念だけがたちどころの憤死を妨げる。

「なんの、恨みなどあるものか。加藤家に潜り込んで以来唯一最良の友、恨みどころか今だに感謝しておるよ」

「では、何故」

「仕事じゃからよ。すぐに死ぬ主にもそれ以上は言えんがの」

右手を後ろにまわす。思いがけず三郎次が腰の辺りで掴んでいる脇差の、それも柄に触れる。憤怒に痺れた頭蓋の中に一筋の電撃が走った。殺せるかも知れぬ。いや、必ず殺す。

「母は、我が母者はその事を知っておったのか」

ただ戦機を整えるためだけに声を出す。

「知っておった。薄々はな」

右手で三郎次の手の甲をゆっくり撫でるように叩く。鞘を握り締めた三郎次の拳《こぶし》がほんの少し緩む。素早く目を覗く。怯《おび》えてはいるが、空《うつろ》の色は薄い。

「知っていて何故止めなかった。何故に某を連れて主に従った」

別の人間が喋っている。底知れぬ暗黒の壺に吸われるように言葉だけが唇の間を抜ける。右手が脇差の柄をしっかり掴む。三郎次の二の腕が震えている。だが、拒む気配はない。

左兵衛が薄く笑った。外道の笑いだった。笑ったまま刀を抜き、鞘を板間へ放った。

「その答えを聞きながらあの世へ行くか。三郎次、そ奴を動かさず、主だけ右に体をずらせ。そのままではそ奴だけを刺し辛いでな」

近付いて一間のところに立止まり、両手を柄に添え、刀身を横たえ気味に刺突の構えを取った。動けぬ相手一人を刺殺する間合いではない。いまの指図は、三郎次を安心させて従わせるための策。二人共に串刺しにするつもりに違いない。左兵衛の腕なら、それはできる。

三郎次は動かない。ただ心中の怯えと動揺が圧し付け合った胸と腹から伝わってくる。疲れもあってか、伊介の胴にまわした両腕の力はずいぶんと緩んでいる。三郎次の足を軽く踏んだ。時がない。

左兵衛が刃を寝かせたのは、太骨の少ない腹の辺りを突くつもりに違いない。練達の切っ先を二人重なって避ける事など至難の業。土間に転がるしかない。転んで二人の体が離れれば、左兵衛は一人ずつに向かわねばならなくなる。伊介は続けて三郎次の足を踏んだ。通じた。三郎次の腕の力が抜けた。右の後手で脇差の柄を握り直し、己の大刀を持った左腕を三郎次の腋に当てがう。左兵衛に三郎次が体をずらすのを待つつもりはさらさらあるまい。次の一声の終わり目が勝負。

「さて、いまの問いの答えじゃが、主の母御と儂は通じ合っておったのよ」

来る。伊介は三郎次の足を払い、左腕で腋を押し、右横に転がる。揺れる視線の端に、二人の胴のあった仄暗がりを一閃の白い稲妻が刺し貫くのを見た。

片膝を付いて半身を立てる。見る。

一間弱のところに白刃を手元に引いた左兵衛。その片脚に転がったままの三郎次がしがみついている。生きている。言葉にならない喚き声。左兵衛が伊介を見据えながら、差料の柄の握りを逆手に替え、白刃の切っ先を下に向ける。蹴り離す手間を惜しんで、まず三郎次を始末するつもりか。

右手の脇差を引き付けて、跳ぶ。

着地を待たず、左兵衛の胸を狙って刃先を突き出す。左兵衛の長剣が払う。逆手に妨げられてか、払い様が鈍い。握り直して斬り返す端《はな》を、再び刺す。左兵衛の脚にしがみついていた三郎次の背中に片足を掛け、踏み込み足の支えにして深く刺す。短く旋回した左兵衛の長剣の鐔元近い刃が左肩に食い込む。構わず、脇差の刃先を押し込む。左兵衛の口にした最後の返答が頭蓋の中で反響する。

思わず喚く。

「外道めが」

両手で握り直した柄を捩《ね》じる。頭上から左兵衛の絶叫が降ってくる。

目がくらむ。壺中の闇に五体ごと堕ちていく気がする。

自失していたのは一瞬だったのかもしれない。

肩にのしかかってくる左兵衛の断末魔の体を突き放し、なお左兵衛の片脚にしがみついている三郎次を引き離して座らせる。三郎次は無事だった。

己の左肩を見る。袷《あわせ》の肩は大きく切れているが血を吹いてはいない。胸を刺されての力の失せた斬撃だったためか、刃先が流れて切れ込みが浅い。寒夜をしのぐための厚着、とりわけ刺し子の密に入った稽古着を下着にしていたのが効を奏した。左兵衛の刃はそのみふゆ殿手縫いの稽古着を切り裂いたところで止まっていた。それを確かめて伊介は立ち上がった。

やらねばならぬ事は一つしかなかった。みふゆ殿を死なせぬ事、明晩の打込みを阻止する事。しかし、繋ぎのつけようがない。みふゆ殿の居所はもともと知らず、明晩人数が落ち合う場所も時刻も左兵衛は教えなかった。三郎次も聞かされていないらしい。下京の伏見口あたりか。いや、今晩すでにその伏見に参集して、明日に備えているのかもしれぬ。が、とにかく目指すは加藤屋敷、明日宵の口から一晩中、屋敷の門前か肥後殿橋の袂で一党の来るのを待つ以外にないのか。が、それでは、いかにも愚策。まず己が不審がられ、屋敷の警戒心をあおり、打込み以前に一網打尽になるは必定。先程左兵衛を訊ねてきた江戸からの男も、明晩の打込みを承知していた。左兵衛の目論見は、加藤家潰しにもはや不用となった一党を始末するのが目的。あるいは、加藤屋敷でもその事を知り、待ち構えているやも知れぬ。であれば、みふゆ殿を明晩加藤屋敷に、いやこの伏見にさえ近づけてはならぬ。しかし、どうすれば、その事を報せられる。

伊介は傍らの水桶から汲んだ柄杓の水を喉に流し込み、次いで座り込んでいる三郎次の手に柄杓を握らせて、その前にしゃがんだ。

「みふゆ殿の居所も、明晩の落ち合い場所も知らぬと言うたな。心当たりもないか」

口の端から水を零《こぼ》しながら、三郎次が頷く。

「今晩ここに来る前にどこに立ち寄った」

大声で訊く。今更声をひそめても始まらぬ。

「瓦屋」

「その瓦屋で一党らしき者を見掛けなんだか」

三郎次はしっかりと首を振った。

「京ではどこに寄った」

「二条の御城近くの大きな武家屋敷。じゃが、何様のかは知らぬ。儂は門番に睨まれながら門前で待っておっただけでな」

水を呑んで少し落ち着いたか、三郎次はゆっくり答えた。

何かが閃《ひらめ》いた。

「門や矢倉塀の軒瓦か何かに家紋らしきものは見なかったか」

「わからぬが、藤の花のような模様があった」

「そこじゃ。みふゆ殿はそこにおる」

思わず叫び声になる。去年の夏、みふゆ殿が持参した美しい提重の蒔絵が鮮やかによみがえる。みふゆ殿の方から漂ってきた藤の花に似た香りも。

「三郎次、すぐに京に戻れ。一刻も早くその屋敷を訪ね、何が何でもみふゆ殿に会い、左兵衛を儂が殺した、打ち込みはなし、決して伏見に来てはならぬと伝えてくれ」

「儂一人でか。主は何故行かぬ」

「他にやる事がある。儂にしか出来ぬ事じゃ」

水を呑んだ時に兆した思い付きが、決意になっていた。

四

加藤屋敷の収まる金井戸島は、京から真っ直ぐに下ってきた高瀬川が宇治川に流れ入る、その喉元にあった。四方に運河堀と櫓塀を回らせた城郭そのものといってよい要害の地である。島に通じる三つの橋際には番士の詰所が設けられ、火も焚かれている。橋を渡らず見咎められもせずに屋敷に達するには、舟を使うか水を潜るしかない。

時は正月晦日、冷えに冷えた丑三つ。濡れ凍てた身体では後の働きはできぬ。濡らしてはならぬ物も持っていた。途中で伊介は、商家の前の堀に繋いであった小舟を盗んだ。竿の扱いは不得手だが、短い距離の運河を下り、堀を渡るくらいはできよう。幸いに月はなく、星明りも薄かった。

何とか無事に小舟を進め、一年前まで足繁く通って眺め憶えた加藤屋敷北面の櫓塀の石垣下に舟を着けた。石垣の根に取り付き、片足で小舟を蹴り離す。

帰る気はない。

三郎次を追い立てるようにして京へ戻した時、その事を決めていた。三郎次の漏らしてくれた左兵衛の立ち寄り先からみふゆ殿の在り処《か》の見当はついた。しかし、それは幾重にもの己の勝手な願いがつけた見当にすぎない。また、その見当が間違いないとしても、みふゆ殿はすでにそこを出立したかも知れない。さらに、まだそこにいるとして、果して首尾よく三郎次が会えるかどうか。己自身も似たようなものだが風体も怪しげな、しかも人並みの口もきけぬ寺男の三郎次が、その大層な武家屋敷の門番や用人を通じてみふゆ殿に面会する段取りをつけるのは難しかろう。時分も悪い。だからと言って無体に侵入するような才覚も力も三郎次には期待できない。運よく会えたとしても、みふゆ殿自身が三郎次の話を信じ、打込みを思い止まってくれるかどうかも覚束なかった。

ならば、別の手を打っておかねばならぬ。みふゆ殿が何処におろうと、三郎次に会って話せずとも明晩の打込みを否応なく思い止まらせ、加藤屋敷に近づかせぬ確かな手を。

死んだ左兵衛が一党の参集場所に行く事はない。それでも、主だった者は左兵衛の指図と手筈に従って無謀な打込みに走るかもしれぬ。死の罠に近づくかもしれぬ。そうさせないために思い浮かび、已一人で実行できる手は一つ。

狭い犬走りに身をかがめて、懐中の火入れを確かめる。田町外れの小屋に舞い戻って以来、熊本の城に火を掛ける一念だけを育ててきた。その決行に備えて手に入れた大筒用の火種入れ。火を移す火口殻《ほくちがら》の束も油紙に包んで腰に提げていた。

気掛かりは左肩の痛み。左兵衛の流れ刃はみふゆ殿丹精の稽古着が奇蹟のように止めてくれたが、当たり処がよくなかった。ちょうど柏崎大蔵に受けた鉄砲疵の上。舟竿を扱っている時に兆した鈍い痺れが、石垣を登り終えた今は刺すような痛みに変わっている。

左手が使えるうちに仕遂げねばならぬ。小屋から出掛けに急いで用意した手製の鉤縄《かぎなわ》を堀の向こうに投げる。三度目に縄が強く張った。火入れを懐の底に押し込み、背に負った差料を揺すり上げて堀を越える。

東西に立つ二層の隅櫓《すみやぐら》の中程、塀も一重で警備も手薄と見た予測が当たった。建物も木立もない勢溜《せいだ》まりのような空き地。正面に本邸、左手に詰侍共の起居するらしい長屋の影が、星明かりの下に黒々と横に伸びている。

放つ火は多いにこした事はない。敵の防御を分散させて弱め、騒乱を派手に煽《あお》ることができる。深夜の火は遠くからも見え、加藤屋敷の変事は時を移さず伏見市中にも聞こえ伝わるに違いない。そして、それは打込み待機中の一党やみふゆ殿にも知れるだろう。左兵衛の指図がいかに一党を支配していても、前夜焼き討ちを受けて戒厳下にある事確実な加藤屋敷に続けて打込む愚挙は避けるはず。それだけが狙いだった。最初の火の手が上がれば、長屋で跳ね起きた詰侍たちはそちらに駆け付ける。少なくとも二ヶ所には放火できる。伊介はまず、長屋から遠い東の隅櫓へ走った。

櫓の外壁の腰板を切り破り、一枚を引き剝《は》ぐのに時間がかかった。左手を庇《かば》っている余裕もない。肋材を挟んだ外壁と内壁との間の隙間に火を入れねば城の櫓壁は燃え付かぬ。その事も、親父殿の遺志実現の一念で過ごしたこの正月の間に考え付いた事。ようやく外板一枚分の穴があき、火種の火を移して小さな炎を吹き始めた火口殻の一束を差し入れる。外板の内側に炎が這うのを横目に見て、本邸を目指した。

本邸の軒下に駆け込んで振り返る。まだ東櫓の方向に炎は見えず、人の騒ぐ気配もない。壁板の間を這う火が表に吹き出すには多少の時間が掛かるもの。必ず燃え上がると一人決めにして負い太刀を腰に戻し、縁の下に潜り込む。

すぐに真っ暗闇に包まれた。夜目を利かす稽古も自信も漆黒に近い床下闇では役に立たぬ。どの辺りをどの方角に這い進んでいるのか、皆目わからない。どのくらいの間かも。

突然遠くで人の声が湧いた。続いて、大勢の立ち騒ぐ物音。東櫓の火が表に出たのか。

火付け道具を取り出す。火入れの蓋を開けて灰を吹くと、闇の箱に五寸四方ほどのぼうとした明かりの穴があいた。ありったけの火口殻に火を移し、腹に巻き込んできた油紙を盛り上げて強くした炎の先端で床の裏板を焼く。雨の少ない正月で、床下の空気も乾いていた。

間もなく、横にひしゃげた炎が裏板を這い始める。それを今度は充分に確かめて、潜り込んだ方角を当てずっぽうに定めて這い戻る。この床下で己の放った炎に焼かれて死んでもよいという思いを懸命に呑み下す。生命あるうちにもう一働きしておかねばならぬ。

縁の下から顔を出す。外は濃い墨と朱泥を粗く掻き混ぜたような異様な明るさ。

這い出てくる方角を誤ったのか、意外な近さで、東の隅櫓が燃えていた。戸や窓を吹き破った炎の先が踊りながら天に伸び、それらが発する赤黒い照明の中で二、三十人の影が喚きながら右往左往している。

振り返る。床下の漆黒の闇が押し出されてくる気配。奥の方に赤い熱球が急速にふくらんでいるのが見える。床の裏板に沿って縦横に走る火炎の舌先が縁の端を舐《な》めるまで十息を数える間もかかるまい。

差料を抜こうとして、左腕がまったく利かなくなった事に気付く。右手で鞘ごと腰から外し、抜き出した白刃を右手に提げた。

縁を走ってくる足音。

縁の上に跳ね上がる。左肩から発した悪熱が体中にまわらぬうちに、右手だけで闘えるうちに働いておかねばならぬ。襟に縫い付けてきた「祈御武運」の手の主を明晩ここにこさせぬために。

広い濡れ縁を走り寄る敵は三人。突然に現れた伊介に驚いて蹈鞴《たたら》を踏む先頭の肩を打つ。そのまま踏み込んで、柄《つか》に手をかけた二番手の胴を払う。

三番手は鑓《やり》を持っていた。構えながら、喚《わめ》いて人を呼ぶ。喚くだけ喚かせておく。

ここを動くつもりはない。宵以来厳しく使い詰めの五体の力が尽きかけているのがわかる。逃げ走りすれば、余力の果てるのも早い。もう四、五人は倒しておかねばならぬ。もっと人を寄せてくれと胸の中で叫ぶ。

濡れ縁の向こうに後続の影が現れる。力を得た鑓が突っかけてくる。二突き目の穂先を撥ね上げ、手繰り寄せる手に付け込んで、柄を握る手を打つ。

駆けつけた五、六人が取り囲む。

「待て、平山伊介ではないか」

一人がいきなり斬り掛かろうとするのを、誰かの声が止めた。暗くて顔が見えない。ここで会いたくない唯一人の男、西山の声ではない。

大柄の肩幅の広い武士が炎の照明の中に出てくる。夜着のまま武器を携えた者の多い中で、その男だけは袴を着け、袷の上に襷まで懸けている。

身拵え以上に、五体から発する気が違った。

「おう、庄林隼人」

思わず喜びの声が喉をついた。尽きかけた闘気が一瞬でよみがえる。

「主ひとりの仕業か」

隅櫓の火の方へ顎先を振って庄林が訊ね、伊介は黙って頷く。庄林が刀を抜いた。

「今日は何故刃を返しておる。死ぬ気か。ならば儂は手は出さぬぞ」

剣士の目は誤魔化せぬ。刃を戻し、片手八相に構える。

庄林の両眼に火が点る。櫓を焼く炎が重なる。

その燃え盛る火炎に向かって、伊介は突進した。

寛永九年初夏・奈落へ

一

西山次郎作が正月晦日に起きた伏見屋敷の異変を知ったのは、三月も半ば過ぎ、鶴崎の番代屋敷であった。まことに迂闊《うかつ》な話だが、この二ヶ月余り、あえて世間の事から心身を遠ざけてきたせいでもある。

昨年末に帰った八代で寛佐法印殿からの消息を待って、御城内に頂戴した小屋に籠もり、ひたすら源氏講釈伝授の心用意をしてきた。二月に入ってようやくその通知が届き、月末に豊後府内に赴き、法印殿のおられる円寿寺に十日間逗留させていただき、念願の講釈伝授をお受けする事ができた。そして八代には帰らず、そのまま鶴崎に向かい、大坂への藩の便船を待っていたのである。

何よりも早く上洛し、有り難い便宜を計っていただいた里村昌琢師への御礼言上が急がれた。

明朝は出港という晩に、旧知の鶴崎番代に茶に呼ばれた。昨年暮れ野津原奥の肥後道での戦闘の始末に一方ならぬ世話を掛けた飯尾左門である。あの折に捕らえた五人の降人《こうにん》は、殿の別命無きまま、いまも番所の牢に入れられている。

「ほう、貴殿が御存知なかったとは」

伏見詰めを命じられて平生はそちらに勤めているはずの男がその事を知らぬとは、といった意外な顔付きで、番代は言った。

「なに、幸いにも大層な火事にはならず済みましたそうな。東の隅櫓《すみやぐら》が炎上し、御本邸の厨《くりや》の脇部屋が焼けただけ。類焼も少なく、怪我人が四、五人出たが生命に別状なく、まずは不幸中の幸いだったとの事。貴殿が着かれる頃には本邸の方は元どおりになっており申そう」

顔色を変え、思わず膝を乗り出した次郎作をむしろ安心させるような口調で付け加えた。

「二ヶ所に火が付いたということは、雷火とか偶々の失火とも思われませんが」

それほどの事が何故己だけに伝わらぬ、その思いが濃い。

「確かに、それは誰しも不審に思う事じゃが、それ以上の報せは届いておらぬ。十日程前の御下国時にここで御一泊なされた御家老も、その件に関しては何もおっしゃられなかった」

我が殿、右馬允正方様の事である。その殿とは八代でも熊本でもここ鶴崎でも行き違いを重ねて、正月松の内にお別れして以来、二月余りもお目にかかっていない。ふと思う。一月半も以前の事件、しかも己に最も所縁《ゆかり》の濃い伏見での変事が今日まで己の耳に入らなかったのは、或いは他でもないその殿の深い御配慮のなせる業かもしれない。理由はただ一つ、昌琢師と共に御自身も御尽力下された源氏講釈伝授にこの己を専心させるために。

思い浮かぶ。あの戦闘の日の朝、府内城下近くの肥後道で馬を寄せられた殿が口にされた、「其《そ》方《なた》はその事のみを考えておればよい」との有り難い御言葉を。

肥後本藩の筆頭家老としての政務、八代城代としての諸仕置きとふだんでも御多忙な殿の、ことにこの半年来の御繁多の御様子は傍目にもお痛わしいほど。その江戸上府、肥後下国の、まさに席の暖まる暇もない慌ただしい御移動御活動の背後には、大御所様の御重篤という事態があった。加えて、昨春以来の御家潰しの奇怪隠微な企てへの御対応。昨年暮れの戦闘では実戦の指揮はおろか、自ら馬上筒まで撃たれたのである。その殿の、たかが風雅修練中の己への厚い御心配り。改めて身内が熱くなり膝が震える。

「西の丸様が正月下旬に御他界あそばされた事は、御存知であろうな」

どこかに浦島に物言うような口調を忍ばせて、鶴崎番代が訊ねる。

「聞き及んでおり申す」

半月程前までいた八代でも、豊後に来る途中で四、五日滞在した熊本でも、さらに寛佐法印殿の膝下にあった府内でも、その天下の弔事は密かに囁かれ、世事に疎い不肖者の耳にも入ってきた。

その度に、殿が懸念されていた事態の早々の到来にきりきりと胸が痛んだものだ。

「その御事があって御在府中の肥後守様に御公儀より下国の御許しが下され、殿は先月半ばに御帰国。次いで御家老も後を追われて帰国なされたのが、つい十日ばかり前。日頃御気丈な御家老も、さすがにいささかお疲れの御様子にお見受け申したが」

その頃、己はここ鶴崎とは目と鼻の先、府内にいた。知っておれば、宙を飛んででも駆け付けたものを。だが、駆け付けたところで、何の役にも立たぬ。心身のお疲れを解《ほぐ》してさし上げる手助けもできまい。むしろ御自身の配慮に背いた己を不興がられるのが関の山。これも幾度となく覚えた事ながら、御恩に報いるに無能無役の情けなさが、つくづくと身に滲みる。

会話が途絶えると、これまで気付かなかった遠い海鳴りが聞こえてくる。外は桜の盛りだが、河口に面した港町に吹く夜風はまだ冷たい。時折這入り込む隙間風が燭台の灯影を揺らす。

「伏見屋敷の火事で怪我人が出たと言われたが、火事場での火傷疵でござるか」

揺らめく灯影を眺めていて去来した何かが、そんな問いを口にさせた。

「その辺については何も聞かされておらぬが、おそらくそうでござろう。気掛かりでもござるか」

「いえ」と答えるしかない。

「伏見屋敷の火事は正月晦日、大御所様御逝去がその四、五日前。伏見の詳細が伝わらぬのは、或いは、天下服喪の御静粛を憚っての御家老あたりの御配慮なのかもしれぬが」

声音をおとして言うと、鶴崎番代もまた口を閉じた。


大坂に着くなり淀川を遡《さかのぼ》る曳き船に便乗して、伏見へ直行した。

鶴崎から灘波津までの八日間、一首一句も詠まなかった。天候に恵まれて波も穏やか、遠山桜が春霞に溶ける海辺の光景を船上から朝夕目にしながら、風雅にまつわる興趣をあえて封印してきた。

胸中の思いはただ一つ。殿の御恩にわずかでも報いるのに、この役立たずに何ができるのか。いま何をすればよいのか。

つい先日豊後府内で寛佐法印殿よりお受けした源氏講釈伝授にもかかわる相生、高砂、須磨、明石と古来の歌枕の地の沖を通った。思い浮かぶのは、流離の貴公子の面影でも和歌の神々の口振りでもなかった。三月前に殿に伴われて逆に九州へ下る番船中で殿が読み解かれた相生の潰《つい》えの、荒々しく暗い相貌のみ。得体の知れぬ現実の予兆が、穏やかな瀬戸内の波間に黄色い牙を剝いている様が、絶えず胸中にあった。

予感は当たった。

屋敷の火災そのものは、先日鶴崎番代から報らされたとおり、東の隅櫓が焼失し、本邸の厨の脇部屋に火が入っていた。が、そこも、消火の手回しがよかったか、床と内壁が燃えただけで、炎が天井まで吹き上げるまでに至らなかったらしい。すでに修理されて使用されていた。

「当夜は冷えておったものの風が乏しかったのが、何よりでござった。加えて、先年来、御家老よりことに夜間の火の用心をとの御注意もあり宿直《とのい》の人数も増やしておった故、消火も早かった。しかし、先に火を発した御東櫓の方は間に合い申さなんだ。駆け付けた時にはもはや手の施しようもなく、誠に残念。留守を預かる我らの面目もござらぬ仕儀になり申した」

　留守居添役の柏木の顔に憔悴の色が沈んでいた。

「しかし、同じ夜、ほとんど同時に二ヶ所で火を発したとは。火の元は何でございましたか。ここに参ります前に二、三の詰め衆に訊ねましたが、皆口を噤《つぐ》んでおりましたが」

　鶴崎で番代に発した不審を、次郎作は再び口にした。

「当夜ここに居った者には皆、口外する事を禁じておる。先ず表立っては留守居殿の、そして何より御家老様の御意を体しての命じゃ。ことに天下御服喪中は厳しくとな」

　来たなといった顔付きを浮べて柏木は言った。

「であろうと、某には是非ともお聞かせ下され。某もこちらの詰侍の一人。火事の当夜は、たまたま下国中にて居合わせなかっただけでござれば」

　上役への物言いにしては強すぎる口調であるのは、自分でもわかった。しかし、構わない。役立たずの己の出来うるのはこの事のみと思い定めての事である。

「うむ」と柏木は唸った。

「実は御家老より留守居殿と添役の某両人に申し渡された事がござる。西山には、豊後の事を仕終えてこちらに参った折に、この一件を告げよとな。二十日ばかり前に御下国の途中慌ただしく立ち寄られた時にも、そう念を押された。豊後の事とは何か我らにはわからなんだが」

やはりそうであったか。府内での講釈伝授を妨げまいとなさる殿の配慮が働いていたのか。

「それで、火の元は」

こみ上げるものを抑えて訊ねる。

「打ち込みがあった。そ奴の放火じゃ」

「打ち込みですと。人数は。何者です、そ奴らは」

「人数は一人。何者かは我らにはわからぬ」

「それで、そ奴は」

「斬られて、死んだ」

雷に打たれたような衝撃。が、それはこの数日来思念の暗がりに潜んでいたもの。それが的中したことで、かえって衝撃が倍加したに過ぎない。

「どのようにして」

「それは斬った御本人に聞かれよ。主がここに居る事は先刻お報せしてある。程なく来られよう」

添役の言葉遣いからして、来るのが誰であるのか予測できた。むしろ、予測できる己が呪わしかった。

待つ程もなく廊下に足音がし、襖が開いた。

庄林隼人が立っていた。

会釈はしたが部屋に這入ろうとはしない庄林に遠慮して席を外そうと腰を上げる柏木を、本藩の大番頭は穏やかに制した。

「貴殿はそのままに。我らが外で話そう。その方が、何かと好都合故」

庄林はそう言うと、目で次郎作を促した。

「一別以来」と、廊下で肩を並べるなり、庄林が短く声を掛けた。昨年師走半ば豊後境の山中で共に戦い、翌日熊本城下で別れて以来との意である。あの奇妙な戦闘も秘事に属する。留守居添役の同席を外したのは、その辺の含みもあるに違いない。

「ずっと伏見におられたのでござるか」

庄林の幅広の背に付いて歩を運びながら訊ねた。己と違い若くしてすでに藩政の中枢に近い位置にあるはずの大番頭が、この大事な時期にここに逗留している事もいささか腑に落ちなかった。

「正月半ば御家老の江戸出府に従って以来、その御家老の御内意によりましての。京大坂で他にもいろいろと所用はござるが、実は貴殿の上洛を待っており申した」

裏庭に面する広い濡れ縁に出たところで、庄林の足が止まった。

疎らな植え込みの向こうは、詰侍たちの調練にも用いられる空き地。さらにその先に、焼けた東の隅櫓があった。改修を装うためもあってか、焼け跡全体が幔幕に覆われている。

「添役にはどこまで聞かれた」

辺りに人影がないのを確かめて、庄林は低い声音で訊いた。

「打ち込みの上に二ヶ所に放火。人数は一人。それを貴殿が斬られたと」

「そのとおり。某と御家老を除いて、それ以上の事を知る者はおるまい。知っておっても秘しておくよう厳しく命じておる」

再度、庄林は辺りに気を配った。

「ここが平山伊介の死地でござる」

驚かなかった。ただ、一瞬のうちに伊介と共にした短い時間が脳裏をかすめる。

「尋常の立ち合いとはいささか異なるが、最後の打ち合いは一対一。その初太刀で某が斬り申した。が、それが出来たのは、平山に勝つ気より死ぬ気の方が強く、おそらく彼の左手が利かなかった故と存ずる」

「何故にそう思われた」

「まず、深夜とはいえ三十余が詰めるこの屋敷への単独での侵入。さらに、某と刃を交える前に彼は四人の気丈な武士を倒しておるが、皆棟打ち。悶絶し、骨を砕かれた者もいたが、四人共に怪我のみで命に別状はなかった。某がそれでは仕合わぬぞと言うて初めて、彼は刃を本《もと》に返しおったわ。それでも構えは片手八相。一度立ち合うて某の太刀筋を見知っておる平山ほどの剣士が、そのような力の入らぬ構えで仕掛けてくるはずはない。尋常の立ち合いなら、どちらが勝つにせよ、もう少し時間も手間もかかっておったろう。加えて、この本邸の消火の手回しも遅れ、大焼けになっていたやもしれぬ」

庄林の口調に自慢するふうはさらになく、むしろ一抹の無念さえ滲んでいる。

「斬られてすぐに息絶えましたか」

何故かわからず、そんな問いが口を付いた。

「首筋を斬った故、止めを刺す必要もなく、絶え果てるまで長くはなかった。他の者は急ぎ消火に走らせたが、某一人は絶命を見届けてござる。なにせ、この縁の下より煙が吹き出し始めておった故」

「平山は何か申しませなんだか」

訊かずもがなと心底わかっていながら、勝手に口が動く。

こちらに向けられた庄林の太い眼差が、心なしか揺らぐように感じられる。

「御家老の御内命だけでなく、貴殿の上洛を待っていたのは、実はその事。死ぬ間際の、しかも血を吐く口からの物言いでほとんど聞き取れず、或いはただの呻きだったかもしれぬが、某には平山が二人の名を呼んだかに聞こえ申した」

剛直を画に描いたような漢《おとこ》の、しかも逡巡を重ねた上での言である。次郎作は固唾《かたず》を呑んで、庄林の引き締まった口元を見詰めた。

「某の聞き覚えぬ女人の名らしき、みふゆ」

「して、もう一方は」

「にしやま、貴殿の名でござった」

血泡を吹く山犬の口が見えた。血泡を破ってゆっくり吐き出される二つの名が、声でなく刻まれた文字となって見える。伊介との乏しく短い邂逅の隈々《くまぐま》が、再び三度閃光となって明滅する。

「何故に、某の名を」

口は別の事を言っていた。庄林は黙って首を振る。もちろん庄林にわかろうはずもない。

「この事、御家老にも告げてはおらぬ。貴殿に直に会いたかったのは、それ故でござる。したが、貴殿に特別の恨みでもござったのか、あの男」

今度は、次郎作が黙って首を振る番だった。

二人して言葉なく、植え込みの向こうに目を遣る。今時どこを眺めても目に入る花の姿とてなく、焼けた隅櫓を囲う濃紺の幔幕が夕風に揺れているばかり。そのどこか弔旗を思わせる幕の揺らぎから引き剝がした眼差を庄林の顔に戻して、訊ねた。もう一つ確かめておかねばならぬ事があった。

「打ち込み、火を放ったのは平山伊介一人と伺うたが、事実でござるか」

「そうとしか思えぬ。某と刃を交える直前の平山がそう言い、さらに消火の一方で邸内隈なく探索に努めたが、余人の侵入した形跡はなかった。塀の内に打ち捨てられた鉤縄《かぎなわ》も一つ」

「貴殿も御存知の来島左兵衛の忍んだ跡も」

「いかにも。邸の外にも人数を出して調べたが、それらしき影も気配もなし。が、何故その事に拘られる」

「殿に命じられての平山の監察の間に感じた事でござるが、平山の周辺、背後には必ず叔父と称する来島の影がござった。来島が謀主で平山はその手足の如きものというところが見え申した。しかし、単独でのしかも退路も後詰めの用意もなく、ただ己の死を期しての無謀な今回の打ち込み、いささか解《げ》せませぬ故」

「そういえば、丁度去年の今時分この先の土手道で御家老に斬り掛かった折、平山は我らの加藤の御家への意趣を口にしておったの。事情は一切わからぬが、その切羽詰まった自暴自棄の意趣返しではござらなんだか」

「ならば、太刀の刃を返しての棟打ちなどはしておらぬはず。四人の怪我人は皆死んでおるはず。その事は貴殿が何より承知でござろう」

「いかにも」

庄林は頷き、再び口を閉じた。宇治川の方から吹いてくる夕風が募り、黒ずみを増した囲い幕の揺らぎも大きくなっている。

「平山の遺骸はどうなされました」

「乾《いぬい》長屋の裏手の畑地に埋め申した。我が手に掛けた男故、某の手で」

最後に庄林はぼそりと答えた。

二

四ヶ月ぶりに堀尾屋敷の門前に立った。

去年師走の初めは裸木だった大楓も枝々に新芽をつけて三倍にもふくらんだかに見える。平山伊介が死んだ。季節は移り確実に時の経つ感が、首筋に雪汁を浴びたように身に滲みる。

事前の通知もなしの訪問である。すんなり来島左兵衛に会えるとは思えなかった。これまでこの屋敷から出てきたのは初回の一度きり、後はみな留守。居たとしても居留守を遣《つか》って屁とも思わぬ老狐である。何度、門番や取次ぎと遣《や》り合って埒が明かなかった事か。

が、今日はそれでは済まされぬ。屋敷の主だった者と直《じか》に会って来島の消息なりと確かめねばならぬ。その消息を手掛かりに老狐を探し出し、伊介の伏見屋敷打ち込みの切羽詰まった事情を聞き出さねばならない。午前《ひるまえ》に新在所の学寮に参上して昌琢師に御礼言上を申し上げての後の事とて、それなりの容儀も整えていた。

門番は替わっていた。見知った年配の男と違い、初めて見る若い顔だった。次郎作の容儀に気圧されてか、すぐに小玄関に案内され、取次ぎが出てきた。これも顔見知りではない。年が改まって久しい。詰侍から奉公人まで大幅な入替えが行なわれたのか。

「人をお訪ねとか」

小玄関の式台に座して、新顔の取次ぎが慇懃《いんぎん》に訊ねる。次郎作も改めて名乗り、来訪の旨を告げた。取次ぎは怪訝《けげん》な顔付きになる。故意に装ったものではない。

「来島左兵衛殿。はて、その名は初めてお聞きいたす。某の知る限り当屋敷にそのような御仁はおられぬし、前任からも聞いており申さぬが」

昨年夏以来幾度もここに来島を訪ね、伝言なども取次いでいただいたがと述べたが、首を傾げるばかりで埒が明かぬ。その取次ぎに無理を承知で談じ込み、いっとき待たされてようやく出てきた留守居添役らしき初老の侍の対応はいちだんと取り付く島がなかった。

「そのような御仁は当屋敷にはもちろん出雲松江の堀尾家中にもおらぬし、在籍した例も聞かぬ。客として逗留したこともござらぬ」と言い切り、最後には「お疑いあるならこのまま踏み入ってお調べあれ。或いは御公儀を通してそちらの御家より当堀尾家に家中改めの申し入れでもなされるがよい」と怒鳴る始末。

新米の取次ぎはともかく、添役の居丈高な態度物言いには来島左兵衛との係わりを消そうとする臭気がかえって臭った。が、これ以上の強腰での談判はこちらにとっても不都合を招きかねぬ。臍《ほぞ》を噛んで引き取るほかはない。

堀尾邸の門を出て石橋を渡り、堀川沿いの道に出る。他に当て所《ど》とてない足が自然に向かう先は左兵衛と伊介のかっての隠宅しかなかった。

昨年師走初旬にも同じ路を辿った。あの折も里村家からの帰途だった。堀尾邸に来島左兵衛の姿はなく、出雲へ行ったとかの雲を把むような伝聞を得ただけで、身を焼く焦慮と当て所のない心細さを抱いたまま、ただ彼の不在の確認が目当てでもあるかに楓林中の隠宅へ足を運んだ。当然ながら、そこには老狐の姿も山犬の影もなかった。代わりに偶然にも、彼らの家財を引き取りに来たといううみゆふ殿に行き会えたものだ。しかし今日は、そのような偶然も幸運もありえまい。あれから四月《よつき》、すでに見知らぬ人が住み、でなければ空き家のまま野犬の棲み処となっているはず。もともと疎水沿いの林間の古家、軒先や縁板も朽ち始めているかもしれない。

枝折戸は閉まっていた。

春の午下がりの明々《あかあか》とした視界に、あの夏の夜の光景が蘇《よみがえ》る。三人の覆面の待ち伏せに合い、伊介と共に闘った緊張と興奮の時が。閃く白刃、くぐもった矢声と呻き、凄まじいまでの伊介の剣技。駆け寄って「無事か」と声を掛け合い、互いに「おう」と答え合ったあの時を。その伊介は、もうこの世にない。

枝折戸の外に佇んで、かっての左兵衛の私宅の様子を窺《うかが》う。表戸も縁の戸障子もみな立てられているが、どこかに人の暮らしている気配があった。家のまわりの地面に降り積んだ落葉もそれほどに目立たず、まったくの空き家ではないらしい。

庭の右手の方で、鳥の囀《さえず》りに混じってかすかな物音がした。身体を伸ばして枝折戸の上から覗くと、しゃがんだ人の背中が見えた。草を引いているらしい。大きな男の背だが、髷《まげ》も結わない野郎頭《がしら》から見ると武士とは思われない。露ほどの見覚えもない後ろ姿だった。

あるはずはないと確信しながら、それでも万が一はとの期待にも裏切られて、身体から急に力が抜ける。とたんに、無意識に手を掛けていた枝折戸を開けてしまっていた。

戸の外れる音に加えて高い鈴の音が響く。男がしゃがんだまま後を振り向いた。短く蹈鞴《たたら》を踏んだ次郎作と目が合って、立ち上がる。背中同様によく肥え、丈も高い。手に草刈鎌を提げていた。

次郎作は周章《あわ》てて頭を下げた。所縁浅からぬ場所とはいえ現在は他人の住む家の内を窺っていての粗相《そそう》である。

男がゆっくり近寄ってくる。やはり見覚えのない顔である。その大きな顔の中の小さな目に、警戒と怯《おび》えの色が濃い。

「とんだ失礼をいたした。昨年までここに知り人が住んでおりました故、通り掛かりに立ち寄った者でござる。お騒がせして申し訳ござらぬ」

再び丁重に詫びる。男は腰を引き気味にして、怪訝《けげん》そうな顔付きのまま一方の耳を差し出すようにする。耳が不自由なのか。

「何方《どなた》ですと」

怖ず怖ずと、しかし意外に野太い声で男は訊ねた。

「拙者でござるか。西山と申す」

非はこちらにある。次郎作は仕方なく名乗った。

男は黙って首を振る。以前この家に住んでいた者の名を訊ねたのらしい。

「来島左兵衛という年寄りの武家でござったが」

怯えを潜ませた男の目にさらに緊張の色が走るのを感じた。右手に提げた鎌の刃が心持ち上がったかにさえ見える。が、それもこれも自責と焦慮に棘立《とげだ》った己の気持ち故の僻目《ひがめ》か。

男は再び首を振った。知らぬという事であろう。

「其方《そなた》は何時からこちらにお住まいか」

それでも訊ねてみる。

「先月末から」と男は答えた。

左兵衛と伊介の姿がこの家から消えて半年以上も後、みふゆ殿の家財引き取りからさえ四月《よつき》近く経っている。それだけでも彼らとの所縁《ゆかり》は薄いと見なければなるまい。加えて、今日の己の容儀はことに整っている。そのような闖入者《ちんにゅうしゃ》に武家ではない者が怖じ怯えるのも当然であろう。己の僻目だけでこれ以上この男に迷惑を掛けるわけにはいかぬ。心残りは尽きないが、諦めざるを得なかった。

改めて男に詫びて枝折戸を出しなに、しかし心残りが言わせた。

「この鈴は、其方が付けられたか」

男はちょっと考える素振りを見せたが、やはり黙って頷き、鎌のない左手を動かして自分の耳を指差した。

空しく来島左兵衛の旧隠宅を離れると、自然に足の向く場所もなかった。

疎水の引き込みに沿った楓林の路を戻りながら、本意か詐術かわからぬ巧者な物言いと老狐の印象以外に来島老人についてほとんど何も知らない事に、改めて気付く。対面したのは二度きり、その二度共に伊介が傍らにいた。以前加藤家に仕え現在はその旧主家に仇なす者とは殿の読み解かれたとおりだが、現実の有り様に関して確かな事は何もわからぬ。今日の堀尾屋敷の対応からして、歴として藩士でも公表できる寄寓の士でもないらしい。そのような得体の知れぬ老人の行方をどう追えばよいのか。

ふと、左兵衛の留守に伊介と連れ立って行った場所を思い浮かべる。五条大橋下流の川辺の林中にある素然の小屋と島原大門近くの船宿を兼ねた飯屋の光景である。あの不機嫌無愛想な山犬伊介が、素然の小屋では鮎の田楽を馳走になり、兵法がらみの昔話に耳を傾け、飯屋では共に鰻を食べ、みふゆ殿の真名の当て合いに興じたものだ。あれ以後伊介がその二ヶ所を再び訪れたとはとうてい考えられないが、藁をも把む思いが次郎作の足をそちらに向けた。


跡形もなかった。柱一本残っていなかった。

疎林の中にぽかりと穴が空き、穴の内側に立つ木々の枝が焦げ枯れていた。わずかに盛り上がった穴の中心辺りの黒ずんだ土の上には、草々の新芽が吹いていている。

素然の小屋が消えた。庵主の姿もなく、ただ遠い花の香を乗せた微風が時折、俄の空き地を渡るだけ。

素然は何処へ行ったのか。あの自在気儘な市隠のこと、或いはここに棲み飽きて居を移したか。しかし、鴨の川辺の風光をこよなく愛でていた老風狂がそう易々とここを捨てるはずはない。さらに、時には同好の遊士を招いて自足していた方丈に自ら火を掛けて焼き尽くすなどという荒々しい所業をするとも思えなかった。

呆然と立ち竦《すく》んでいるだけでは、素然の生死さえわからない。すぐ近辺に人家はないが、川端道を五条大橋へ向かう道筋には、素然と付き合いのある商家があるのを思い出した。

「御坊とお知り合いの御方でございましたか」

皮肉な事にここでも今日の整った容儀が役に立った。来訪の旨を告げると、すぐに店の奥の部屋に案内された。

「いや、驚きました。正月も三日の粉雪の舞う寒い晩でございました。亥《い》の刻《こく》近い頃でしたか、憚《はばか》りに立ちました折に辰巳《たつみ》の方角を眺めますと火の柱が立っております。どうやら御坊の御住居辺り。すぐに手代を起こして見に遣りました。程なく戻った手代の言うには、燃えておるのはやはり御坊の御小屋、しかし御坊の御姿は見えず、すでに他の者たちが走り寄っておる様子と。それで私も丹前を引っ掛けて駆けつけましたが、ちょうど炎の盛りで小屋に近づくことも出来ませなんだ。素然様の姿を求めましたが見当たらず、御名を呼んでも応えなく、そこらにおりました四、五人に訊ねても埒が明きません。そのうちに番所からの御人数が駆け付け、すぐに結界を張られ、私共は川端道まで追い戻されてしまいました」

主人は一旦言葉を切り、周りを見回す素振りを見せた。

「ただ妙なものを見て胆を冷やしました。戸の外の地面に真新しい骸《むくろ》が三つ、皆白刃を手に倒れておりました。御番所の手先が私共を遠ざけたのは、或いはそのためだったかも」

驚きと不審が交錯する。もとは兵法の心得も十分な武士だったとはいえ、ずいぶんと以前に世を拗《す》ねた素然が三人の侍を斬るはずがない。襲われたのは素然として、一体誰が三人を斬ったのか。

「素然殿の行方は」

主人も暗い顔付きで首を振った。

「或いは、御住居と共に燃え尽きられたのやもしれませせぬ」

ここにも、火。炎を浴びた山犬の背が見えた。

卯月朔日の朝、熊本へ帰る庄林隼人を伏見屋敷の舟寄せで見送った。

別れしなに庄林が言った。

「伏見に戻って以来、主の顔色が冴えぬ。ここの火事、あの男の死の事で懸念の種が弥増《いやま》したと存ずるが、決して無理をなさるなよ。主の御奉公の筋は某らとは違う。御家老の御配慮をお忘れなさるな」

その殿への書状を庄林に託《ことづ》けてある。源氏講釈伝授修了の御報告と御礼は、すでに豊後鶴崎で認《したた》め、熊本へ帰る者に託しておいた。昨晩私室にひき籠もって書いた今回の消息には、自死を目指したとしか思えぬ平山伊介の打ち込みと放火の背後にあるものを已なりに探る決意を述べ、殿の御許しを請う素志だけを綴った。武士として殿にお仕えする以上、御奉公の筋に違いはない。

午後京に出た。今日は里村家にも学寮にも参上せず、先ず真っ直ぐ堀川沿いの堀尾邸へ向かった。

三日前よりいちだんと横柄で邪険な門番、取次ぎの応接も意に介さなかった。

「先日もお訊ねいたした来島左兵衛殿の御消息おわかり次第に某までお報せ下されば重畳と、留守居添役殿にお伝え願いたい」

迷惑顔も露《あらわ》な新米の取次ぎに、それだけを告げ門を離れた。堀尾家が来島との係わりを人の入れ替えまでして極力否定するのは、彼の立ち入りが堀尾家にとってもともと厄介なものだった事に外ならない。或いはそのような事態が新たに生じたのか。その事が確かめられただけでもよしとせねばならぬ。ただ添役如き者の恫喝に屈して引き下がるのではない姿勢は明示しておかねばならなかった。

左兵衛の旧隠宅へ向かう。気懸かりがあった。坊主頭にそのまま髪を生やした頭付《かしらつ》きの、耳の不自由らしき大男。つましい独り住まいらしいが、職人にも商家の奉公人にも見えなかった。まして武家上がりが、浪人払いの厳しいこの洛中で借家とはいえ暮らしを立てる事は難しい。あの老風狂の素然ですら、僧衣こそ着けないものの頭だけは常に光らせていたものである。己と似た年頃のあの男、何を渡世の具にしているのか不審だった。

それに、鈴。不自由な耳の用意として仕掛けたらしいが、盗人避けにしてはいささか大袈裟に過ぎはしまいか。まず一見して盗る物などどこにも有りそうにない暮らし向きだった。本当にそれほどに耳が遠いのか。来島左兵衛の名を耳にした時に男の目に走ったと感じた怯えと緊張が己の僻目《ひがめ》だったのか否かを、何より確かめる必要がある。

卯月の初日にしては肌寒さを覚える午後である。楓林を抜ける小路は森閑としていた。どこかで鶯が鳴いている。小路を通る人からは見えぬところに、花の咲く木があるらしい。

枝折戸は閉まっていた。庭に男の姿はない。

遠慮なく枝折戸を押す。突っ支《か》いも留め木も掛けられていない。鶯の鳴き止んだ静寂に、けたたましいほどの鈴の音が鳴り響いた。

そのまましばらく待つ。入り口の戸も庭に面した部屋の戸障子も開く気配はない。

枝折戸を揺らせて、再び鈴を鳴らす。

依然として家の戸も動かず、人の顔ものぞかない。

留守か。でなければ隙間からでもこちらの様子を窺っているのか。後の方と見て三度枝折戸に手を掛けた時、入り口の戸が開き、男が出てきた。

一昨日の初会より怯えと緊張をさらに募らせた顔付きで、今日は手に鎌でなく、長い棒を持っている。次郎作の一間半ばかり手前で立ち止まり、こちらを睨んだ。

「何の用じゃ」

男の方から声を掛けてきた。多少上擦ってはいるが、意外にしっかりした口調である。

「二、三訊ね残した事があった故、またお邪魔いたした。他意はござらぬ」

ひたすら穏やかにと心掛け、しかし声音だけは大きくして答えた。

「何を訊き忘れたぞ」

短く、突っ慳貪《けんどん》だが、間をおかず言葉が返ってくる。

「先日名前を出したこの家の前の住人来島左兵衛殿は実はさる大名家の御客分で、この借家もその伝手《つて》で借りたと聞いておったが、其方はどのような御縁でここへ入られたな」

男の表情に狼狽の色が加わった。ちゃんと聞こえているのに違いない。いっときして男は、唸りに似た声で訊き返した。

「何故、俺にそれを訊く」

「去年の夏以来、来島殿に会うておらぬ。今度ぜひにも会わねばならぬ用件があってその大名家の京屋敷を訪ねたが、この半年そこへの出入りがなく、消息も絶えておるとの事。それで心当たりを探しておる次第。不躾《ぶしつけ》を承知でお訊ねしておる。つまり、ここの家主にでも当たれば、あるいは来島殿の移り先が知れるやもしれぬと考えた故」

半分は事実だが、半分は辻褄の合わぬ言い懸かりであるのはわかっている。

男は黙っている。答えに窮しているのは顔色が変わったことでも見て取れた。

「家主を教えてくれぬか。或いは、其方をここへ入れてくれた御仁でも構わぬが」

追い打ちを掛けてみる。

「知らぬ」

十息ほどもたって、男は唸った。

「知らぬ事はあるまい。それに、知らぬでは済むまい。答えてくれぬと、其方は他人の貸家に潜り込んだ不逞者になってしまうぞ。となると某も見過ごせぬが」

男の顔の赤黒さが増した。

男の小さな目が張り裂けるように見開かれ、怯えと警戒の色が憎悪と憤怒に変わった。

「何故に教えぬ」

「うわっ」

言葉にならぬ叫びを発すると、男は棒を振り上げた。

しかし、脚は棒立ちのまま、腰も落ちていない。一見して武芸の心得はまったくないと知れる。切羽詰まっての威嚇だけの構えと見て、次郎作は刀には手を掛けず、それでも半歩だけ後退った。

それを臆したと錯覚したか、男は再び吠えた。

「いえっ」

悲鳴にも聞こえる叫び。「去《い》ね」と言ったのかもしれない。棒をさらに高く振り上げる。

棒の全容が見えた。怖ろしく長く、太い。反りはないが木刀の形をしている。電撃のように記憶が甦《よみがえ》った。

「伊介、それは平山伊介の大木太刀ではないか」

次郎作の声も大きかった。男の充血した目に驚愕が走った。

「何故、それを知っておる」

「平山伊介は我が友だからじゃ」

何の躊躇もなく、そう叫び返していた。

「その証《あかし》は」

木刀を振りかぶったまま、男が切り返す。

証、この名も知らぬ男に木刀のほかに何を答えれば、伊介と友であった証となるのか。

「伊介は死んだ」

思わずそれが口を衝《つ》いて出た。

「いつじゃ」

「正月晦日の晩遅く。伏見でじゃ」

「何と、やはり」

短い二語の、初めは甲高く、終わりは力ない呻きに近かった。

男の手から木刀が離れ、音をたてて地面に落ちた。

「伊介殿は、やはり死んだのか」

大男の五体から目に見えて力が失せ、両膝が折れてかがみ込む。

「やはりとは、死ぬ事がわかっていたのか」

男の傍らに駆け寄って、今度は次郎作が訊ねた。

「わかってはいないが、案じておった」

男は目を瞬《しばたた》かせて呟くと、後はあちらでという仕種で家の方へ顎の先をしゃくった。

伊介の大木太刀を拾い取った男を先に立てて小玄関を入る。ずっと戸障子を立てたままでいるのか家内薄暗く、湿って黴臭い。奥の小部屋に案内された。かつて伊介が座っていた畳に次郎作を座らせると、男はいま入って来た方を指差し、戸を閉める手付きをして出て行った。鈴を仕掛けた枝折戸を閉めに行ったのに違いない。ずっと何かに怯え、警戒しながら一日一日を過ごしてきたのだろう。誰を恐れているのか。

男が戻って座るなり、訊ねた。

「来島左兵衛が来るのを怖がっているのか」

男は首を振った。

「来島様、いや、あの爺《じじい》は死んだ。伊介殿が殺した」

「伊介が左兵衛を殺したと」

次郎作は思わず大声を発した。

「そうじゃ。そして、この俺を助けた」

男は茫とした眼差を宙に据えて言った。涙を堪えているようにも見える。

「何故じゃ。何故、あの伊介が叔父の左兵衛を手に掛けたのじゃ」

男は自分の丸い膝を抱くようにして、訥々《とつとつ》と話し始めた。長い物語だった。辻褄の合わぬというより次郎作の理解の及ばぬところも少なくなかったが、二人の対決時の遣り取りと動き、そして来島左兵衛の死は確かに聞き取れた。

「それで、其方は伊介と別れて急ぎ京へ戻ったのか。京でみふゆ殿に会えたのじゃな」

話の途中で自ら三郎次と名乗った男が一息入れるのを待って、次郎作は訊いた。

「会えた。散々な目に遭うたが、やっと会えた。その日の午に一度訪ねた折の門番が憶えていてくれた事と、来島からの至急の使いと偽って粘った」

「みふゆ殿は其方の言う事を信じてくれたか」

「頭のたんこぶと体中の打ち身疵まで見せて必死に説いたが、なかなか信じてくれなかった。そのうち夜が明けて如月朔日の朝になり、一党の参集するという伏見口外れの誰ぞの家まで付いて行った。十人ばかりの人数が来ており、物騒な得物も揃えておったが、もちろん来島は来ない。代わりに、伏見の加藤屋敷の火事の報せが入った。言い争いに近い談合が一刻も続いたが、最後にはみふゆ様が打ち込みの取り止めを言い渡した。来島が伊介殿に殺された事は、俺も言わず、みふゆ様も口にしなかった。それから、これもみふゆ様がそれぞれに少なからぬ金子を与え、皆を散らせた。大したお方じゃ、あの女人は」

「さぞや驚かれ悲しまれたであろうの」

三郎次の讃嘆も露《あらわ》な口振りに、そうとだけしか応えられない。胸中では、みふゆ殿の悲痛に歪んだ表情と凛とした顔付き眼差とが綯《な》い交ぜになったまま、いつまでも離れようとしない。

「皆を帰した後、みふゆ様は御自分だけで伏見に向かおうとなされた。もちろん伊介殿の身を案じての事。それを俺が止めた。行けば伊介殿が喜ばぬと。伊介殿がひとりで何をしようとしていたかは、俺にはわからぬ。じゃが、伊介殿はみふゆ様を伏見に来させぬ為に来島爺を殺し、俺の命を救い、その上に何事かをしようと決心した事は俺にもわかる。その事だけを言い、ようやくみふゆ様を思い止まらせた」

思いがけぬ三郎次の確かな口跡に驚く。伊介への感謝の念、みふゆ殿への深い敬意のなせる術なのか。言葉を連ねながら、三郎次は泣いていた。

「ようやってくれた。其方の働きで平山伊介の独り死にが報われる」

三郎次の涙が移りそうになるのを次郎作は懸命に堪えた。まだ泣いてはおられぬ。

「それでみふゆ殿が其方をここへ連れて来たのじゃな」

三郎次は肩を震わせながら頷いた。

「まず俺のいた御寺に寄って御坊に御挨拶の上、俺を寺から連れ出していただき、ここで当分暮らすように言われた。金子も沢山いただいた。寺を出る時に持って来たのが、この伊介殿の木刀じゃ。正月三日の晩、寺を出られる前に俺に呉れると言われた」

正月三日といえば、素然の小屋が燃えた日。

「其方は素然という老人に覚えがあるか」

三郎次は首を振った。

「じゃが、あの晩の二人の遣り取りの中でその名が出た。伊介殿が何故素然を殺させたと訊くと、あの爺は、その代わり主が三人を斬ったと、烈しい言葉を掛け合っておった」

やはりそうだったか。伊介は素然を助けに駆け付けたが間に合わず、左兵衛の配下三人を斬った。小屋に火を掛けたのは、おそらく伊介。小屋ごと素然を葬るつもりだったのに違いない。

「伊介殿は何をして死んだのじゃ」

三郎次が涙声のまま訊ねてきた。

次郎作の語る番だったが、語れる事は少なかった。加藤家に係わる因縁は努めて外し、庄林から聞かされた伊介の最期だけを、庄林の名を伏せて語った。

「たった一人での打ち込み、火付けとは、死にに行ったようなものじゃ」

伊介の最期は三郎次の新たな涙を誘ったようだった。

「何も言い遺さなかったのか、伊介殿は」

「みふゆ殿の名を呼んだそうじゃ」

「それだけか」

次郎作は黙って頷いた。程なくこの事は三郎次からみふゆ殿に伝わる。あの佳人の胸が張り裂けるだろうと思うと、次郎作の悲痛も弥増《いやま》した。

「それにしても、憎いは来島左兵衛。あれもこれも皆、あの爺の仕組んだ事。伊介殿もみふゆ様もこの俺も皆、あの爺に騙されてきた。自分の企みのために我らを拾い、親切ごかしに養ってきた。使い殺しにする目的で木偶《でく》のように操ってきた。何者なのじゃ、あの爺《じじい》」

涙を振り払うかに語調を改め、三郎次が訊ねる。

「某にもわからぬ。ただ、様々な時と場所に神出鬼没、あちこちに旧知や配下を置いて自在に操る。それが許される化性《けしょう》」

戸障子の隙間から漏れ入る光りが翳《かげ》り始めている。そちらに眼差を向けた三郎次の濡れた目の奥に、怯えが戻り始めていた。

表で鈴の音がした。

三郎次の大きな体に緊張が走るのが見える。遠いはずの耳があの音だけには怖しく敏感になっているらしい。

「みふゆ殿ではないのか」

「違う。みふゆ様は十日に一度しか来れぬと言われた。近くでは四日前に来られたばかり。見てくる」

　震えの混じった声音で言うと、忍び足で部屋を出て行った。

　すぐに戻ってきた。

「侍が一人戸口に来ておる」

「見覚えは。心当たりはないか」

「ない」

「よし、某が出よう。其方がここにおる事はみふゆ殿と偶々尋ね当てた某しか知らぬはず。目当ては某の方かもしれぬ。其方はどこかに隠れておれ」

　三郎次を落ち着かせる方便の出任せだったが、どこかに鰯の小骨のような懸念も混じっていた。堀尾屋敷から尾行《つ》けられたのではないか。

　小玄関の戸を開ける前に誰何《すいか》をくれた。

「出雲松江の堀尾家中、海部小左衛門」

　聞き覚えのない声と名乗り。しかし、懸念は当たった。

「誰を訪ねて参られた」

「肥後加藤家の御家中、西山殿を」

　それでも戸の突っ支いを外さない。つい先刻邪慳冷淡な応対を受けてきたばかり。しかも尾行の上に、夕刻を待っての来訪の仕方、腑に落ちぬ。

「何用にて」

「貴殿お尋ねの来島左兵衛殿の消息をお報せに」

来島との係わりはおろかその存在さえ否定するけんもほろろの態度からとうてい考えられぬ豹変ぶり。これも合点がいかぬ。

「それは重畳。して、来島殿はどちらに」

戸越しに訊ねる。

「このままでは申しかねる。先ずはここを開けられよ」

用心しいしい突っ支いを外して戸を引き、次郎作は狭い式台の際まで後退った。刀に手を掛けるまではしない。

黄昏の迫った枝折戸から伸びる寄り付きを背に、見知らぬ男が立っていた。中肉中背の武士だが、眼付きは鋭い。

「貴殿が西山殿。伏見ではなく、このようなお近くに住居をお持ちでござったか」

尾行して確かめた上での物言いが白々しい。

三和土《たたき》に入り後ろ手に戸を閉めようとする男を手で制した。連れの有無を見極めねばならぬ。

「時分もよろしくない故、お上げはできかねる。御無礼は承知の上、ここにてお報せ願いたい」

自らは框《かまち》を上がって座し、客は三和土に立たせたまま次郎作は厳しい声で言った。

「来島殿は去年の暮れに当家より退去なされた。隠居なされたとも聞き及び申す」

客は気にするふうも見せずに答えた。

「退去ですと。して、何れに」

あの世ではござるまいのと言ってやりたいのを我慢して訊ねる。

「洛外の何れかではござるまいか。お察しと存ずるが、来島殿は当家の家中というわけではなく、事情あって他家よりお預かりいたした客人でござった故、退去先までは知らされており申さぬ」

客でもないと明言したのは留守居添役の口ではなかったか。その事は察したのではなく、苦慮の末にこちらが勝手に思い描いたまでの事。

「御存命ではござろうな。御高齢とお見受けしておったが」

一本釘を打ち込んでみる。

「それはもちろん。つい先月半ばにも我らが屋敷に御挨拶にみえておられた」

「お会いなされたのか」

「しかと会い申した」

違う。この男、堀尾屋敷の者ではない。己がつい先刻三郎次から聞いて初めて知った左兵衛の死をこの男は知らない。或いは、知らぬ振りをして半月前に会ったなどと大嘘をついてしゃあしゃあとしている。留守居か添役の表立っての使いなら、一人でもないはず。だが、男の背後に連れらしき姿も気配もない。こ奴、何者。

「添役殿をはじめそちらの御屋敷であれほど頑《かたくな》に提供を拒否しておられた来島殿の消息を、某の跡を尾行《つ》けてまで早々に報せに参られた、その理由は何でござる」

もう一本釘を打ってみる。

「屋敷上層の姿勢が変わったのでござろう。来島老が当屋敷から離れた現在、貴殿の度重なる御要請をこれまで通り撥ねつけておるのは、かえって不自然、当家にとって不都合な疑いも招きかねぬ。よって、有り体《てい》に申し述べ、これ以上の御来訪、御詮索の御無用をお判りいただく為、急遽某を遣わされたのでござる」

男は顔色も変えず平然とした口調で述べ立てる。

京屋敷の姿勢変更はさもあらばあれ。しかし、黄昏を待っての単独での来訪、あの嘘の付き様この物言い、大名家の家人《けにん》の振る舞いではない。

次郎作は最後の釘の打ち込みにかかった。

「相わかり申した。ならばこれより御屋敷に参上し、留守居殿、添役殿に直にお目にかかり、早速のお報せへの御礼と当方の御返事を申し上げようと存ずる。大筋は承知いたしたが、二、三付け足りのお尋ねもござれば。御同道いただけますな」

男の顔に初めて表情らしきものが動いた。

「それでは某の使者としての面目が立ち申さぬ。子供の使いではござらぬぞ」

背後の深まる黄昏の色にも似た刃を含んだような声音だった。

「貴殿の面目を損なおうとは存ぜぬ。が、某自身の面目もござる。貴殿のお報せの中身は、某家からの客人来島殿が去年の暮れに貴家の京屋敷から退去、洛外のどこぞに移って健勝に過ごしておるとの二点のみ。正直申して、それでは要領を得ぬ。貴御家中の御事情は知らず、せめてどちらの御家からの客だったのか、また先月半ばに貴御藩邸を訪れられたそうだが、その折の御様子なども邸の御重職方に直にお伺いいたしたい」

胆《はら》を据えた。千載一遇の機会、逃せば、老狐の正体も、目の前の男の正体も不明のまま闇に消える。伊介も左兵衛も死んだ現在、この筋を辿る以外に道はない。

「聞けばどうなる」

男の物言いが、急にぞんざいになった。

「貴殿らの御藩邸をこれ以上お騒がせせずに、こちらだけで来島殿の動向を探る事ができ申す」

「何のために」

「来島の我らが御家への不逞な関与、企てを知るためじゃ。そのために某はここにおる」

次郎作も口調を変えた。昨夜殿への書状を認《したた》めた時に、風雅の事は伏見の私室に封印した。

「肥後の加籐家中だったの、主は」

男の五体から金気臭い気が立ち始めている。殺気か、伊介と共に闘った時に、豊後境の山道で殿に従って闘った折に覚えたあの気配。

「気の毒だが、こちらはそうさせぬためにここに来た」

男がちらと背後を振り返った。夕暮れが進んでいるが、まだ闇は積み始めていない。物の形も定か、色も消えていない。暮れ切るのを待っているのか。開けたままの戸を気にしているのか。

「主は誰じゃ。何故、堀尾邸へ同道いたさぬ」

言葉を吐きながら、膝を寛《くつろ》げる。連れも配下もなく乗り込んできた相手、余程に経験も積み、腕に自信のある男に違いない。太刀打ちが適うかどうかわからない。が、ここは引かぬ。奉公の本筋は一つと己に誓った。

「名は先程名乗った。役所《やくどころ》は来島の後任とでも思え。堀尾の方とは係わりないがの」

やはり老狐の死を知っておった。知った上で見え透いた嘘を並べおった。正体を明かしたのは、引導を渡す前の捨て台詞のつもりか。

男が再び背後を気にした。来る気か。狭く、天井も低い小玄関、間合いは一間弱。手錬《てだれ》でなくとも一撃必殺の距離。尋常の太刀打ちでは勝ち目はない。伊介ならどうする、殿ならどうなさる。

男が、薄暗がりにも光る眼差を次郎作に据えたまま、上体だけを後方に捩《ね》じった。後ろ手に戸を閉めるつもりに違いない。

行け、と何かが命じた。膝をさらに寛げる。

古い戸が固いのか。男が背後を振り返る。

次郎作は脇差を抜くなり式台を蹴った。

男は手錬《てだれ》だった。足の位置は変えず、体を捻《ひね》った。

右手の脇差の切っ先が男の羽織と袷を貫く。だが、肉を刺してはいない。左腕を男の腰にまわし、そのまま押す。男の背が戸柱に当たる。男は左腕で次郎作の脇差を握る右腕を抱え、捩じり上げて振り解《ほど》こうとする。

体を離してはならぬ。刀を抜かせてはならぬ。外に出て離れて立ち合えば、勝ち目はない。

男の手刀を首筋に受ける。一瞬、軽い目眩《めまい》。左手は相手の抜刀を封じるために腰にまわしている。受ける術《すべ》も避ける術もない。

二撃目は肘打ちか。激痛が走り、気が遠退きかける。締め上げられている右手の脇差の柄《つか》が手を離れそうになる。

ただ、押す。出来るのは体を密着させて、相手の左半身を戸柱に押し付ける事のみ。男の大小の柄と鐔が互いの胸に食い込み、これ以上締め上げる事ができぬ。それでは、これ以上の痛手を敵に与える事はできぬ。

男の肘が高々と上がるのを、上目遣いに捉える。これまでか。と、すぐ頭上で、水甕の割れるのにも似た鈍い音が響いた。同時に「わうっ」という叫び。とたんに男の体から力が抜け、重くなった。

腰を抱え締めていた手を緩めると、そのまま三和土の上に崩れ落ちる。戸の外に、三郎次が棒を打ち下ろした姿勢のまま及び腰で立っていた。手にした得物が伊介の大木太刀であるのは紛れもない。

「その侍、江戸から来た男じゃ。伊介殿の伏見の家に、来島爺を訪ねてきた。正月晦日の晩じゃ。はじめは、わからなかったが、隠れて、見ているうちに、思い出した」

口で粗い息を吐きながら、切れ切れに三郎次が言った。

男は仰向けに倒れたままぴくりともしない。黒い三和土に、後頭部から流れ出した血が徐々に広がっている。

「死んだのか、この男」

三郎次が怖ず怖ずとした声音で訊ねる。

「主がやらねば、某が死んでおった」

動悸と呼吸の粗さはこちらも容易に鎮まらない。それだけをようやく答える。

「伊介殿の、仇討ちじゃよな」

手の木刀に目を遣って、自身を納得させるように三郎次が呟く。次郎作は黙って頷いた。

それから二人で男の骸《むくろ》を楓林の奥に運び、有り合わせの道具で墓穴を掘って埋めた。後悔も後ろめたさもなかったが、何事かを仕遂げた喜びも満足もなかった。同じ楓林のどこかに、伊介が殺して埋めた二つの骸もあるはず。伊介も左兵衛も死んだ。あの素然も死んだ。死んだ男たちの背後に広がる得体の知れぬ闇の大きさだけが脳中を占めていた。

「江戸から来たと言うたな、あの男」

海部と名乗り左兵衛の後任と嘯《うそぶ》いた男の骸を埋め終え、部屋に戻って、次郎作は訊ねた。

「来島と何を話しておったな」

「爺が言うには、大御所の死去を伝えに来たと」

三郎次が答えた。胆を据えたか、口調に怯えも澱《よど》みもない。

海部は明らかに左兵衛の死を知っていた。知った上で堀尾邸の筋を辿り、この自分を探り当てた。おそらく、伊介の死も、伏見屋敷の火事騒ぎも、打ち込み未発の事も承知していたに違いない。

「来島が伊介の小屋におると、どうしてわかったのじゃ」

「田町の瓦屋に聞いたと。瓦屋宗三は爺の旧知じゃ。我らも最初はその瓦屋に立ち寄った」

さすれば、三郎次以外で最も早く左兵衛の死を知ったのは、海部と宗三という事か。伊介が焼き捨てでもいないとすれば、左兵衛の骸を始末したのも奴ら。堀尾邸の添役はもちろん、海部も来島の預かり筋を秘《かく》した。であればその死も公にする事は決してあるまい。今し方の海部の死も。何事も闇から闇へ。彼らは何処から来たのか。

「江戸から、逸早く大御所様の御逝去を報せに」

そう呟き終えた時、身震いがきた。「御公儀筋の」、次の言葉は呟きもせず、懸命に呑み込む。

相手が三郎次であれ、口にすれば、途方もなく怖しい推測がそのまま現実になってしまう。己がとうてい立ち向かえぬ壁の巨大さに打ちのめされてしまうに違いなかった。その事を判断し口にできるのは、殿、右馬允正方様以外にない。己の成しうる役回りといえば、加藤の御家の浮沈存亡を賭する殿の御判断と御対処のために、可能な限りの事実、確証を我が目我が耳に納めておく事のみ。何はともあれ、残った瓦屋へ行かねばならぬ。

三郎次を一人残して行く不安もあったが、御家の秘事にも係わる件にこれ以上引き込むわけにはいかない。しかし、三郎次は意外にしっかりした眼差と声音で応えた。

「俺はここにおる。おらねばみふゆ様に会えぬ。会えねば、主から聞いた伊介殿の最期も、今日の事も伝えられぬ」

夜道を急ぎに急ぎ、三郎次に詳しく聞いておいた伊介の小屋と瓦屋を訪れた。

どちらも、一点の灯影も漏れておらず、ひっそり静まり返っていた。晩遅いせいではない。敷地内に立ち入り、いっとき様々に窺ってみたが、全くの無人。伊介の小屋に来島左兵衛の骸はなく、瓦屋には主人も職人の姿も見えず、作業も商いも投げ捨てて立ち退いた様子と気配だけが残っていた。

伏見屋敷に帰り着いたのは、亥の刻過ぎ。

乾《いぬい》長屋裏の畑地の片隅に庄林が盛ってくれた伊介の土饅頭の前にしばし佇む。語り掛けてくる言葉はなかった。長い一日が終わった。

三

二十日が過ぎた。

近くの森や林、遠山の眺めから岩に砕ける波の華にも似た花の色が消え、代わって淡々とした萌黄が目立つ移ろいの頃を、西山次郎作は伏見で過ごした。堀尾家の京屋敷を訪れもせず、もちろん向こうから何の連絡もなかった。来島左兵衛の隠宅へも敢えて行かなかった。気懸かりではあったが、己の出没がみふゆ殿の配慮で隠れ住む三郎次の安全をかえって脅かすのを怖れての事だった。

代わりに、同じ伏見の田町とその外れにある伊介の小屋と瓦屋へは、二、三度足を運んだ。が、ほとんど収穫はなかった。どちらも依然として無人。伊介の小屋の方は、この正月に以前住んでいた浪人らしい男がいっとき寝泊りして薪割りをしていたが二月に入って以来姿を見かけぬと、近くの百姓から聞きだした程度。

一方、田町の瓦屋宗三については、同業の商人や宗三の所で働いていたという職人にも当たってみた。他国者らしい宗三が田町で商いを始めたのは七、八年前。妻子はいなかったが商売熱心で人当たりも好く、城下の大名家の伏見邸や洛中の商家にも如才無く出入りして一時は同業も羨む繁昌ぶりだったとか。それが、何故か二月中旬、急に店を畳んで伏見を去った。金払いもよく、親切な御主人でしたのにと、職人の一人は語ったものである。諸人の話の中で正月晦日晩の加藤屋敷の火事がほとんど口の端に上らなかったのは、幸いというべきか。

自身白刃を手に闘ったあの長い一日の見聞を中心に、己の知見のあらましを八代の殿への御報告として書き記すのが、この二十日の間、次郎作の主な仕事となっていた。加藤の御家を取り巻く事態が危うい方向に進んでいるのは、次郎作にも感じ取れた。一日も早く殿の御耳目に入れ、御明断を仰がねばならなかった。

その間、藩の便に混じって、殿からの御私信が一通、次郎作に届けられた。庄林隼人に託《ことず》けた消息への御返信だった。相変わらず繁忙を極める御政務の寸暇を盗んで認《したた》められたものか、短い御文面の主旨は、仕慣れぬ事に煩わされず、身を労《いと》うて、風雅修行に専心せよとの有難い御言葉。そして、末尾に「木綿葉《ゆうば》の早瀬ともに聴きつゝ、遅うなり申したが師の歳旦吟の脇に」とあった。思わずに手が握り締められ、膝が震えた。

一昨日、江戸から早馬が来た。

使者は騎乗のまま屋敷の門内に駆け入り、留守居に書状一通を手渡すと、水一杯も口にせず伏見道を大坂に向かって駆け去ったという。その日留守居からは何の話もなかったが、唯ならぬ使者の様子は口伝てに屋敷内に広がった。江戸で変事か、詰侍の誰しもの顔に緊張が走った。

続いて昨日の早朝にも早馬が至来。これ又、使者は留守居と唯二人で短い面談の後、今度は山陽道口へ急行したという。

昨日も、屋敷重職からの召集はなかった。藩主肥後守様も家老筆頭右馬允様も在国中の現在、いかなる急報もまずはそこに届けられねばならず、その御判断、御裁可を得てはじめて家中の諸士へ伝えられるのは当然としても、二日続いての早馬通過の異常は、誰の目にも際立っていた。

「戦さか」、年輩の士が呟いたとか。

そして、今日も午前《ひるまえ》に早馬が来た。

今日の使者は二人。一騎はすぐに九州に向けて駆け去ったが、残る一人の滞在は少し長かった。三役との密談があり、一刻の後、江戸へ戻るべく京への道を引き返したという。その使者が去った直後、詰侍への召集がかかった。

広間の上座に添役と屋敷番頭を両脇に据えた留守居が端座していた。表情は厳しかったが、口にした言葉は多くはなかった。

「連日の早馬下向は存じておろう。江戸御府中で我らが御家にも係わる変事が出来《しゅったい》した。いや、出来したらしい。中身はわからぬ。ここにも立ち寄らず直に肥後に向かった江戸初発の早馬が明後日には熊本に着く。さすれば、その四、五日後には、国元からの御下命がここにも届くはず。それまでは、勝手な憶測を慎み、妙な噂に惑わされず、普段の役務に従って相勤めよ」

番頭がさらに、厳しい声音で付け加えた。

「ただし、洛中御用の者、非番の者も例外なく、無断の外出はなり申さぬ。さらに、前《さき》の大樹様の御服喪中、加えて、ここには正月晦日晩の火事の件もござる。妄《みだ》りに騒ぐ事なきは言わずもがな、一方では、屋敷への出入り、周辺の警固には十分に心せねばならぬ。よろしゅうござるな」

いよいよ来た。それも、東から来た。思わず身震いを覚えた。黒い波濤がぐいと盛り上がる様が次郎作には見える。

江戸での変事の中身はわからぬ。だが、左兵衛らが仕掛けてきた隠微卑劣な企てが、別の、それも格段に表立った形と大きさで襲い懸かってきたのは疑いようもない。やはりあ奴らは公儀筋。というより、公儀そのものの牙の一本、爪の一筋。老狐のような来島左兵衛の、二十日前に闘った海部某の、鋭い目付きと物言いを改めて想い起こす。

公儀筋ならでは適わぬ不遜自在な物腰と進退、何故もう少し早く気付かなかったのか。いや、気付かなかったのは已だけ、殿はずっと以前から承知しておられた。承知しておられたからこそ、慎重に対処してこられた。江戸からの急報に接せられたその殿の御心中を想うと、次郎作の動悸はか黒い響きを高めた。

暗然たる思いを募らせて詰所に戻ると、門番が待っていた。

「三郎次と名乗る庶人が門に参っております。お取り込み中と申しても、京から来たのでぜひにと申して帰りません」

門に出てみると、小門の外の石畳に畏れいった顔付きの三郎次が大きな体を縮めるようにして立っていた。鉄紺色の風呂敷包みを大事そうに抱え持っている。

門番頭に知人であると断って、門内に入れ私室に案内しようとして、思い止まった。今し方聞いた屋敷番頭の厳しい声音が耳に残っている。

「外で話そう」

次郎作はそう告げると、先に立って門前の道を渡り、中書島と結ぶ今富橋の方へ足を向けた。

門から離れるや、少し声を太くして訊ねた。

「その後、何事もないか」

「ない。あれ以来、みふゆ様の他は誰も訪ねて来ぬ」

明快な答えが返ってくる。耳の障りは生まれついてのものでなく気が塞《ふさ》いでいたものか、声音も口調も常で、さほど高くもない。

の名を口にした。

「伊介の最期の事を話したか」

辺りに人影がないのを確かめて、それでも三郎次がさらに身を寄せるのを待ち、声を低めて伊介の名を口にした。

「話した」

そう短く答えたきり、三郎次は口を閉じた。十間ばかり歩くと今冨橋の際に出る。橋の詰めに番所がある。番所の手前の堀際に新芽を吹き始めた大柳が一本。午後の陽を避けるかにさりげなくその木陰に入って足を止め、三郎次の顔を見る。大男は声もなく泣いていた。

「悲しまれたであろうな。お気の毒にの」

そうとしか言い様もない。

三郎次は涙目のまま頷き、なおいっとき措いて言った。

「それで、今日ここへ来た」

「みふゆ殿に代わってという事か」

三郎次は再び頷いた。

「跡を追いたいと、みふゆ様は願われた。それでは死んだ伊介殿が浮かばれぬと、俺は懸命に説いた。この四、五日前ようやく跡追い死には思い止まられ、その代わりにせめて伊介殿の死んだ所に行きたい、粗末なものでも仮墓があるなら何とかそこに御参りしたいと言われる。それも、今は無理な話じゃ。その事は御自身も承知しておられる。それで、とりあえずの御代参に、俺が来たのじゃ。御代参ばかりではない。何よりこの俺が伊介殿を拝みたい」

三郎次は新たな涙を湛《たた》えた眼差を次郎作に据えた。

「みふゆ殿の御気持ちも主の気持ちもようわかる。叶えて差し上げたいが、いまは出来ぬ。死んだ場所だけでなく、遺骸を埋めてくれた或る御仁が墓らしきものも設けてくれておる。今すぐ主だけでも案内したいが、それもできぬ。いずれ、その時も来よう。堪《こら》えてくれい」

三郎次の肩がさらに落ちたように見える。

「やはり駄目であろうな。伊介殿はつい三月前に主らの屋敷に打ち込んだ男、みふゆ様も俺も翌晩には同じ事を為すはずだった者らであってみればの。こうやって主を訪ねるのさえ憚られる身じゃからな」

三郎次は自身に言い聞かせる口調で呟くと、顔を上げて続けた。

「ならば、済まぬが、これを供えてはくれぬか。できる事なら、伊介殿の遺骸の傍らに埋めてもらいたい。みふゆ様からの御供え物じゃ」

そう言うと、胸に抱きかかえていた風呂敷包みを、次郎作の方へ差し出した。

「供物の中身は」

「伊介殿の帷子《かたびら》じゃ。それにみふゆ様御自身の挿し櫛も入れてあるらしい。お聞きしたところでは、先年の秋に手ずから仕立てられた冬着を一重《かさ》ね伊介殿に贈られたそうじゃ。次には今年の春夏の衣料をと思われて用意なされておったものとか」

三度《みたび》、三郎次の流暢な語りが途切れる。

「それに、俺が御寺で使うておった念珠も。伊介殿からもろうた木刀のお返しじゃ」

涙声になっていた。

「お預かりいたそう。この西山豊一、必ずや御主らの御志どおりにお供え申そう」

思わず貰い泣きしそうになるのを抑え、ことさらに武張った口調で答えながら、次郎作は風呂敷包みを受け取った。見た目よりずっと手持ちの軽いその包みを手にしたとたん、思い付いた。

「相済まぬが、ここでしばし待っていてくれぬか」

「何か、急な用事でも思い出したか」

「いや、そうではない。お主らに返しておかねばならぬ物がある。それを取ってすぐ戻る」

同意も待たず、次郎作は不審げな三郎次に背を向けた。唐突は承知の上、この機を逃せば又の機会はもはやあるまいとの差し迫った思いがあった。

駆けるに近い足取りで加藤屋敷に戻り、私室の棚に預かった風呂敷包みを仕舞うと、代わりに手文庫から取り出したものを懐に入れ、再び足早に堀端の大柳の下に引き返した。

懐中のものを取り出し、唖然とした顔付きの三郎次の手に握らせる。

「去年の夏、伊介から預けられた金袋じゃ。少なからぬ金子が入っておる。これをみふゆ殿にお返ししてもらいたい」

「伊介殿の金袋じゃと」

「左様、もしみふゆ殿が不審がられたら、伊介と真名当て遊びをした夜に預けられたものと、そう言うてくれ」

陽が西に傾き、今冨橋を渡る人影が少しずつ増えている。詰番所の者がこちらを見ていた。そろそろ三郎次を帰さねばならない時刻だった。

その日の急使は次郎作の顔見知りだった。

江戸屋敷では書役を勤め、風雅の素養もあり、殿の催された家中の句会で同席したこともある。親しく言葉を交わす事こそできなかったが、書き上げておいた殿への書状を秘かに彼に託した。馬上に揺れるか細い背を伏見屋敷の同僚達と見送りながら、彼のようないわば文吏までが早馬の急使に駆り出される江戸の大変がしのばれた。同時に、東からの大波が押し寄せている現在、京で集めた己の御報告が殿の御見解や御判断にどれほどの御役に立つのか、泡立つような心許なさを禁じきれない。

大変の中身は、相変わらず知れなかった。一日《ひとひ》、留守居が京の所司代に呼ばれて上京した。短時間で帰邸した夕刻、詰侍への召集がかかった。普段血色のよい留守居の顔が青ざめ、刻まれた皺がいちだんと深まっていた。

「江戸で豊後守様が、御公儀より何事かの御嫌疑をお受けなされておる。その件で、先日、若君様の家来が一人禁獄された。すでに御公儀からは直《じか》に熊本へ、肥後守様御召喚の御下命が発せられたという。それ以上の事は現在はわからぬ」

それだけ言うと、口をへの字に結ぶ。騒《ざわ》めきが湧き始めた広間の一同を厳しく制して、屋敷番頭が後を引き取った。

「留守居殿が言われたとおり、大変にして不測の事態じゃ。じゃが、このような時こそ御奉公の好機と思われよ。まずは、先日の召集の席でも申した通り、妄《みだ》りに騒がず、油断なく各自の務めを果たす事肝要なり。二、三日すれば、熊本からの御使いも来る。殿からの御下命も届く。或いは、所司代からの監察の人数も入るやも知れぬ。すでに戦場にあると心して進退されよ」

珍しく添役の柏木も口を添えた。

「近々国元からの少なからぬ人数が、それも日を次いでここ伏見を経て上府することになり申そう。その宿泊、休息の手配、糧食の用意など急がれ申す。この大変の噂が京、大坂の商人の間に広がらぬうちに、必要な物を可能な限り多く屋敷内に入れておかねばなり申さぬ。その方面の方々はすぐにでも取り掛かっていただきたい。費《かか》りは惜しまず、ただし、口はさらに慎まれよ」

静まり返った広間に、一声が上がった。

「弾薬などの御手配はいかがなさる。これだけはすぐには用意できませぬぞ」

「控えい」

今度は番頭がまず一喝し、留守居がこの上なく苦く厳しい口調で引き継いだ。

「その事、断じて口にしてはならぬ。御国元の殿よりの御下命あるまで、今後いかなる場であれ、同様な物言いをする者あらば、その場にて腹切る事になると心得よ」

一座の誰しもの背に粟が立ち、広間に、早瀬の差すように凄愴の気が満ちた。

すでに十日以上続く連日の早馬急使に、「これでは江戸屋敷が空っぽになるのでは」との囁きが漏れた。ところが、その日を境に、急使の方向が逆になった。国元からの使いは三名、二名はそのまま江戸へ急ぎ、残る一人は伏見邸に一泊して翌日には肥後へ蜻蛉返りという慌ただしさ。大坂から海路豊後鶴崎に急行する番船の手配に就く詰侍も少なくなかった。もはや非番の者など誰もいない。

もともと京御用が役務の西山次郎作は、連日京、大坂へ通った。留守居から直に受けた指令は、御家にかかわる大変の噂の各方面からの収集、探索。単独ではない。万一の場合に備え、或いは相互監視も兼ねてか、同僚と二人一組での行動である。

あの長かった一日以来出向くのを憚っていた洛中洛外、心強くもある一方、独りならまず足を向ける場所もかえって敬遠された。堀尾邸はもちろん、三郎次の隠れ家にも素然の小屋の焼け跡にも行かなかった。

ただ何としても訪ねなければならぬ所があった。他ならぬ連歌所里村家の学寮である。留守居が次郎作を収集探索役に任じたのは、柳営連歌の宗匠でもある昌琢師の公儀高家へ通じる人脈と世事にもわたる博覧を重視しての事に違いなかった。

一月前に源氏講釈伝授修了の御礼言上に伺った折、昌琢師は御持病の御加減が思わしくなかった。その事もあり、今度は表向きお見舞いと長期にわたる学寮欠座への御詫びのための訪問となった。

ここだけは、連れを学寮の控え間に残して、師の御居室にひとりで参上した。

文机に凭《よ》り掛かるようにして座られた師の顔色は以前にも増して優れなかった。御挨拶を申し上げる間にも幾度か咳込まれる御有様で、留守居が期待しているような江戸からの風聞などに触れる事はおろか、風雅上の話柄も遠慮された。ただ力無げに頷かれるだけの師の御容態にいたたまれず、急ぎ辞去しようとする時に、師は乏しい声音でようやく声を掛けられた。

「右馬允様はまだ国元におられますのか」

「はい」と答えて窺うと、熱に倦《う》んだ眼差が己の顔に止まっている。

「ただ、御無事をお祈り申すと、それだけくれぐれもお伝え下され」

胸中に短い稲妻が走った。師は何事かを御存知でおられる。おそらく江戸の大変が間もなく加藤の家に及ぼす避けようのない打撃と厄災を。

「それから、我が弟子宗因殿」

訊き返そうとする機先を師が制された。

「風雅の道には、現世《うつしよ》の転変を余所目《よそめ》にせねばならぬ時もある。惨《むご》いものじゃが、それも殿への実《まこと》の御奉公であると心しなされ」

それだけ口にされると、昌琢師は辞去の礼を受ける眼差に戻られた。


五月に入った。熊本から江戸へ向かう急使の中に、青木兵三郎がいた。小姓頭として絶えず殿の傍らに侍る八代の直臣である。次郎作より二つ三つ若い小姓上がり、遠慮なく話せる数少ない一人だった。留守居への挨拶の後、江戸に発つ前の短い休息の間を惜しんで、青木は真っ直ぐに次郎作の私室にやって来た。

対座するなり「殿は御息災か」と訊ねるのに大きく頷いて、青木はまず告げた。

「殿は今朝にも鶴崎を出られたはず、四日後にはここに着かれましょう。肥後守様はその四、五日後に御出立。前後して御上府の予定でござる」

「御一緒でないのは」

「肥後守様と我らが殿御両所別々に、御公儀よりの御召喚の御下命が届き申した」

「御召喚の主旨は」

「詳しくは存じませぬが、肥後守様の大公儀への御奉公不行き届き、藩内仕置きの不備などに関する御下問のためとお聞きしており申す」

「仄聞いたした豊後守様への御嫌疑の事は」

他に誰もおらぬ私室内での対話だが、次郎作の声音も青木の口調もことさらに低く、沈鬱である。

「その事は噂のみにて、御嫌疑の中身も真偽の程も定かならぬと殿も漏らしておられる。ただ、御若君の家来前田某が禁獄され、詮索を受けているのは事実らしい。殿に先立って某が江戸へ参るのも、その件を我が耳目で確かめ、殿御上府の折に殿に御報せする為でござる」

青木が障子の方へちらと顔を動かし、刻を測る素振りを見せた。江戸へ急行する使者の伏見邸での休息は半刻もない。

「国元はどのように」

次郎作も急いで訊ねた。

「大変な騒ぎでござる。ことに大守様御召喚の御下命が届いて以来、早くも籠城を主張される歴々も少なからず、我らが殿と下川様あたりが懸命に抑えておられ申す。某が熊本を発つ三日前に大守様の御前にて大評定がひらかれ申した」

「大公儀の御下命に応ずるや否やの」

「左様。御嫌疑の中身も罪状も定かならぬ召喚に従いそのままに不当な断罪を受けるよりは、浄池院様以来の武門の意地を見せて籠城抗戦の用意をすべしという大方の御意見に対して、殿がひとり抗弁なされた」

「どのような」

「人伝てに聞いたところでは、御一同の御意向は、石を抱いて淵に入るが如き無謀の策。天下の笑いものともなりかねぬ。大守様には片時も早く御出府なされ、御下問を受けられる事が肝要。もし申し開き叶わず、切腹、流刑仰せ付けられなされても是非なき事、それは前世の宿業と申すものと、声涙ともに下る御諫言であったとか。それで、大守様の御出府も決まり申した」

青木は再度、刻《とき》を気にした。

「殿が御召喚状をお受け取りなされたのはいつ。その御様子は」

次郎作は、さらに心急《せ》いて訊ねる。

「大評定の翌日、八代に届き申した。大守様御出府が決まり、その日殿も久方ぶりに八代に帰られ、夕刻に行水を召された後、御館の広縁にて謡を口遊《くちずさ》みながら小鼓を打っておられた。そこへ御奉書到来。殿は立ち所に御準備にかかられ、夜半には八代御出立。道々諸令を伝えながら、翌朝には前日出られたばかりの熊本着。その夜は熊本に泊まられ、次の日には熊本を発って、豊後道を鶴崎へ向かわれたはず。はずと申すは、某が御一緒したのは熊本まで。殿の御命で某ひとりは、その朝発つ大守様御召喚の御受状を江戸へ持参する今度《こたび》の本藩の御使いに加えていただき、そのまま鶴崎へ急いだのでござる。まさに戦場を思わせる慌ただしく金気臭《かなけくさ》い数日でござった」

殿の御立ち居振る舞いの一つ一つが思い浮かぶ。その御表情、御声。行水上がりに口遊《くちずさ》んでおられた謡曲は、おそらく御自作の「八代八景」の一節。つい十日程前にいただいた御便りの末尾に添えられた七七が、「遠寺の鐘も響き来て、月澄みのぼる夕葉川」の章句と重なってありありと蘇る。御自ら築かれ愛育された八代での束の間の寛ぎを泡沫《うたかた》の如く打ち砕かれなされた殿の御心中を思うと、胸が詰まり言葉もない。

ただ、涯も見えぬ暗がりになお一点の光明を縋る思いで描いている己に気付く。この苦境も、殿が出向かれれば多少とも開かれるのではないか。大地震で倒壊した八代旧城と城下全体を目覚ましく復興なされた鬼神の如き御働き、近くは豊後境の山地の戦闘での果断にして的確な勝利を目のあたりにしてきた。大評定の席で歴々の籠城抗戦論を退け、大守様の江戸召喚を決められたのも常々家中誰しもの認める殿の御力量と御信望以外の何ものでもない。大守肥後守様も歴々も家中も皆、八代の殿に命運を委ね、期待しているのではないか。その途方もない重責を負って、現在瀬戸内の波上をこちらに向かっておられる。船中ほとんど目を閉じられる事なく心魂を絞られながら。今度は何としてもお供申し上げねばならぬ。

「今度《こたび》の御供揃えは」

「普段の御参勤ではござらぬ故、大守様も控え目の供揃え。殿の方はさらに極少、御馬廻りと御使番が幾人かでござろう」

答えて、青木兵三郎はちょっと言葉を濁した。

「殿より貴殿への御伝言がござる。その為にここへお寄り申した」

「何と」

「今度の上府の供は無用と」

青木は辞儀をすると腰を上げた。江戸への急使の一人を引き留める術《すべ》はなかった。

悶々の時を送ること五日、殿を伏見屋敷の御門前にお迎えした。せめて大坂の津でのお出迎えを願ったが、今度《こたび》の御出府は肥後加藤家の御執政としての御立場、伏見に詰める唯一の八代の直臣とはいえ、それは許されなかった。

屋敷三役との御面談の後、寸時の休息を取られる御居室に呼ばれた。人払いがなされていた。

「青木から聞いておろう。今度の供は許さぬ。理由は其方にもわかるはず」

旅装のまま端座された殿がすぐに言われた。

「わかりませぬ。お連れ下され」と、やがて三十になる男が三歳の童子のような駄々を捏ねそうになるのを抑える。心無しか少しお痩せになられて見える殿の厳しい御顔がそうさせた。

「勝算はない」

殿はそのままの口調で短く呟かれた。

「殿がお出向きなされてもでございますか」

「大守の奉公不行き届きや不行跡、藩の失政についての申し開きはできよう。が、問題はそのようなところにはない」

「豊後守様への御嫌疑の事でございますか」

「いや。御嫌疑の中身はいまだに知れぬが、いずれにせよ、あれはでっちあげの言いがかり。急々の召喚、御下問のための盲撃《めくらう》ちにすぎぬ」

「であれば、何故に難しいのでございますか」

「公儀に、今度はどうあっても加藤家を潰すとの魂胆があるからじゃ」

船旅のお疲れの滲むお声が暗い。

「其方の推察どおり、来島左兵衛は紛う方なく公儀筋。おそらく大権現家康様の頃より早々に我らが家に差し向けられた忍び草。この二十年その草が根を張り枝を延ばし、主に家中の内紛を煽る形で御家潰しの仕掛けを施してきた。が、名実共に将軍家代替わりの現在、そのような姑息な術《て》は不要となった。過去の情誼も正当な理由も要らぬ。身も蓋もなく、是が非でも潰す。この時機を選んでのこの遣り口は、前《さき》の大御所様以来外様潰しを手掛けてきた幕閣の古狸土井様あたりの策ではあるまいか。であれば、防ぐ術はない。籠城抗戦などは、以ての外。そうすれば御家の滅亡はもちろん、城も城下も肥後五十四万石領内すべてが血の海となろう。儂に出来る事といえば、さらに身を屈して恭順の意を示し、公儀の御処分の軽減を願うほかにはあるまい。浄池院清正様の血筋を絶やしてはならぬ。戦国の世は終わった。これ以上家中の侍の血も領民の血も流してはならぬ。今度の上府は、それが為の旅じゃ」

「殿」

かろうじて一言だけが口をついた。覚えず涙が頬を伝う。

「奈落への本道を辿る道行きはまだこれから。其方は我が分身、その折には必ず同道しようぞ」

廊下に足音がした。

殿が出立されて四日後、肥後守様が伏見に立ち寄られた。

常の御参勤に比べ供揃えは半数以下、ことに武備は極力抑えられた行装であった。すでに配所へでも向かうような凄愴と粛然とを綯《な》い交《ま》ぜにした気配に沈む一行の中に、庄林隼人がいた。

御休息が終わった。お見送りの間際に次郎作の目礼に気付いた庄林が列を離れて近寄ってきた。

「御家老には会われたろうな」

黙って頷く。

「森本の話を聞かれたか」

「いえ」

久しく耳にしなかった男の名である。

「右近太夫は南蛮に渡っておるらしい。平戸松浦家の仕立てた船に乗ったようじゃ。南蛮との交易が御禁制に向かうこの時勢に呂宋《ルソン》や暹羅《シャム》、安南に渡るとは変わった男じゃ。いったん御家を離れたがいずれ戻って欲しい男と、御家老が言うておられた。無事に帰国できればよいがの」

互いに悲愁の色濃い怱々《そうそう》の場でわざわざ隊列を離れて共通の知友の消息を語る口調に、庄林の気遣いが感じられた。この剣士の胸中にも、同じ光景が去来しているのに違いない。一年前の、晩春の夕刻、ここから程近い堤上の路上で殿をお護りして三人共に襲撃者平山伊介に対峙した折の光景が。そもそも、あれが暗い坂道への下り口だった。

「今度《こたび》の事、どう思われる」

やはり訊かずにおられない。

「わからぬ。御家老の御知恵と御度量にお頼りするほかはあるまい」

本藩の大番頭は、声を潜めて呟いた。

大守様御出立の後数日、早馬の急使は途絶えた。詰侍のうち大守様御上府随行を命じられた者もあり、伏見屋敷の人数が急に減った感が強い。一方で京の所司代から監察目付が送られて在駐、寂寞と緊張のみが募る日が過ぎた。

そして、五月晦日まで五日を残した朝、数日ぶりに到来した早馬の報せが、あえかな希望を打ち砕いた。

肥後守様は品川にて入府を留められて池上本門寺に待機、前《さき》に江戸に在った八代の殿は北町奉行加賀爪民部少輔様に御預かりの身になられたと。

奈落への大蓋が取り外された。

夜半、伊介の墓に詣でた。

まず土饅頭の傍らにみふゆ殿と三郎次の供物を埋める。

さて、墓の主に語り掛けようとして、言葉を失った事に気付く。

愕然として天を仰ぐ。

雨雲の垂れ籠めた空に月はない。ただ晦冥《かいめい》の中心に吸われて堕ちていく感覚。伊介の血塗れの尖った顔だけが見える。やがて、殿の、庄林の、みふゆ殿の、来島左兵衛の、南蛮に渡った森本の、そして自失した己の戯《たわ》け顔も茫々と浮かび列なる。

死者と生者の間境とてなく、一様に皆、幻炎を浴びて踊る亡者の影だった。


（了）

変転の光景――あとがきにかえて

加藤家改易の因果を探り、その経緯を辿るというような意図は、もともとなかった。それは史家の仕事であり、私如きのとうてい及ぶところではない。私の興味は、名実共に徳川幕府による全国支配が磐石化し、日本の近世の枠組みが完成したと思われる寛永期という不思議に懐かしい時代の光景の一端を、それも肥後熊本に係わりのある人物の命運を通じて覗きたいところにあった。

清正の創業に従って武勇の名を残す庄林隼人佐《はやとのすけ》の嫡子で、加藤家改易後熊本城の主となる細川忠利に仕えた隼人。飯田覚兵衛と共に古くから清正の傍らにあった功臣森本儀太夫の子息で、アンコール・ワットの回廊の壁面に両親回向の墨書を遺した右近太夫一房。そして、肥後加藤家の首席家老であり八代城代としても辣腕《らつわん》を揮った加藤右馬允正方の寵臣で、後に連歌師として大成し、また談林俳諧の創始者ともなった西山宗因（次郎作、豊一）。この三人がほぼ同年輩、つまり加藤家改易時の寛永九年（一六三二）に三十歳前後であってもおかしくない。厳しい大名統制、武家諸法度、鎖国令等々と厳しく変転しまた凝固していく時代の光景のどこかで彼等が顔を合わせ、それぞれに軌跡の異なる人生の一時を交差させたとしたら面白い。いわば、そのような興趣からこの物語の構想は出発した。

ただし、実在したこの三人だけでは物語として展開の振幅、ことに暗部への振れが浅い。そう考えて登場させたのが浪人剣士平山伊介であり、その周辺の人物たち。陰陽の違いこそあれ、彼等もまた同じ時代の制約の下で苦闘して生き、そして死ぬ。物語の視点を、次郎作と伊介の相互に分けて描いたゆえんでもある。

舞台の大部分は京、伏見となった。肥後熊本の歴史、人物に係わると標榜しながら当地の風物を直接に描く事をあえて控えた。物語の現在時間を寛永八年春から同九年初夏までの一年に限ったのと同じく、登場人物同士の邂逅の稀少性を鮮明にと考えたからに外ならない。章題の一つを「異郷」とした。伊介は伏見で闘死し、森本は南蛮からいつ帰国したかも知れず、宗因は寛永十年の離国後二度と肥後の地を踏まず、宗因の旧主風庵正方も京に隠棲した後、配所広島で没している。この世を異郷と観ずるのも、あるいはこの時代の光景の一つではなかったか。

この小さな物語を書くに当たり、山口大学助教授尾崎千佳氏、八代市立博物館学芸員鳥津亮二氏に様々な資料の提供及び御教示を受け、また、野間光辰『談林叢談』、江藤保定『西山宗因考』、彌富破摩雄『近世国文学之研究』、『八代市史』、『熊本藩年表稿』その他、先学の論文論攷を参照させていただいた。尚、本稿は熊本日日新聞紙上に約半年にわたって連載したものであるが、その折にお付き合いいただいた読者の方々はもとより、挿絵の東弘治氏、お世話をおかけした熊日の井上智重氏は言わずもがな、この場をお借りして、改めて御礼を申し上げたい。

思えば、十年以前に私の最初の時代小説『身は修羅の野に』を本にしていただいたのは、当時葦書房におられた三原浩良氏であった。今度の出版も発行元こそ違え、同じ三原氏のお勧めと御厚情による。その因縁を喜び、感謝申し上げたい。

平成十九年春

著者識

島田　真祐（しまだ・しんすけ）
1940年熊本市生まれ。早稲田大学大学院日本文学研究科修了。1977年財団法人島田美術館を設立、現在に至る。著書に熊日文学賞を受賞した『身は修羅の野に』（葦書房）、『二天の影』（講談社）がある。

幻《げん》炎《えん》

二〇〇七年三月三〇日発行

著者　島田《しまだ》　真祐《しんすけ》
発行者　三原　浩良
発行所　弦書房
（〒810・0041）
福岡市中央区大名二―二―四三
ELK大名ビル三〇一
電話　〇九二・七二六・九八八五
FAX　〇九二・七二六・九八八六

印刷　九州電算株式会社
製本　篠原製本株式会社

落丁・乱丁の本はお取り替えします。

ISBN978-4-902116-81-6　C0093